21世纪

中国当代科幻小说选

拨开
历史的迷雾

金涛 **主编** 杜渐 著

广西科学技术出版社

图书在版编目（CIP）数据

拨开历史的迷雾 / 杜渐著. —南宁：广西科学技术出版社，2012.7（2020.6 重印）

（21 世纪中国当代科幻小说选 / 金涛主编）

ISBN 978-7-80666-079-9

Ⅰ. ①拨… Ⅱ. ①杜… Ⅲ. ①科学幻想小说—中国—当代 Ⅳ. ① I247.5

中国版本图书馆 CIP 数据核字（2012）第 151875 号

拨开历史的迷雾

BOKAI LISHI DE MIWU

杜渐　著

责任编辑　黎　坚		**封面设计**　叁壹明道	
责任校对　梁　斌		**责任印制**　韦文印	

出 版 人　卢培钊

出版发行　广西科学技术出版社

　　　　　　（南宁市东葛路 66 号　邮政编码 530023）

印　　刷　永清县晔盛亚胶印有限公司

　　　　　　（永清县工业区大良村西部　邮政编码 065600）

开　　本　700mm×950mm　1/16

印　　张　15

字　　数　202 千字

版次印次　2020 年 6 月第 1 版第 4 次

书　　号　ISBN 978-7-80666-079-9

定　　价　29.80 元

本书如有倒装缺页等问题，请与出版社联系调换。

序

　　我是主张学生的课外阅读面要宽一些的，除了看中外文学的经典著作，不妨也涉猎一点科幻小说。

　　有人会问：阅读科幻小说有什么益处呢？

　　这不禁使我想起不久前看到的一则有趣的报道。这篇报道发表在2000年5月13日的《北京青年报》，题目是《从科幻小说中寻求航天新技术》，全文不长，照录如下：

　　科幻小说里的超光速旅行和弯曲空间大概还要继续作为幻想存在下去，但另外一些奇思妙想却可能走出小说，成为现实。欧洲航天局正从科幻小说中寻找灵感，研究新的航天探索技术。

　　据此间新闻媒介报道，欧洲航天局组织了一批读者，从科幻小说中寻找可能有价值的设想，然后交给科学家评估，研究这些设想能否用于未来的空间探索任务。欧洲航天局还欢迎广大科幻爱好者提供有创意的想法。

　　欧洲航天局"从科幻小说到空间探索创新技术项目"协调人大卫·雷特博士介绍说，事实已经证明，科幻小说中的部分设想确实具有实用价值。

　　19世纪80年代，现代电子技术还没有出现，就有人提出传真机的设想；1928年，行星着陆探测器出现在科幻小说里；1945年，小说家设计出了供宇航员长期生活、从地面由航天飞机定期运送补给的空间站；20世纪40年代的一部著名卡通片里，大侦探使用的手表既是可视电话，又是照相机。这些设想在刚刚问世时不易被理解，但随着技术进步，它们陆续变成了现实。

英国华威大学的数学教授兼科幻小说家伊恩·斯图尔特说，美国航空航天局也经常向科幻小说作者咨询，征求创新设想。美国航空航天局甚至在进行一个"突破推进物理学项目"，希望最终研制出能使航天器速度接近光速的新型引擎。

这则报道之所以引起我的兴趣，首先在于它富有说服力地澄清了长期以来对科幻小说的误解，那种轻率地指责科幻小说纯系胡思乱想的说法是毫无根据的。我们虽然还不知道欧洲航天局究竟从哪位作家哪一部作品中获得了灵感，但是无可争辩的是，科学技术专家并非是要从科幻小说中寻找计算公式或者燃料配方，而是"有创意的想法"，而这正是科幻小说最具有生命力最有价值的所在。

不仅如此，这则报道还说明，科学技术专家有时候也需要求助于文学家。实际上，在科学技术的发展历程中，不少科学家、发明家曾经受惠于科幻小说的启迪，从科幻小说中获取创造发明的灵感。法国科幻小说大师儒勒·凡尔纳的《海底两万里》中描写了尼摩船长的潜艇"鹦鹉螺号"，这在当时是根本不可能的。但是凡尔纳有关潜艇的科学构想，却是一个天才的富有创意的预言。因此，美国发明家、号称"潜艇之父"的西蒙·莱克（1866～1945年）在回忆录中说："凡尔纳是我生命的总导演。"正是凡尔纳的《海底两万里》启发他发明了第一艘在公海航行的潜艇。也正是同样的原因，美国第一艘核潜艇被命名为"鹦鹉螺号"，以纪念凡尔纳最早提出了潜艇的科学构想。

英国著名科幻小说家阿瑟·克拉克不仅是世界一流的科幻小说家，而且还是现代卫星通讯最早的设计者。1945年克拉克就提出通过卫星系统实现全球广播和电视转播的大胆设想，而在20年后由于地球同步卫星的发射成功，这一预言终成现实。值得一提的是，克拉克1964年发表的科幻小说《太阳帆船》，描绘了利用太阳风（即今天造成地球上无线电通讯发生故障的太阳粒子流）进行太空帆船比赛的大胆设想。这部小说发表后，引起美国航空航天局极大关注，他们对这一科学构想能否用于太空飞行颇有兴趣，并且进行了富有成效的实验。

科幻小说是面向未来、展示科学技术发展前景的文学。科幻小说中的幻想不是毫无根据的胡思乱想，而是建立在科学基础上的想象。它不仅以奇特的构思、超越时空的氛围展示科学技术高度发达所带来的美好未来，也深刻地揭示科学技术可能造成的负面影响。因此，阅读科幻小说对于启迪智慧，开拓思维，激发对科学实践探索的热情，洞悉未来的发展趋势都是大有益处的。

我们现在不是大力提倡素质教育吗？其实，素质教育的核心是训练人的想象力和创造力，因为想象力和创造力乃是创造性思维的体现，也是发明创造的基本前提。正是在这方面，科学幻想小说丰富的想象力和它描绘的未来世界的科学构想，对于读者创造性思维的培养是潜移默化的。近年来，西方国家许多大学竞相开设了科幻小说的课程和讲座，指导大学生或研究生阅读优秀的科幻小说，其目的也是出于素质教育的训练。

正是出于这样的考虑，广西科学技术出版社将陆续推出国内科幻小说家的新作，我希望这套丛书能够被广大青少年读者所接受。同时也诚恳地欢迎大家评头论足，提出宝贵的意见和建议，以便进一步推动我国科幻小说创作的繁荣。

金　涛

编者的话

为什么要出版科幻小说？

青少年阅读科幻小说有什么必要？

这是我们多年来一直在思考的问题，也是主编这套《21世纪中国当代科幻小说选》要向读者作一番交代的问题。

我想起凡尔纳的作品对后世的巨大影响。

大家知道，儒勒·凡尔纳是法国著名的科幻小说大师，被誉为"科幻小说之父"。他一生写了75部科幻小说，被翻译成各种文字，受到世界各国广大读者特别是青少年的喜爱。凡尔纳（1828～1905年）生活在19世纪，20世纪初他便离开了这个充满幻想、科技发达的世界。然而他在1865年发表的科幻小说《从地球到月球》和另外一本名为《环绕月球》的科幻小说中，第一次描写了人类登月探险的故事。1873年他的《海底两万里》发表，这部小说描写了尼摩船长驾驶一艘"鹦鹉螺号"潜艇在海底探险的故事。1889年他又写了一本开发北极的科幻小说《北极的购买》，此外还有脍炙人口的《地心游记》《八十天环游地球》《气球上的五星期》等。应该指出的是，凡尔纳当时在作品中描写的飞向月球也好，在海底世界自由驰骋的潜水艇也好，以及开发北极也好，都是现实生活中闻所未闻的，纯粹是凡尔纳大脑中的想象。可是凡尔纳大胆的科学幻想和伟大的预见，却大大鼓舞了许许多多的有志之士，许多人正是从凡尔纳的科幻小说中受到启发，汲取灵感，而投身到把幻想变为现实的伟大事业中，作出了历史性的贡献。

当代"潜艇之父"西蒙·莱克在他的回忆录中写道："凡尔纳是我生

命的总导演。"

阿特米拉·拜特在他开始首次北极飞行时就宣称："第一个完成这个壮举的人，并不是我，而是凡尔纳，给我领航的是儒勒·凡尔纳。"

俄国宇航之父、著名火箭专家齐奥尔科夫斯基（1857～1935 年）说："就是儒勒·凡尔纳启发了我的思路，使我按照一定的方向去幻想。"

最有意思的是，凡尔纳在一百多年前幻想的人类登月探险的出发地点——美国南部的佛罗里达，后来建成了肯尼迪航天中心。在 1969 年 7 月 16 日美国发射的第一艘载人宇宙飞船"阿波罗 11 号"，恰恰是在佛罗里达州的肯尼迪航天中心发射而登上月球的——这当然绝对不是简单的巧合。另外，还值得凡尔纳骄傲的是，当 1954 年美国制造出第一艘核动力潜艇时，将它命名为"鹦鹉螺号"，以纪念凡尔纳这位天才的科幻小说家，因为他当年在《海底两万里》中所创造的尼摩船长的潜艇就是一艘核潜艇！只不过由于当时的科技发展水平的局限，凡尔纳对潜艇所用的核动力的描写是错误的。这对于一百多年前的一本科幻小说，是完全可以理解的。

我们从凡尔纳的作品对后来科学技术发展的预见性，特别是这些作品所产生的影响，不难发现科幻小说对于读者的潜移默化的作用。其实，科幻小说的这种不可替代的作用，是许多享有盛誉的科幻小说经典之作的共同特征。

俄国的齐奥尔科夫斯基不仅是一位杰出的宇航火箭技术专家，也是一位天才的科幻小说家。他在科幻小说《在地球之外》中，系统地、完整地描述了宇宙航行的全过程，他在小说中提到了宇航服、太空失重状态、登月车等，完全被现代太空技术的发展所证实。齐奥尔科夫斯基的天才预见，后来启发了很多科学家。美国阿波罗计划的领导者之一、著名火箭权威、德国火箭专家冯·布劳恩曾说过："一本描述登月计划的科幻小说使我着了迷，此书令我异想天开地去作星际旅行。这是需要我付出毕生精力去从事的事业。"1965 年 4 月，在冯·布劳恩领导下研制出总长 85 米的"土星 5 号"火箭，为美国阿波罗计划的成功奠定了坚实的基础。

目前仍定居在印度洋风景秀丽的岛国——斯里兰卡的英国科幻小说

家阿瑟·克拉克（1917～ ）是 20 世纪科幻小说的世界级大师，他的代表作有《太空漫游 2001》《与拉玛相会》《天堂的喷泉》等。今天已成为现实的全球卫星通讯，如果追根溯源，应该归功于这位科幻小说家。美国著名科幻小说家阿西莫夫在《宇宙、地球和大气》这本书中曾经指出："人造卫星的另一个服务性应用也一直在发展。早在 1945 年，英国科幻小说家克拉克（Arthur C.Clarke）就曾指出，人造卫星可以用来作为中继站，使无线电讯号跨越大陆和海洋。只要把三颗卫星放在关键性的位置上，卫星转播的范围就可以遍及全世界。这个在当时看来很荒唐的幻想，在 15 年后却开始变成现实了。"阿西莫夫还特别提到，1960 年 8 月 12 日，美国发射了"回声 1 号"卫星，使克拉克的科学幻想变成了现实，而这个成功设计了卫星通讯的领导者是美国贝尔电话实验室的皮尔斯。有趣的是，皮尔斯本人也是一位业余的科幻作家，他曾用笔名发表过科幻小说。

克拉克还写过一篇异想天开、构思奇妙的短篇科幻小说《太阳帆船》，小说的科学构想是利用太阳辐射的粒子流即太阳风为动力，驱动巨大的帆片，在太空中进行帆船比赛。这篇小说一发表，立即引起美国航空航天局的高度重视，并秘密开展了利用太阳风的可行性研究。

大量的事实证明，科幻小说自它诞生以来，以其大胆的、奇妙的科学构想和对未来社会科学技术的预测，以及丰富的艺术表现手法和个性鲜明的人物形象，展示了基于现实又超越时空的生活场景。它极大地启发了读者的想象力，有助于他们展开幻想的翅膀，激活思维的创造力，从而与作品中的人物一同去探寻神秘的科学世界，并因此受到科学魅力的启迪，训练自己的思维。这，也是我们今天特别提倡的素质教育的范畴。

应该特别指出的是，科幻小说从诞生的一刻起，就特别关注科学技术发展与人类的命运这个至关重要的问题。科幻小说家不仅讴歌科学技术的进步给人类社会带来的福音，传播科学技术的创造发明所能造福人类的种种惊喜，与此同时，他们也以敏锐的洞察力，超前的预见和精辟的见解，对科学技术发明成果的滥用和负面效应的危害，提出了富有远见卓识的忠告。今天，人类正在面临的温室效应、臭氧层空洞、环境污染、物种灭绝、电脑犯罪、计算机病毒、核污染、艾滋病、电脑黑客等文明病，这些伴随科学技术发展而产生的负面效应，早已被科幻小说家不幸言中，许多科幻小说以超前意识很早就预见了滥用科技成果所产生的副作用。在这个意义上，科幻小说的警世作用同样是十分重要的。

早在20世纪初的1903年，年轻的鲁迅在留学日本时就向国人翻译介绍了凡尔纳的科幻小说《从地球到月球》和《地心游记》，另一位文学大师茅盾也在1917年编译了英国科幻小说大师威尔斯的作品《巨鸟岛》（以《三百年后孵化之卵》为名），这都是中国科幻小说发展史上值得一提的事。尤其值得关注的是，鲁迅先生当时就富有远见地指出，由于科幻小说具有"获一斑之智识，破遗传之迷信，改良思想，辅助文明"的作用，因此他大声疾呼："导中国人群以进行，必自科学小说始。"

鲁迅先生说得多么好啊！

当新世纪的钟声响起时，我们愿重复鲁迅先生的话："导中国人群以进行，必自科学小说始。"

编　者*

---

　　* 注：金涛原系中国科协科普文艺委员会主任。

一辆黑色的 BMW 跑车，在高速公路上快速飞驰，驾车的人是个 30 多岁的男子。

他的相貌长得颇为英俊，脸上有一股刚毅的英气，皮肤晒得又红又黑，一眼就能看得出是个曾干了颇长时间户外工作的人。

他熟练地握着方向盘，轻轻一转，把跑车拐进一条叉道，向黄河岸边驶去。

车慢慢驶近河岸的一个陡崖停下，他从车上下来，步行到河边，望着被夕阳映红的河水，轻轻地舒了口气，内心忍不住对眼前的景色发出一声赞叹：

"黄河，黄河，我们中华民族的摇篮，我们的祖先吮吸了你的乳汁方能挺立于天地之间，伟大的诗人李白曾为你高歌：'黄河之水天上来，奔流到海不复回……'黄河啊，你孕育了中华民族，但也曾给我们民族带来过极大的灾难，望着你滚滚的波涛，使人感到你太神秘莫测了。也许，蓝田猿人也像我现在一样，曾站在你的岸边，极目远眺，面对着咆哮而来的狂澜，发出心灵深处的崇敬和惊叹吧？也许，半坡男女也像我现在一般，对你这神秘的生命之源，感到困惑不解吧？古人早就盼望着河清有日，但千百年来，人们只会对你赐予的恩惠感激涕零，对你带来的灾难逆来顺受。这两年来，我跑遍了你的两岸，审视过你每条故道，我明白了河清有日，并不是等待天赐，事在人为，我们必须偿还历史的债务和承担历史的使命，我们这一代人一定要把你治成一条绿色的巨流，让两岸变成葱郁的森林，芳草如茵，水清见底，游鱼穿梭，这将是为后世造福的千秋功业，也许我这一代看不到这日子的到来，但我们的后代，一定能看到的，我深信如此……"

他举起左手，看了一眼手表，不禁拍了一下自己的额头："糟，我还

站在这儿流连忘返，要迟到啦！准会挨那刁蛮的钱岚骂了。"

于是他快步返回跑车，来了一个调头，把车驶回高速公路，向前飞驰。

约莫半个钟头后，他再次把跑车拐进一条叉道，驶上一条林阴道，向一座坐落在山坡上的别墅驶去。

别墅的大院外，车道两旁已停泊了好多辆汽车，有名贵的房车，也有军用的吉普车，这表明已有很多人比他先到了。

驾车的男子把车熟练地停泊在一个角落，拿了一包用礼品纸包好的东西，从车里下来。

夕阳斜照着园中的花草，微风吹来，飘散着迷人的芳香，这使他不由自主地猛吸了几下鼻子。

当他穿过花径，走上门前的台阶，发现迎着他站在大门口的一个年轻姑娘，正跺着脚向他叫嚷："夏叔叔，你迟到啦！客人都到齐了，就数你最迟，该罚！"

他笑道："对，是该罚。岚岚，这是送你的礼物，祝你生日快乐！"

钱岚一手接过他双手举到她面前的礼物，一手挽住他的手臂，快嘴快舌像开机关枪似地说："谢谢夏叔叔！我爸爸在客厅里正等着你呢！他刚刚还在唠叨说：'夏若愚这家伙准是不懂路，本该去接他来才对。'我说：'夏叔叔从美国回来讲学，考察了两年黄河，自然不懂路啦，都怪你不去接他。'我正在为你担心，怕你迷了路……"

夏若愚笑道："谁说我不懂路？我这不是及时赶到了？都怪我刚才站在黄河边发呆，否则半个钟头前就到了。客人都到齐了吧？难怪你爸爸等得不耐烦了。"

钱岚凑近他耳朵悄悄地说："夏叔叔，你知道今晚我生日宴会都有些什么客人吗？告诉你一个消息，今天的客人中有一个你最讨厌的人，是爸爸请来的，你猜是谁？"

夏若愚耸耸肩头，面露微笑，压低声音，装出好奇的神情问道："是谁？我猜不着，快告诉我。"

"方道彰，水利部的那个跟你打笔仗的对立面！"

钱岚20岁的生日宴会，她爸爸钱百益一共请了九个客人。夏若愚万万

想不到他竟会邀请了方道彰，他应该知道近一个月来，夏若愚和方道彰在报刊上，正为治黄工程方案在打着笔仗，钱岚所说的"对立面"，指的就是这回事。

夏若愚很快控制住自己的情绪，他只皱了一下眉头，笑意又重新浮到脸上。他对钱岚说："这有什么稀奇呢？我和他在治黄问题上有不同见解，大家各自发表意见，争论一下，总比不讲出来好，这对立面我不在乎，我在乎的倒是想见见你那个'对立面'。"

"我有什么对立面？"钱岚故作不明地反问。

"我说的是你的对象嘛，他是个麻子还是个瘸子，你不敢介绍给夏叔叔？我可以给你参谋参谋啊！"

钱岚捂着嘴，"咭"的一笑："你给我作参谋，我那对象的爸爸可真的是个师级参谋长呢！来，我给你们介绍一下。"

她挽着夏若愚的手臂，大大方方地向客厅走去。

这时，从客厅里走出一个微胖的中年妇女，仪态雍容，充满笑意的双眼，露出一种智慧的光彩。

钱岚见了她，停住脚步说道："夏叔叔，我给你介绍一下，这位是江菲阿姨，她是位医生，她……她是方道彰的夫人。"她向夏若愚俏皮地挤了挤眼睛。

夏若愚连忙伸出手，迎上去对江菲说："我是夏若愚，就是在报上和你先生争论治黄方案的那个夏若愚，请多多指教。"

他们握了一下手，江菲微笑道："夏博士，很高兴认识你，我的那位，如果有什么得罪了你，请多多包涵。"

"哪里，哪里，我们不过都是要探讨真理，争论一下是好事，有时争论了才能弄清真理的。我长期生活在外国，讲话直筒子惯了，容易得罪人，请不要见怪才好。"

江菲道："你别怪我那位，他是个很顽固的老头，几十年一直把身心都放在治黄问题上，以为只有他的方案是最正确的，看了你的文章，一时转不过弯来。我倒相当欣赏你关于彻底改变自然环境的观点，说句不好意思的话，我那位听我一说可气坏了。"

夏若愚道："我们搞科学和学术的人，都是很固执己见的，我也有这

种毛病，属于顽固不化一类。"

钱岚插嘴道："江阿姨，你别信他，夏叔叔可开通了，前天晚上还陪我去的士高舞厅跳舞呢，他并不是花岗岩头脑。"

江菲听了，忍不住捂着嘴笑起来。

客厅传出钱百益的叫声："哎，若愚，总算盼到你来啦，我还以为你迷了路呢!"他走出客厅，一手拉住夏若愚，就往客厅里走："来，我来给你介绍一下!"

钱岚和江菲相视而笑，跟在他们身后。

夏若愚低声对钱百益说："钱老，刚才岚岚给我介绍了江菲医生，你把我和方道彰教授一起请来，不怕我们吵起来吗？那可要使岚岚生日宴会大为扫兴的。"

钱百益眉毛一扬，大声笑道："吵又怎么样？如果你们敢干起来，那才热闹呢，我最喜欢听人争吵辩论，真理越辩越明嘛，反正你们两个都是我的朋友，有些话文章上讲不清，当面讲更好……"

夏若愚摇摇头，无可奈何："真拿你没办法……咦，怎么宋无忌也来了?"

钱百益道："我请他，他未必肯来，这些年来他像与世隔绝一般，只有岚岚出面请他，他就推不掉了，老宋就只买岚岚的账!"

夏若愚见宋无忌正在同一个矮胖的男人在聊天，就问钱百益那是谁。

"你不认得吗？他就是方道彰啊!"

钱百益把夏若愚带到宋无忌和方道彰跟前。夏若愚仔细打量了一下他那个"对立面"，不禁想笑出来，过去他没见过方道彰，这次还是第一次打照面。在他心目中想象的方道彰，跟眼前这矮胖的男人实在对不上号，由于对方文章老辣，夏若愚以为方道彰准是长得头角峥嵘，一脸严肃，可在眼前的这人，却长得肥头大耳，圆眼圆鼻，一点也不凶狠，倒给人以一个好好先生的印象。

他们经介绍后，知道对方是自己的论敌，很客气地握握手，蛮好奇地打量着对方。

方道彰瞪圆眼睛望着夏若愚，摇摇头说："你就是夏若愚博士？我还以为你是一个上了年纪的学者，想不到你还这么年轻呢!"

夏若愚道:"印象和实际往往是对不上号的,我心目中的你是个高瘦老头,你的文章老辣,使我受益匪浅。尽管我们持不同见解,但仍令我深感佩服。"

方道彰道:"我们的争论还未结束,仅仅是个开头而已。"

钱百益不让夏若愚答话,插进来说:"老宋,若愚刚才说,怎么宋无忌也来了,足见老兄是不易请到,若不是岚岚生日,我可没办法请你来吃饭呢!"

宋无忌是个怪人,夏若愚跟他是老相识,曾在美国同过学。宋无忌攻读的是物理学,得博士学位后回国,埋头研究一种他称之为时空物理学的"科学",一躲起来就是一年半载不见人。他个子长得高瘦,同身旁的方道彰恰成对比。

宋无忌同夏若愚握了手,说道:"你可别把钱老的话当真,我最近刚刚把一件工作干完,松了口气,凑巧钱老的女公子来电话,一定要我参加她的生日宴会,我问都请了些什么人,她提到了你的名字,我立即就答应

下来。若愚，算起来我们有好多年没见面了。"

夏若愚笑道："想不到几年没见，你还是以前的宋老怪！"

"宋老怪？"方道彰莫名其妙。

"那是在美国时，同学给他起的外号，因为他性格古怪，往往有出人意表之举，故此大家都叫他老怪，老怪者，怪人也。"

宋无忌哈哈大笑："我是怪人吗？怪人也不错，不是怪物就好了。"

夏若愚问道："老怪，我曾听人说过，你近年在国内搞什么时空物理学的研究，请原谅小弟知识浅薄，这到底是门什么科学？是爱因斯坦的相对论那种物理学吗？"

宋无忌神秘地笑笑，低声说："我刚才正在给方道彰兄解释，我搞的是时间机器。"

"Time Machine?"夏若愚颇为惊愕，跟着哈哈大笑起来，"老怪，你不是开玩笑吧？我只知道英国的科幻作家 H. G. 威尔斯创作了这种只存在于小说中的机器，想不到你竟埋头研究这种玩意儿，可是当真的？"

宋无忌耸耸肩："想不到这世界上人人都爱听假话，讲真话反倒被人当做开玩笑了。"

"不是不信你，不过爱因斯坦的相对论至今仍未被推翻，你这时间机器若真的存在，那可是科学史上一大飞跃，我可真要请教了，可以让我见识一下吗？"

宋无忌点点头："此有何难？你见了就会相信的，其实时间机器同相对论并不矛盾，不过只是从另一个角度来理解相对论罢了。"

"老怪，老怪，真是没治！"夏若愚笑道，"我非常愿意作时间旅行，如果你需要人做实验，别忘了我，我报名当志愿的 Guinea Pig！"

宋无忌还来不及回答，钱岚已抢先插进来说："宋伯伯，对不起，打搅你们的话题，我想要借用一下夏叔叔，介绍他认识一下冯迟。"

宋无忌大笑道："去，去，我把他借给你，若愚，可别说话不算数，我一定要你见了我的机器口服心服。"

钱岚拉着夏若愚，走向客厅另一端，一边走一边问："什么机器？告诉我，宋伯伯又搞什么新发明了？"

夏若愚不以为然地答道："你那宋伯伯说，他发明了一部时间机器，我才不相信呢！他就是爱出怪招，语不惊人死不休！"

钱岚听了，停住脚步，认真地望着他："夏叔叔，你再说一遍，是什么机器呀？"

夏若愚解释道："时间机器，就是科幻小说中的那种在时间里旅行的机器，你信有这等事吗？"

钱岚可乐了："时间机器？如果真有这种机器，我爸爸可要乐疯了，他这个历史学者准会回到历史上的某个朝代去，进行实地考察史实，冯迟也一定会跟着他去的！"

"冯迟？他又是谁？"

"我那个'对立面'呀，"钱岚大方地说，"他也是学历史的，是我爸爸带的一个研究生。"

"哦？你不是说你的那个他是什么将军的儿子吗？"

"他爸爸是冯修参谋长，看，他们就在前边。"

冯家父子正和一个年轻记者在聊天。夏若愚首先注意的是那个身穿军装，个子高大魁伟，虎背熊腰的军人，他腰杆笔挺，一举一动都显示职业军人的气质，他就是冯修。他身旁的儿子冯迟个子也长得跟他一般高大，相貌也很像他父亲，看着他不难想象得出冯修年轻时就是这么个模样。

冯迟一见钱岚向他们走来，立即迎上前。夏若愚跟他握握手，故意侧着头，用目光从头到脚，打量了他一番，然后一本正经地对钱岚说："好，我给打100分！"

钱岚捂住嘴笑，冯迟莫名其妙地看着他们，好不尴尬，低头看了看自己，问道："怎么了？我有什么不对头吗？"

夏若愚用调侃的语调说："我是在给岚岚相女婿，给你打了个100分。小伙子，你们什么时候请吃喜酒，可别忘了给我发个喜帖儿啊！"

冯迟顿时涨红了脸，讷讷地说："还早着呢，我们都还年轻，等我得了博士学位再说吧。"

钱岚轻轻地捶了夏若愚几下，撒娇道："夏叔叔，你真坏，我不干啦！"

钱百益此时也走了过来，听见女儿的娇嗔，故意问道："怎么回事又不干了？是跟冯迟闹翻了吗？"

他正想调侃女儿几句，这时冯修笑着走近来，他也就住口不说了。

冯修经介绍后，握住夏若愚的手，"久仰久仰，在报上拜读过你发表的关于治黄的文章。我别的不会，只会带兵打仗，治黄的事我不懂，不过看了你的文章，我倒很赞同你的见解，千百年来，中国人民都想治好经常为患的黄河，实在盼望河清有日啊。"

这时，从旁钻出一个手擎酒杯的外国人，他大声叫道："说得好，黄河清，圣人出。一旦河清有日，世道清明，还怕没有圣哲出现？"

他一口漂亮的北京话，使夏若愚颇吃一惊，钱百益赶忙介绍说："这位是瑞典的汉语学家唐辰先生，唐辰是他起的中国名字，原名叫埃尔哈特·汤普松，他对中国古文字很有研究，最近来我国讲学。"

大家寒暄一番后，刚才和冯家父子谈话的那个年轻人，被钱岚一把拉了过来，嚷着："哎，小顾，给我们拍几张照片吧！"

钱百益阻止道："要谋杀菲林吗？等一下吧。"

钱岚听了，嘟了嘟嘴。冯迟把那小伙子拉到一边，央求道："顾大章，给我和岚岚拍一张吧！"

小顾搔搔头皮，捉弄地问："有什么报酬，你叫岚岚亲我一下，我就给你们拍！"

冯迟推了推他，低声骂道："小心我揍你一顿！"

钱岚笑道："小顾，你作死啦，坏死了，你以为这难得住我吗？来，我就当众给你一个热吻，看你受不受得了！"

顾大章速退两步，摇头摆手说："免了免了，我给你们拍就是了。"

钱岚拉着冯迟和顾大章，跑到花园，长长地舒了口气，说道："里边闷死人了，不是谈治黄，就是说什么古代汉语，我才没兴趣听呢。走，我们在园子里拍几张照片。"在门口他们碰上了一个金发青年，钱岚欢叫一声："尊尼，你也一块来，我们拍照留念！"

钱岚对这个美国青年并不陌生，尊尼是她爸爸带的一个美国留学生，她叫惯了他尊尼，反而不习惯他自己起的那个中国名字霍禹强。

钱岚站在中间，一手挽着一个，两个年轻的历史研究生站立两旁。尊尼的个子长得高大，跟冯迟一样魁伟，两个人就像一对守卫钱岚的金刚，区别是一个黑头发黑眼睛，另一个是金头发蓝眼睛，两个都是她爸爸的入室弟子，这使钱岚好不得意。

尊尼问道："里边的好戏开场了没有？"

"什么好戏？"钱岚瞪着眼睛反问。

"你爸爸故意把夏若愚和方道彰请来参加你的生日宴会，两只老虎还不斗起来？你爸爸想隔山观虎斗，这不是一场好戏吗？"

冯迟道："可惜没有斗起来，我们溜出来，正是想避开看这场吵闹，多没意思，在报纸上打笔仗还不够过瘾？还要面对面争个你死我活？"

尊尼道："可不是？耳朵要起茧了，才溜到花园来透口新鲜空气的。本来治黄是件大事，自然少不了争论，要是在我们美国，别说治黄那么大的工程，就是建一个大水坝，政府也决不敢擅自决定，一定得举行公听会，邀请专家和各行各业人士、各种团体参加，仅环保团体就足已使政府持如临深渊的态度，不敢轻举妄动了。他们在报纸上发表些争论文章，又算得了什么呢？"

冯迟叹了口气："尊尼，别忘了这儿是中国，不是美国！"

钱岚推了他一把，叫道："够啦！在客厅里谈的是这些，在这儿还谈这些，不闷死人吗？换个话题吧！"

记者顾大章连忙插嘴说："那你有什么新鲜话题？"

钱岚故作神秘地把声音压低，把身边两名大汉的头拉近来，悄悄地说："我刚才听见宋伯伯告诉夏叔叔说他发明了什么时间机器。尊尼，你懂吗？时间机器，Time Machine！"

"What？"

"Time Machine，时间机器！"

"Oh，My God！"尊尼瞪大双眼，望望钱岚，又望望冯迟，摇摇头道，"胡说，根本不可能，那是科幻小说里的东西，现实是不存在的！"

钱岚把嘴儿一嘟，不高兴了："谁说不存在，宋伯伯是时空物理学家，专门研究时间空间的，他怎么会骗人呢？"

冯迟道："要是他真的发明了时间机器，那可是件大事了，我们学历史的，常常都希望真会有一部威尔斯的那种时间机器，可以回到过去的历史中作实地考察，不过这只是幻想罢了，哪可能发明这种机器呢。"

尊尼道："对，冯迟说得很对，我也是这样想的，如果有这么一部机器，就可以回到历史中去，我可以亲眼看到华盛顿怎样领导美国的独立战争，也可以看到林肯怎样进行南北战争，也许还可以提醒林肯总统不要去看那场戏，避免被歹徒行刺暗杀呢！"

冯迟不以为然："不行，尊尼，这样做岂不是干预了历史的进程了？要是林肯不死，美国的历史要重写了。"

尊尼笑道："那最好不要让我回到历史中去，我这性格，一定会去制止凶手刺杀林肯总统的，改不改变历史，我才顾不得那么多呢！"

顾大章摇头道："那可不成的，尊尼，如果那凶手开枪刺杀林肯总统时，你扑上前去制止他，他一枪打歪了，没有把林肯总统打死，你是救了林肯总统，美国历史的进程改变了。可是，那一枪虽然没射中林肯总统，却射杀了他身边的一个年轻的观众，而这观众正是你的曾曾祖父，那又会怎样呢？"

尊尼张大口，又合上，搔搔头不回答。

钱岚捂住自己的口，差点叫起来，她的眼睛盯着尊尼，好像怕他会立刻在空气中蒸发消失掉一样。

顾大章接着说："那一枪把你的曾曾祖父打死了！他死掉也就不会有你这个后代出现，既不会有你的曾祖父，也不会有你的祖父和父亲。尊尼，你根本就不存在在这世界上呢！"

冯迟反驳道："如果尊尼不存在，又怎么会乘时间机器去救林肯总统呢？如果他不存在，那子弹就射杀林肯，而不是那个是他曾曾祖父的观众了。这是自相矛盾的悖论！"

尊尼突然哈哈大笑起来，他的笑声是那么有感染力，使其他三个年轻人也跟着大笑不停。

等笑声停住后，钱岚说："这是以子之矛攻子之盾，妙极了！"

尊尼耸耸肩头，张开双手，一副无可奈何的样子："小顾，我服了你了！我驳不倒你。"

冯迟道："那么即使真有时间机器，我们只能回到过去观察历史，完全当一个旁观者，不能参与历史，否则历史的轨迹一改变，说不定我们都会消失掉的。"

四个年轻人正谈得兴高采烈，突然听见有人在叫他们，原来晚宴要开

始了。他们于是笑闹着回到屋里。

生日晚宴就跟大多数的宴会一个样，只多了一个节目：在七嘴八舌的生日快乐歌声中，钱岚切开点了 20 支小蜡烛的生日蛋糕。

饭后，大家又聚到客厅品尝咖啡，方道彰借着喝了两杯，有点按捺不住，终于重燃战火，挑衅地问夏若愚："夏博士，你长期居住在国外，对我国的国情缺乏理解。几十年来，我们在治理黄河（以下简称治黄）方面，做了很多工作，取得很大的成绩，特别是下游的泛滥，是黄患一个突出的问题，目前下游 700 千米的'地上河'全靠两岸大堤约束河水，包括临黄大堤和作为第二屏障的北金堤、南金堤和沁河大堤，有 2000 千米呢，现在的大堤普遍高达 10 米，宽至 15 米，在两岸大堤植树护堤，改建和新修了 5000 多道人工石坝，对河道加以整治，还修了 4000 个分洪区和滞洪区，终于把这

条苍龙缚住了。记忆犹新的是 1985 年 9 月、10 月间，黄河中游大雨，持续很长时间，千里大堤安然无恙嘛，难道这不是治黄的巨大胜利吗？"

夏若愚点点头，回答道："你说的都是事实，我很赞同，不过我的根本论点并不是反对修堤分洪，也不是反对引黄淤灌，在这方面我国治黄的确取得不能否认的成就。我持的论点是要根治黄河，必须彻底改变整个黄河的生态。要知道黄河在秦代之前 1000 多年中，自然环境所遭受到的破坏极微，灾害也不严重，黄河只改过 3 次道。但秦以后，统一后的政府，修筑长城，移民牧区，垦草为田，农业是发展了，却使森林遭受严重的破坏，结果西汉末年 180 年间就发生过 10 多次决口，5 次大改道，东汉以后的 800 多年，由于和匈奴和睦，停止战乱移民，恢复了草原生机，灾害就有所减少。到了宋代之后，灾情就加重了，宋朝平均每 30.2 年就来一次大水灾，元朝每 24.8 年一次，明朝每 11.3 年一次，清朝每 5.3 年一次。这都是由于破坏了自然生态造成的恶果，要根治黄河，必须改造黄河流域的整个自然环境，才能使水土不流失，黄河也就不会再差不多 100 年又改道一次了。"

"你讲的一番是大道理，谁也不会反对的，但讲就容易了，我们也在中游搞了大规模的水土保持工作，这当然是治黄之本，而且还利用上中游落差大的水力资源，搞了一系列的水利工程，既利用水力发电，又可保护下游的安全！"

"谁也没有否定治黄的成就，但这一切仍未能根本解决黄患，如果不因地制宜广植林木，化荒山为绿野，始终是无法根治黄河的。"

唐辰插进来说："你们谈治黄，不太沉闷了吗？"

夏若愚笑道："不，我不觉得沉闷，倒想多聆听方教授的意见，只是我认为从长远利益计，不只要做刚才说到的那些工作，不能只看眼前利益，如果不彻底改造大自然环境，始终无法解决河床积沙，地上河始终是地上河。至于水力资源，搞大水坝发电，这无疑解决了眼前能源短缺的问题，但从长远来看，却是害多于利的。我认为……"

方道彰不耐烦地打断了他的话："搞大水坝有害无益？夏博士，我倒要请教一下，为什么美国可以建田纳西工程，而我国倒不可以兴建大水坝？"

夏若愚呷了一口咖啡，慢慢回答："田纳西工程并不是成功的典范，不久前英国出了本《大型水坝对社会及环境的影响》的书，里面对全世界23个国家31个水坝进行了分析，指出水坝对生态环境和社会的冲击影响深远，结论证明大部分水坝包括田纳西工程、埃及的阿斯旺水坝在内，都给当地人民带来了很多灾难。国外近年不少大型水库工程都停建了，例如巴西原来计划在亚马逊河上修建而尚未动工的25座水坝全部停建；澳洲在1983年取消了在塔曼斯尼的富兰克林河建水坝的计划；印度的赛伦特水坝施工8年后，耗去资金300万美元，最后也在1980年决定停建。我刚才说过，田纳西工程本身并不是个好的典范，当年兴建时并不懂得要保护环境，如果早知如此，我相信罗斯福总统就不会修建它的。"

方道彰冷笑道："这恰恰说明，西方的价值观同我们的价值观完全不一样。"

夏若愚摇摇头："错了，我们作为科学家，只有一种价值观，就是人类生存的价值，我们是以整个地球整个人类的利益为着眼点的，破坏生态环境，不只是一个国家的事，它将影响到全球的环境，也影响到全人类的生存条件，治黄工程决不只是中国的事，而是全世界的事。我完全理解你的心情，方道彰教授。不过，我在论证上和你是有分歧的，在这问题上，我们都得对子孙后代负责。几十年来，经过几百位专家学者论证，至今尚未取得最后一致的结论，究其原因，就是因为根治黄河影响深远。我从来不怀疑中国人民决心治理黄河水患的动机是为了子孙后代幸福，只是我担心建造过多的水坝，将会给子孙后代带来的不是幸福，而是后患无穷，甚至不只是对中国一个国家而言，从环境和社会的角度来看，多修水坝决非好事，不能急功近利，只为解决当前能源短缺的问题，而给子孙后代留下一座座愚蠢的纪念碑啊。至于能源的难题可以利用其他的资源……"

方道彰哼了一下鼻子，冷笑道："我们中国几百个专家学者都不懂，就只有你这个海外华人懂！当然啰，你吃的是洋面包，讲的是外国话，我倒怀疑你反对我的治黄方案的动机是否是真的好呢！"

夏若愚听了这话，脸色一沉，把头一昂回答道："方先生，谢谢你提醒我是个海外华人，不错，我在美国出生长大，入了美国国籍，但正如你也承认的，我还是个华人。我跟你一样，长着黄皮肤，我的血管里流着的

也是中国人的血。尽管我受到的教育跟你有所不同，但我也跟你一样以自己是炎黄子孙而感到自豪，对于有 5000 年历史文化的文明古国，我的热爱并不亚于你。"

江菲走过来，悄悄地扯丈夫的衣角，想制止他。可是，方道彰挥手拍开她的手，怒气冲冲地对夏若愚说："我方道彰几十年来，为设计治黄工程，出了多少力气，费了多少精神，我已把自己的整个青春耗在这一伟大的设计上面，你一回国就开始叽里呱啦……"

他那气势汹汹的架势，使大家为之愕然，但夏若愚一点也不激动，微笑着呷了一口咖啡。这时唐辰插进来说："你们两位先生可以休矣，今天是钱岚小姐生日，何必脸红脖子粗呢？我是研究中国古书搞汉学的，对治理黄河一窍不通，不过我倒知道中国历代统治者对治黄都不遗余力，就拿清代的康熙来说，就出了不少力气，不知道是不是受了'黄河清，圣人出'这句话的影响呢？统治者总是想被人当做圣人，至少面子光彩些吧？可怎样才算得上是圣贤呢？我想大概只有陶唐帝尧，有虞帝舜，再就是治水的大禹吧？"

这倒引起了钱百益的兴趣了，他说："过去都说尧舜是圣帝，我看这大概是周代以后人们把他们神化了，古书中把他们说成很民主，而且让贤逊位，其实都是后人对帝王的理想化罢了。他们都是跟我们一样的人，并非圣人。"

唐辰摇摇头："钱老，你可是语不惊人死不休呀，竟然非议圣贤，这要是在雍正乾隆时代，恐怕要惹杀身之祸了。哈哈！"

钱百益说："我只是以历史科学的眼光来看历史，《古本竹书纪年》里有云：'昔尧德衰，为舜所囚。'哪里有什么让贤的事，舜是夺了尧的权，把他关起来了呢。"

钱百益这番话，引起了大家的兴趣，冯迟和尊尼更是竖起了耳朵，想听下文。

钱百益却拿起咖啡，呷了一口，吊大家胃口，过了好一阵也没继续说下去。

他女儿等得不耐烦了，拉拉他的手央求道："我的好爸爸，不要卖关子了，到底舜是怎样夺尧的权的，快讲嘛！"

　　钱百益这才说："我国古代传说中的那些三皇五帝，其实不过是氏族社会部落联盟的酋长罢了，最初倒可能是民主选举出来的，这种原始社会的酋长大概是军事领袖，都是由氏族成员推举出来的，那时的社会可称为'大同'社会，这种推举首领的制度就叫'选贤与能'，也就是传说里的'禅让'。可是随着社会发展，战争掠夺，部落首领的权力和财富迅速增加，首领的职位继承就不再由氏族成员推举，他利用权力，把占有的职位当成私产，传给儿子，尧就想把帝位传给儿子丹朱，于是舜这个有一定势力的酋长就发动政变，把尧抓了起来，借口说尧破坏传统，将他囚禁起来，从而把领导权抢到自己手里。我这不是瞎编出来的，在《史记·五帝本记》就引有'舜囚尧，复偃塞丹朱，使不与父相见。'的讲法；《韩非子·说疑篇》更讲明：'舜逼尧，禹逼舜，汤放桀，武王伐纣，此四王者，人臣之弑其君者也。'你们说，这不是以武力夺权是什么？"

　　宋无忌道："高见！钱老，你这见解相当精辟，把原始部族的首领更代的本质给点出来了。可是，你只是从古书中寻章摘句加以引证解释，可有兴趣亲自去观察这历史的真情实况吗？"

　　"你是说，亲自去观察历史？这怎么可能？历史早已成为流逝的过去，逝者如斯，不舍昼夜，别说回远古的历史去，就是回到逝去了的昨天，也是不可能了。"

　　宋无忌发出一阵得意的笑声，拍拍钱百益的肩头，故意放慢声调大声说："钱老，我有办法送你回4000年前去，你不就可以实地观察舜是怎样夺取尧手中的权了？"

　　"你送我回4000年前去？怎样送？"钱百益笑道，"除非世界上有一条时光隧道，但这只是科幻小说的产物，是作家的脑袋想象出来的，现实中根本不存在。"

　　宋无忌收住笑声，一本正经地说："谁说现实中不存在？我所发明的时间机器就办得到！"

　　大家都转过头来，望着他。

　　钱百益摇摇头道："无忌，你又玩什么怪招来着？我怕你是研究你那时空物理学搞到走火入魔了，时间机器就跟永动机一样，会成为人们的笑柄的。"

　　宋无忌并不因别人不相信而感到生气，他早已习惯被人嘲笑，在研究过程中，他受过不少人的怀疑、讽刺和批评，他从不气馁。这时他环顾大家一周，斩钉截铁地说："永动机不可能实现，因为它是不科学的，时光机器却可能实现，因为我已把它造成了。你们不相信？那我可以让你们开开眼界，你们就相信了。我请你们跟我一块到我的研究所去，你们看到之后，就不由得你们不信了。"

　　钱岚抢着说："我去！宋伯伯，我跟你去。我相信你！"

　　冯迟跟着说："如果你真的发明了这么一部机器，那真是太好了，我们研究历史的方法就要彻底革新，我相信如果能回到过往的岁月去考察历史的真相，不只可以解开很多历史之谜，很可能历史书全部都要重新改写了。"

　　顾大章走上前来，他那记者敏锐的触角，已察觉出一件有趣的新闻。他拿出笔记本，正想记下些什么，却被宋无忌止住："慢着，现在不准报道，等大家看过之后你再写好了。"

　　钱百益考虑了片刻，说道："年轻人容易取信，可我这个老头，就不会轻易上你的当，无忌，既然你请我们去你的研究所，那我一定奉陪到底，可是，你得小心，我是不会受骗的。"

　　夏若愚说："好，我也去，我倒真要见识一下时间机器呢，老怪，我当志愿实验品够格吧？我倒真想回到 4000 年前去看看大禹怎样治水呢！"他转过头来，挑战似地望了一眼方道彰，问道："方教授，你也一道去吧，我相信像我们搞水利的人，是不会放过这个好机会的。"

　　方道彰有点犹豫，他侧头望望自己的太太，江菲微微一笑，握住他的手，低声说："你去，我也去。"

　　宋无忌有点肆无忌惮地说："其他几位呢？有胆量去吗？"他对唐辰和尊尼说："我绝对不把这发明当做什么机密，搞什么内外有别，外国朋友一样欢迎。"他又对冯修望了一眼，"我相信参谋长会有兴趣的，你可以从军事的角度来看看这机器，不过我提醒你一句，这机器不准用在战争上面，否则我就亲手毁掉它。"

　　冯修宽容地点点头："好，一言为定。"

　　唐辰站起来，走到宋无忌面前，有力地握住他的手："谢谢你不把我

当外人，我虽然是瑞典人，但我大半生是同中国文字打交道的，我已经把自己当成是个中国人了。哈哈，宋先生，能参观你的时间机器，使我感到无限荣幸。"

尊尼是无需再问的，他已经和冯迟、钱岚跑出去，准备汽车了。

宋无忌挥了挥手，叫道："走，到我的研究所去。"

于是，大家离开了钱家，分坐几辆汽车，前往宋无忌的时空物理研究所。汽车在公路上奔驰，在钱岚这个浪漫的少女心中，这研究所，无异于一座神秘的魔宫。

这群人怀着好奇、怀疑、惊诧的复杂心情，走进宋无忌的时空物理研究所。这是建在小山头上的一间现代派设计风格的房子。

宋无忌把大家带进一间实验室。这实验室里有着一排排的电脑，宋无忌按了一个电钮，电脑亮起了红色、黄色、蓝色的小灯泡，活动起来了。

在实验室中央，摆着一个像电话亭似的柜子，通过玻璃门，可以看见

里面放着一张座椅，椅子上放着一个铁丝笼子。

钱岚指着那个柜子问："宋伯伯，这就是你的时间机器吗？"

宋无忌点点头，答道："这只是一个小的实验模型，不过，却花了我 5 年时间才实验成功的。"

大家围住这模型，仔细观察，只见这柜子有很多电线，通到那一排排的电脑上。

钱百益问："老宋，你这机器是怎样运作的呢？真能通过它回到过去吗？"

宋无忌把他带到一台电脑旁，耐心地解释说："我用这台电脑来控制这部机器，你看，这表板上不是有着两个跳表吗？上面那一个是我们现在的时间，标明了今天是某年某月某日，几点几分，而且是以百分之一秒来跳字的。下面的那一个，则是由我们把要去的时间输入进去，表示我们要把实验品送到历史中的某年某月某日，甚至是几点几分几秒。好吧，让我做一个实验给你们看看。岚岚，麻烦你从那边笼里把那只睡着的老鼠捉来，放进那机器里的笼子，我要把它送到 24 小时之前的时间去。"

钱岚皱起了眉头，一动不动。

宋无忌问："怎么了？岚岚，你怎么不去捉那只老鼠呢？"

钱岚摇摇手："我怕老鼠。"

大家听了，忍不住大笑起来。

冯迟道："真是长个头不长胆子，老鼠有什么可怕的？让我去捉。"

钱岚一把将他抓住，叫道："你要是去碰那老鼠，以后可别碰我！"

冯迟这下可进退两难了。

尊尼道："好，好，我来救驾！岚岚，我以后不碰你就是了，这下你放心了吧？"

钱岚躲到冯迟的背后，又害怕又好奇地探头张望，看尊尼去抓那只小老鼠。

尊尼从笼子里捉了那只小老鼠出来，他用双手捧着它。这小老鼠在他的大手掌心里好奇地东张西望，缩起前肢，用后肢撑着身子站起来，不停地用长着几根胡子的小鼻子，到处乱嗅，看什么地方有东西吃。

尊尼慢慢走过来，一边说道："这小家伙顶精神，好玩极了，看它那

小眼睛多么精灵。"当他经过钱岚身边时，突然做出一个要把老鼠抛向钱岚的动作，叫道："给你，接住！"

吓得钱岚尖叫起来。冯迟用臂膀围住她，把她搂在怀里。

"尊尼，你要作死啦，等一下我跟你算账！"钱岚惊魂甫定，生气地骂道。

尊尼把小老鼠捧到嘴边，作亲吻状，一边笑着说："我碰过老鼠，你还敢碰我吗？你要打我，我就用捧过老鼠的手碰你，看你还敢不敢跟我算账！"

宋无忌笑道："你们这些年轻人真是嘴上没毛不经事，还打打闹闹，耽误时间，尊尼，快点把老鼠放进那个笼子去，我们在等着做实验呢!？"

尊尼把那像电话亭似的柜子的玻璃门打开，将那只小老鼠关进那铁丝笼子里，小老鼠到了这新环境，跑来跑去，到处乱嗅，仍然神气活现，用前肢的小爪子攀住笼子的网眼，向外张望。

等尊尼把玻璃门关上，宋无忌按下了一个灯掣，机器里的顶部亮起了一个灯泡，大家透过玻璃门可以很清楚地看到机器内的一切动静。

"各位，现在我们开始进行实验了。"宋无忌对大家说，"我要用这个实验模型，将这只老鼠送回 24 小时前的过去。我首先在电脑把约定的时间输进去，等一下我开动机器，老鼠就会在机器里消失掉，这说明它已回到 24 小时前的过去，等它回到现在的时候，它将会在机器里重新出现。"

大家仔细地看着他的每一个动作，尤其是钱百益，瞪大双眼要看清他有没有弄虚作假，打算拆穿他的把戏。

宋无忌的手指像弹钢琴一般，在电脑的键盘上飞舞，电子跳表上显示出了输入的时间。当数字固定之后，宋无忌回过头来对大家说："你们注意看着那只老鼠吧，当我开动机器后，就会把它转移到另一个时间去了。"

所有人的目光都望向那个奇怪的机器，只见玻璃后面那只小老鼠活跃地窜来窜去。

宋无忌说："现在我要开始了，在我按下开关之后，机器内会泛起一种浅绿色的光雾，小老鼠就会消失。再过一阵，我按下返回现在的开关，它将重新出现。"

说完，他按下了开关，顿时机器内泛起一种奇特的浅绿色的光，先是

稍暗，几秒后转亮，在绿光中泛起一团光雾，小老鼠在笼里仍旧上窜下跳，就在这时，它突然间消失不见了。

"它已经回到24小时以前的世界去了，我们停留在现在，当然看不到24小时以前的事物。小老鼠并没有死亡，它只是存在于另一个时空罢了。"

唐辰赞道："玄！真是玄！"

宋无忌说："这就是时空转移。"

过了片刻，宋无忌说："现在我们再将这只老鼠从24小时之前的时空弄回来吧。"

他按下了返回现在的开关，机器里的浅绿光雾消失掉，大家透过玻璃，又看到那只老鼠出现在机器内的铁丝笼里，仍在上窜下跳，好像没有发生过被转移到24小时前的过去一样，还是那么神气活现。

钱百益用怀疑的目光审视着这只老鼠，过了一会，回过头来问宋无忌："老宋，你这是不是一种障眼法？"

宋无忌像受到侮辱一般，生气地回答："你以为我是马戏班里的魔术师吗？钱老，你知道我跟你一样，是严肃的学者。我并没有耍什么把戏，变什么戏法，我这时间机器确实把老鼠送到24小时以前去了。难道这实验仍不能使你信服吗？"

钱百益道："我承认你的机器能使老鼠消失掉，也能使它再次出现，但我们是隔着一层玻璃来观察，说不定那只老鼠由始至终都是在那儿，由于那绿色光雾的作用，造成一种光学效果，使我们看不见它。"

唐辰这瑞典学者却持相反意见："不，钱老，我倒相信这是真的时空转移，实在太不可思议了。"

夏若愚道："要想证明这实验不是搞障眼法，惟一的办法是用一只会思想能说话的老鼠做实验，就可以请它讲出是否真的回到24小时以前的时空了，老怪，可惜你选用的是一只不会讲话的老鼠，它没法给你作证。"

宋无忌一下就听出了夏若愚话中有话，但他不作任何表示。

钱百益反驳道："我明白若愚指的是以人做实验。这里面有个矛盾，解决不了，如果送回过去的是个人，他会遇见自己，那在同一时空岂不是有两个他同时存在？"

宋无忌鼓掌叫好大声说："钱老不愧是个头脑精密的学者，一句话就

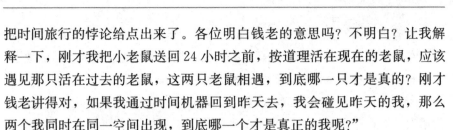

把时间旅行的悖论给点出来了。各位明白钱老的意思吗？不明白？让我解释一下，刚才我把小老鼠送回 24 小时之前，按道理活在现在的老鼠，应该遇见那只活在过去的老鼠，这两只老鼠相遇，到底哪一只才是真的？刚才钱老讲得对，如果我通过时间机器回到昨天去，我会碰见昨天的我，那么两个我同时在同一空间出现，到底哪一个才是真正的我呢？"

钱岚抢着回答："两个都是你嘛。"

尊尼笑道："假如从今天回昨天去的宋先生把昨天的宋先生杀死了，那么又何来今天的宋先生呢？如果昨天宋先生死掉，那么今天的宋先生又怎么能活到今天，还回到昨天去杀人？"

宋无忌高兴得拍起掌来："好，尊尼，你说得很好，可惜你不是我的研究生，否则我会给你打个满分。钱老，你这外国门生头脑蛮灵光呢。尊尼刚才说得很对，今日的我若杀死了昨天的我，那么又何来今日的我呢？这就是时间悖论 Time Paradoxes，因为它违反了一条我们早已习惯了的根本规律，也就是因果规律。一般来说，过去是'现在'的因，'现在'乃'过去'之果，因果倒置，自然矛盾丛生了。"

夏若愚道："这点我明白。如果我回到 6 年前，见到了 6 年前的我，两个人在街上碰见，我会知道他是过去的我，他就不知道我是 6 年后的他了，如果我不杀死他，那就不会产生这种时间旅行的悖论了吧？"

宋无忌点点头道："这有点道理，如果你回到 6 年前，纠正了过去的你的错误，那么今天的你可能就完全不一样了。所以，人使用这机器就有一点儿危险性了。"

钱百益道："看来是有一点危险，但如果能回到过去去考察历史，冒这点危险还是值得的，如果我们回到过去，不插手干预历史的进程，只作旁观者，就不至于会改变历史了。"

宋无忌道："三句不离本行，钱老立刻就想到历史上面去了。"

冯迟插嘴说："每一个搞历史研究的人，都希望能弄清历史上很多不解之谜，如果这机器真的能把我们送回过去，我可以保证不去干预历史，只要让我去考察就行了。"

钱岚探探头："假如你回到历史，在那时被人杀死了，那你就回不来了。还是不去为妙。"

冯修一直没有吭声，这时笑道："岚岚，你这么怕失去迟儿吗？我看，人总是要冒险的，人类跟其他生物不同之处，就是人有冒险精神，这样人类才会进取，社会才会进步，千古成败在尝试，我倒主张迟儿去冒险。"

夏若愚这时走到宋无忌身边，望着他说："刚才你只是用老鼠做实验，你可曾用人做过实验吗？老怪，我倒乐意当志愿实验者，让我做一次实验吧。"

他这番话，使在场的人议论纷纷，有人反对，有人赞成，有人说这太冒险了，有人则说不会有什么危险。

宋无忌想了想，抬起头来看看大家，然后说道："各位听着，夏若愚提出拿他做实验，那我就告诉大家好了，这不会有危险，我自己就是第一个试用过这机器的人，我还活生生地站在你们面前，所以不必害怕的。若愚，你真的要做这个实验吗？"

"既然你都平安无事，我还怕什么？我干！"夏若愚坚决地说，"我又无家小，单身一个，没有什么可牵挂的，就让我做一次实验好了。"

冯修道："宋先生，我也报名，让我这当兵的老粗做这实验好了。"

"若愚，如果你真的要做这实验，你要到过去的什么年月？"宋无忌严肃地问。

"什么年月吗？"夏若愚低头想了一会儿，然后说，"我希望回到我29岁的时候，那时我正在哈佛读博士学位，你要问我为什么要回到6年前去吗？老怪，不用我说了吧。"

"你还忘不了她吗？"宋无忌扬起了眉毛，夏若愚这要求颇使他为难，因为他知道夏若愚的未婚妻范素娟是那一年飞机失事去世的。当时他还曾安慰过夏若愚，但他料不到事隔6年，夏若愚仍未忘情。"若愚，即使你回到过去的那段日子，也改变不了历史，无法把她留住的，历史的发展并不以你主观的意志为转移，她要去还是会去的，你何苦呢？难道还想再伤一次心吗？"

"不，老怪，你是不理解的，"夏若愚答道，"人的感情的确很奇怪很复杂，我知道那将会是又一次生离死别的痛苦，但我仍想再见到她一面，即使只是见见她，不能阻止她走向死亡，我宁愿付出承受痛苦的代价。"

"嗯，好吧，"宋无忌道，"我就如你所愿，把你送回6年前去，先讲清楚，我只让你逗留12个小时，一到时间我就把你弄回现在来。你选择哪一天？几点？"

夏若愚想了想说："6月21日，上午9点到晚上9点，整整12个钟头。"

宋无忌听了，皱起了眉头："这么多日子为什么一定要选这一天？那不是素娟搭飞机的日子？"

"不错，她是那天晚上八点半在机场和我分手的。"

"唉，你……你这又何苦？"宋无忌摇摇头，劝他道，"为什么不另选别的日子呢，选一些你们最快活的日子不是更好吗？"

"现在我已经知道结局，再回去见到她，即使是最快活的那些日子里，我一想到结局，就不可能快活了，倒不如让我痛苦更真切些。"

钱百益拍拍夏若愚的肩头，问道："我劝你还是不要做这实验，若愚老弟，你可曾想到这会是怎样的一种尴尬情况吗？你要真是回到6年前，出现在波士顿，在街头上看见6年前的你同你的未婚妻手挽着手，你怎么办？上前去作自我介绍说：'我就是夏若愚。'而6年前那个你会怎么说？

'你是假冒的，我才是夏若愚。'好了，你那未婚妻左看右看，分不清你们两个谁是谁了，这叫她怎么办？"

尊尼出主意道："夏博士，如果我是你的话，一拳把另一个你打晕，然后把未婚妻搂进怀里。我们美国人就是这样，先下手为强。"

钱岚拍手叫好："对，夏叔叔，就照那么办吧！"

"你们是教我揍我自己吗？"夏若愚苦笑道，"不行，我不能把自己一拳打晕的，那我的未婚妻说不定认为我是假冒的，叫警察把我抓起来呢，那我岂不是得在牢房里蹲 12 个小时了？"

江菲插嘴道："对，别听尊尼这馊主意。我是医生，我倒想到了个主意，你何不让过去的你喝上一杯酒，醉倒在家里，或是让他吃两粒安眠药，睡上 12 个小时，你不是可以名正言顺地在未婚妻面前露面，也不用假冒了，更不必动粗。"

方道彰道："夏先生，虽然我们在治黄问题上是论敌，不久前还争个不休，甚至到现在我们的争论还未解决，不过，我佩服你的勇气，来，我们握握手，我祝你实验成功，等以后有机会我们再争论好了。江菲刚才出的主意，我想是较好的办法，只是你可别让那过去的你醉死掉或服用过量安眠药，要是你把他弄死了，那你就活不成了，我岂不是失去了论战的对手了？"他真心实意地跟夏若愚握了握手。

"好吧，就照江菲医生的办法做好了，我会小心的。"夏若愚道。

大家都围在夏若愚周围，再三叮嘱他要小心谨慎，不要闹出乱子。大家还说，要在这实验进行过程中，留在研究所不走，等着他从过去回来。

宋无忌忙着在电脑上输入需要的资料，他反复核对了几遍，把时间固定在 6 年前 6 月 21 日上午 9 点到下午 9 点这 12 个小时里。

夏若愚坐进那个像电话亭似的柜子里的椅子上，安安静静地等着把他输送回 6 年前去。

钱百益紧张地在四周踱来踱去，不时又停下来往玻璃门里望望，他又焦急又担心，到底这是拿活人做实验啊，要是一出差错，夏若愚消失掉回不来，那怎么向别人交代？

方道彰不断用手巾抹着额头冒出的汗，虽然实验室有空调，一点也不热，但他仍不住地冒汗。江菲坐在他身边，一声不吭。

四个年轻人也不作声，静静地站在机器前，望着夏若愚。钱岚瞪圆了双眼，生怕夏若愚会在她一眨巴眼睛时就消失不见。她紧紧握住冯迟的手，手心在冒汗。

唐辰和冯修站在一旁，他们两个比较冷静，默默地看着宋无忌的手指在拨弄着电脑的各种电键。

顾大章举起照相机，不停地用各种不同角度来拍摄，要把这实验记录下来。

"好，要开始了，"宋无忌说完，按下了开关，时间机器泛起了一阵淡绿的光雾，夏若愚向大家微笑着打了个招呼，就在光雾中消失掉了。

"他不见了！"钱岚叫起来。

宋无忌道："不是不见了！是回到6年前的6月21日上午9点去了。"

大家沉默地望着夏若愚刚才还坐着的地方，现在只剩下一张空椅子了。

宋无忌舒了口大气，说道："大家到客厅去休息一下吧，他不会那么快回来的。"

在淡绿色光雾泛起的那一刹那，夏若愚觉得自己眼前突然闪过一阵亮光，随着眼前一黑，当他再看清眼前的事物时，发现自己并不是坐在时空研究所实验室的机器里，而是坐在一间自己相当熟悉的房间里面。他认出这是他在哈佛大学宿舍的住房，对了，这房间里没有人，6年前的这天早上9点他还在实验室，他记得这一天他在9点钟刚刚做完了最后的一次冲刺，完成了博士论文的誊正稿。他看看墙上的钟，短针指着9，长针指着12，这时他应该是在电脑上打完了最后一行字。

接着是干什么呢？夏若愚仔细回忆那天自己曾干过的事，对了，打完了文稿，他就回宿舍来，洗一个澡，刮脸，喝两杯咖啡，然后穿上衣服出门，驾车去找素娟。今天晚上素娟要回旧金山去见她父母，机票还是他代买好的呢，就放在面前的书桌上，他得把机票送去给她。这一天他们约好，收拾好行李，就一块驾车到郊外去游玩，然后到中国菜馆吃晚餐，晚餐后他驾车送她到机场去……这是他和她相处的最后一天，一切都深深地烙在他脑子里，是永远也忘不掉的。

秒针在"的哒的哒"不停跳动，已经过去了5分钟，这时另一个夏若

愚应该是收拾好文稿，放进文件柜，披上外套，锁好门准备回宿舍了。该在他回来之前准备好安眠药，哪里有安眠药？夏若愚记得自己从来没吃过安眠药，自己洗澡间的药柜里是没有这种药的。他真后悔不带两片安眠药来，现在到哪儿去找？到药店去买吗？来不及了。

突然，他记起楼下住的一位同学是经常闹失眠的，相信他准会有安眠药，但愿他不要吃光了。他赶忙跑出宿舍的房门，跑到下一层楼去敲门，糟，这家伙准是昨晚失眠，吃了安眠药，现在还睡得死死的，不来应门。

夏若愚有点焦急了，在没有人应门的时候，却听见有人在用钥匙开门的声音，他知道另一个夏若愚，也就是6年前的他自己，要进门来了。怎么办？

他听到另一个自己在门口，吹着口哨，对，是吹着柴可夫斯基的《花

之圆舞曲》轻快的调子。他已把门打开，而且又把门关上了。再过几秒钟，就会走上楼梯。夏若愚不想同自己打个照面，他伸手去拧房门的门把，门并没上锁，无声地打了开来，他连忙闪身进门内，才刚掩上门，那另一个自己就在门边走过，吹着口哨，走上楼梯。

夏若愚在门后舒了口气，回过头来，见那在床上睡着的同学，睡态很难看，被子一半拖在地上。他走上前去，把被子拉起来给他盖好，那家伙倒睡得很熟，垂涎一直流到枕头上。在他床头的小柜上，就放着一瓶安眠药。

夏若愚拿起那瓶子，摇了摇，还好，里面还有几粒，他拧开瓶盖，倒了两粒在自己手心，然后把瓶盖拧上，放回柜上。

下一步该怎么办？

他悄悄离开那房间，踮着脚走上楼梯，在自己房门前站住。

从半掩的房门外，可以听见房里的那个夏若愚一边吹着口哨，一边在脱衣服，然后走进浴室去，跟着，从浴室传出淋浴的水声。

夏若愚赶快闪身进门，走进厨房，从架子上取下咖啡壶，将两粒安眠药压成粉状，放进咖啡壶内。他就像往日习惯那样，在纸漏斗上加上三匙蓝山咖啡。他每天早上习惯了喝两杯咖啡，所以一定加上两杯水进咖啡壶，插上电插头。行了，等一下那一个 6 年前的自己准会在洗完澡后，穿着白色的浴袍，走进厨房来煮咖啡喝的。今天就为他把咖啡煮好让他喝吧，他一定以为是自己洗澡前煮的呢。

夏若愚听到另一个自己在浴室里吹着口哨，现在水声停止了，但人还没有走出来，夏若愚忍不住暗笑，他知道自己这时是裸着身子，对着镜子在刮胡子，再过一分钟，就会披上浴袍，出来喝咖啡。

他现在还不能露面，不能让另一个自己看见，于是，他踮着脚尖，走进睡房，站在门背后。

突然，电话铃响起来，把他吓了一跳，他本能地想去接听电话，但立刻意识到自己的处境，连忙躲回门背后。他知道这是素娟挂来的电话，他多么希望听到她讲话的声音啊！

另一个他这时从浴室走出来，接听了电话，夏若愚记得那天早上素娟和自己在电话里讲过的每一句话，现在，他只听到另一个自己在讲话。他

闭上眼睛，不想听下去，他觉得自己讲的话从另一个人口中讲出来，听起来有一种奇怪的既亲切但又陌生的感觉。

那一个夏若愚打完了电话，把电话挂上，走进厨房去了。他该喝下那两杯又香又浓的咖啡，不加奶，不加糖……要多久他才会睡过去呢？

夏若愚从门背后走出来，他走进厨房，看见另一个自己已经伏在餐桌上睡着了。

这个看去既熟悉又陌生的年轻人就是自己吗？夏若愚看着 6 年前的自己，心里感到吃惊，好像自己灵魂出窍，从上空望着自己一样，感到很异样。

那伏在餐桌上的自己，已呼呼睡熟，两片安眠药，足够他睡上 12 个小时了。

夏若愚扶起那个自己，把他半抱半拖地弄回床上去，让他躺好，头舒舒服服地枕在枕头上，盖上被子。

他站在床边，看着那睡熟了的自己，忍不住说了声："对不起，我不得不这样。"

一个人要再重复过一次已经历过的生活，心情是跟当初完全不一样了，夏若愚知道自己最心爱的未婚妻将在今晚九点死去，他怎么能像当日不知道时那样无忧无虑地去拥抱爱情呢？现在的他所看到的一切，都染上了一层悲剧的色调，连阳光也像失去了亘古不变的光辉。

当他驾驶 6 年前的那辆汽车，经过哈佛广场那间熟悉的花店时，他没有忘记买一束红色的玫瑰，这是素娟最喜欢的花，她将会把它们插进那个放在钢琴顶上的阔颈日本花瓶。

鲜花是会谢的，而她将在 12 小时后就走向死亡，这一切是多么残酷啊，能不能阻止她登上飞机呢，设法改变历史，让她可以不死呢？他把车泊好，拿着花束，走向她租住的公寓，在按响门铃之前，他感到一阵胆怯，把头抵住门口的石墙，心怦怦地跳着，闭上双眼，很快素娟就会把门打开，他将可以再次见到 6 年来没法忘怀的她了。他多么渴望再见她，但却又害怕面对她，他会控制不住自己的感情的。他的心情很乱，这可不是 6 年前当时的感受。他的眼眶里忍不住凝着泪水，强把这悲苦咽进自己的肚里，举手去按门铃。

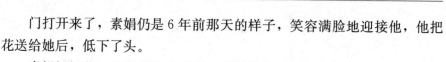

门打开来了，素娟仍是 6 年前那天的样子，笑容满脸地迎接他，他把花送给她后，低下了头。

素娟闻闻花，用甜蜜的声音说："谢谢你，愚，快进来吧，站在门口干什么？"

若愚把脸拧向一边，走进房去。素娟把花放在桌上，扑过来，搂住他的脖子，热情地吻他。他的眼泪再也忍不住流出来了。

"愚，你怎么了？你哭什么？"当她发现夏若愚的泪水直往下掉，不由得惊讶地追问。

这可不是 6 年前那天早上见面的情形，以前的那个夏若愚没有理由流泪的。

他不能够直截了当告诉她真相，也不能坦白自己是从 6 年后回来的，更不可以对她讲明她在 12 个小时后将会死于空难。若是她知道这一切定会吓疯的。

"愚，干吗流泪？我只不过去一个礼拜就回来，你舍不得我去吗？"素娟问。

夏若愚点点头，双手捂住自己的面孔。要知道她将会永远一去不复返，哪里是只去旧金山一个礼拜呢？

"别那么傻气了，愚，都要进行博士答辩了，快 30 岁的人还哭……"她说着，自己也流出泪来，"别哭啊！你哭得我心都乱了！"

夏若愚抬起头来，用模糊的泪眼望着素娟，沙哑着声音说："你不要去吧，素娟，我们今天就结婚，我不能没有你啊！"

素娟用双手捧住他的头，吻他的眼睛，吻他的嘴唇，低声说道："为什么？为什么你改变了主意？你不是说等拿到博士学位才结婚吗？急什么，再过很短一段时间，你就进行答辩了呀！"

"我不能等，过不了今天！你答应我吧，你不要在今天去旧金山，过两天我们一块去。"

素娟摇摇头说："我刚和妈妈通过电话，说好了搭什么班机，她会到机场接我。愚，你今天怎么了？为什么这样激动？"

夏若愚一把将她搂在怀里，用一种绝望的声调恳求："素娟，素娟，你听我说，我不能让你离开我，求求你，我一生就求你这么一次，听我的

话，不要离开我，今天我们就结婚，不，不能等到明天，否则不会再有明天了。"

素娟把头倚在他的肩头，依偎着他："愚，我知道你爱我，这使我感到很幸福，你为什么一定要我留下来？为什么匆匆忙忙去结婚？难道你不知道我是多么爱你吗？今生今世我爱的就只有你一个人，相信我吧！"

夏若愚有点执拗地说："我知道，我知道，正因为我知道，所以我才这样要求，我决不能等到第二天，一定要在今天和你结婚。"

"你真是，怎么变成这样孩子气？难道不在今天结婚我就不是你的人了？我不会爱别人的，愚，相信我，我只爱你。不过，我们不能在今天这么仓促就结婚的，婚礼可是人生的一宗大事，不能马虎草率，我爸爸妈妈没法赶来波士顿参加婚礼的，我连婚纱都没准备，这怎么行呢？"她不断地摇头。

夏若愚心里很矛盾，他不想失去她，因为他已经失去过一次了，但怎样才能不失去她呢？她爱他，这一点他没有一点疑问，如果现在他要求她把自己给了他，他相信她不会拒绝他的。但是他应该这样做吗？他很想这样做，但不能，他跳动得很快的心像要裂成两半，他一会儿想放纵自己的感情，往前闯去，一会儿又责备着自己的冲动，往后退却。这种矛盾的痛苦在绞缢着他的心，他的心抽搐着，像触电似的，像要爆裂开来。血液在沸腾，他内心里要狂声叫喊，愤怒地号哭，抗议命运的无情，但这狂风却像突然进入了静止的状态，他整个人麻木了，一种坚强的意志把他镇压住了。他要在她死前把自己的爱全部奉献给她，同时也要全部地占有她，永远保存着她的爱。

他痛楚地叫起来："我疯啦……"

她怜爱地抚摸着他的头发，说道："你一定是为那论文拼搏得太累了。"

他绝望地说："这是宿命！"

她摇摇头："我不明白，你到底要我怎么办呢？"

"我要你，我爱你，我不能没有你，没有明天，没有希望，我不能告诉你为什么要你留下，我只能恳求你。否则我将永远跌进绝望的深渊里去的！"

　　素娟把他的头拥在自己怀里，他听到她悸动的心声，她的胸脯像波浪般地起伏。他紧紧搂住她的腰肢，依偎着她。

　　她说："愚，你真傻，难道你还不相信我的爱吗？我对你是绝对没有一点保留的，我就是死了也一样爱你的。"

　　夏若愚跳起来，捂住她的嘴，焦急地说："不准说死字，你不能死的，你不会死的！噢，不要再提这个不祥的字眼。"他突然感到死神正在迫近，心中猛然迸发出一股反抗的怒潮。

　　她的死是对他的一种处罚，是他心中的魔鬼跟他作战时出奇制胜的一招，他再也不能把感情再锁在自己的心里了，在绝望中他把她抱在怀里，用灼热的唇疯狂地吻她……当爱的绚烂归于平静之后，他感到满足，没有思想，没有恐惧，没有自怜心理，他从来没有感到过这样自由、解脱和安

详,他已把自己全部给了她,也得到了她全部的爱。

他们静静地躺在那里,互相依偎着,唧唧哝哝地说着些别人无法理解的悄悄话。

在人生当中最珍贵的,莫如偷得来的时间,但这种时间却是最靠不住的,流逝得特别快速。夏若愚心里明白绝不能让这点儿偷来的时间白白浪费掉,他一分一秒都珍惜。说不尽的情话,诉不尽的心事,使他们两个忘记了身外的世界,好多个小时,就在这种迷迷糊糊的痴缠中过去了,当他惊觉时,时间已如梦如烟般流逝了。

美梦终归要醒,他望着窗外落日的余晖,不由得叹了口气。当他回过头来,发现素娟正用甜蜜的目光在凝视着他,他的眼睛不由得流露出一种说不出的忧伤。他吻着她,再一次恳求:"你今晚不要去,留下来,我需要你。"

她笑着摇摇头:"不,我不能不走,但我把全部的爱留下来给你。"

他们在常去的那间唐人街中国饭馆吃了一顿晚餐,夏若愚只吃了两口,实在无法下咽,这是最后的晚餐吗?难道不可以改变命运,从死神的魔爪中把自己最爱的人抢救出来吗?

当他们驾车到机场去时,夏若愚想出了一个阻止素娟搭乘那班飞机的办法了。

他从口袋掏出机票交给她,再一次恳求她:"亲爱的,现在你该知道,我再也不能没有你了,你留下来吧,把机票退掉好吗?"

她把机票放进手袋,笑着回答:"我答应你,只在旧金山逗留三天就回来,从一个礼拜缩减为三天,该合理了吧?我总得回去见见爸爸妈妈的,三天后,我要他们一块到波士顿来,参加我们的婚礼。你该满意了吧?"

机场大堂里的钟已经八点半了,扩音器传出催促乘客登机的声音。

素娟用雪白的手臂搂住夏若愚的脖子,真情地吻他,他紧紧地把她搂着,舍不得放开她。最后,她轻轻地把他推开,说:"三天,我保证三天一定回来,亲爱的,你等着我吧!"

她走进闸门去了,临进闸门时,还回过头来,向他望了一眼。涌上来的泪水模糊了他的视线,心爱的人身影消失在闸门后边。

是行动的时候了，不能再犹豫。夏若愚走到公共电话间，拨了号，然后说："9点起飞的班机被人放了炸弹，你们不能让它起飞！"他重复说了几次，才把电话挂断。

他看看大钟，这时离9点只有20分钟了，他相信自己这个电话将会使班机不能起飞。果然，机场里突然出现了一种紧张的气氛。一群机场职员和警卫往大堂走过，急步跑进闸门去。

这趟班机将被彻底搜索，旅客一定全部从飞机上退回候机室，夏若愚心里默默祷告，搜索吧，过了9点不起飞就平安无事。

走到大堂边那扇巨大的玻璃窗旁，找张椅子坐下，他望着窗外的机场，只见灯光明亮，素娟乘坐的那架747喷气客机，仍停在那儿，一动不动。

他松了口气，看来自己的计谋成功了，这趟飞机起码要误点，就是起飞也超过原来的时间，素娟定能从死神的魔掌里逃出。

他看了一眼手表，只差一分钟就9点正。

突然，在跑道另一边，有一架飞机正在起飞，夏若愚不经意地望向窗外，看着那架飞机腾空而起。他不在乎别的飞机起飞，这同他全无关系，反正素娟已留下来了。

那架巨型客机离地10多秒钟后，突然化作一团火球，跟着一阵爆炸的声浪传进来，连大堂的玻璃也被震得格格作响。那火团在一刹那间就坠下，落进黑暗的海中。

机场里的人惊叫着，都挤拥到窗边来。

夏若愚从人群中挤出一条路，他得离开这儿了。

大钟的秒针还差半个圈就要走到9点正，这时，他听见在他身边跑过的几个机场职员在大声讲话，他的脸唰的变白，失去了血色。

"⋯⋯奇怪，我们接到电话说有炸弹，立即把原来班机的乘客换上另一架飞机，以便准时起飞，为什么竟发生了爆炸⋯⋯"

他脑袋轰的一响，像被雷击一样，头皮也发麻了，他倒在身旁的一张椅子上，整个人呆住了。

"为什么会这样？天啊！为什么会这样？"他喃喃着说了又说，突然一阵巨大的悲痛向他袭来，他发出一声撕肝裂胆的惨叫："素娟，是我害死

了你啊!"

他撕扯着自己的头发,他听到自己的叫声却像从远处传来似的,眼前升起了一阵光雾,9点正了。

夏若愚满脸泪痕,他睁大双眼,再次在时间机器里出现了。

当宋无忌把玻璃门打开,扶他出来,他蹒跚了几步,双腿再也支撑不住自己,要不是冯迟抢上前来扶住他,他早已倒在地上。

"快,把他扶到客厅去。江医生,请你倒一杯热茶给他喝,不,那儿有酒,给他一杯白兰地吧!"宋无忌指挥着,大家把夏若愚扶到沙发,让他坐下。

江菲送了一杯酒到他嘴边。他伸手接过,手在不断地发抖,好不容易才呷上一口,一股热辣辣的液体,从喉咙一直落进肚里,他只觉胸膛一热,有一种欲吐而吐不出来的苦楚从心头涌上来。他举起杯子,把剩下的酒全灌进口里,这时他开始清醒过来了。

他喘着大气，望着周围的人，明白自己已从6年前返回了"现在"。

钱百益望着他问："你觉得怎样了？"

夏若愚迷惘地说："是我害死了她，我不该挂那个电话！"

宋无忌问："什么电话？"

"噢！"夏若愚捧着自己的头，呻吟着说，"我在机场挂了个电话，说素娟乘坐的那趟班机有人放了炸弹，想阻止她飞走，结果，那架飞机没有起飞，但乘客全换搭另一架飞机飞走，偏偏那架调换的飞机成了一个火球！"宋无忌说："那么说来，你没能挽救到她罢了，你想改变历史，但历史是不会任由你去改变的，它有它的轨道。"

唐辰追问："夏博士，你真的回到6年前去了吗？"

夏若愚点点头，"我确实回去了，在那儿度过了12小时，我把另一个我用安眠药迷倒，但我这12小时的经历并不是重复6年前那天的经历，而是另一种不同的经历。"

夏若愚强抑着内心的痛楚，详细地讲述了自己这12个钟头的经历。大家默默无言地聆听着，都被夏若愚的话打动。钱岚听到后来，已忍不住伏在冯迟的肩头泣不成声了。连唐辰这个外国学者，也从衣袋掏出手巾，脱下眼镜，用手巾印印湿润的眼眶。

夏若愚讲完了之后，长长地叹了口气："我想不到素娟竟由于我自作聪明挂那一通电话而死掉的，说到头来，是我害死了她！我还以为可以把她从死神手中抢救回来呢。"

宋无忌很严肃地说："若愚，让我来给你解释一下什么是时间轴吧，如果你明白了时间轴的道理，你就不会认为是你害死素娟而感到内疚了。"他拿出一张纸和一支铅笔，开始画出一组图形，然后解释说："我们生活在一个时间轴里，比如我们现在的时间是在 A 这一点，6年前就定点在 B 这一点，两点连起来就是这6年间距的一条直线，我们现在回到6年前去，以 B 点作圆心，以 AB 作半径，如果我们改变了历史，就形成了一个角度，这个角度我们称之为角 α 吧，那么这扇形的张角就得出一个弧度，我们要知道，扇形的弧线是和对应的张角跟半径的长短是成正比的。如果我们从现在回到4000年前的尧舜时代，那半径就很长，只要我们在4000年前改变一丁点儿历史，形成了 α 角度，那么4000年后的现在就跟现今的状况会

有很大的变化。但在历史的长河里，6 年只是微不足道的半径，所以改变 α 角度，得出的弧线也就微乎其微，差不多可以说是改变不了什么，我们是看不出其变化的。你回到 6 年前，想尽办法去改变命运，不错，是形成了 α 角，可是由于半径太短了，所以弧线也微乎其微，微得差不多重叠在原来的 A 点上。故此，你只是使素娟换了一架飞机，但却仍旧没有办法使她不死，这里面是有变化，但结局是几乎没有改变的。"

夏若愚道："听你这么说，离现在越近的历史，半径越短，即使是像我这样想尽方法去改变它，也改变不了啰。"

宋无忌点点头："可以说是这样，当然一切事物都是相对而言，没有绝对的。起码你回到 6 年前所过的 12 个钟头，就跟原来 6 年前那个你所过的不一样了，这难道不是一种变化？但在时间轴里，你只能做到这样，事实上你并没脱出原来的时间轴。不过假若你是回到 6000 年前去，你把历史的轨迹稍加变动，同样的张角但弧线却很大，你就可能脱出原先的时间轴，会从 A 点移位到另一个点 A′ 上面去了，整个历史已按完全不同的方向发展，变化就大啦。"

尊尼道："我记不起是在哪篇科幻小说里看过，有一个人回到几亿年前去猎恐龙，因为踩死了一只蝴蝶，最后影响到历史的变化，回到现代时发现连总统选举的结果也完全相反了呢，这大概是宋先生所讲的那种道理吧？"

"对，正是这原理。"宋无忌对夏若愚说，"从这原理来分析，你打那通电话也好，不打那通电话也好，素娟的死是改变不了的，因为你在很短的半径上的圆上活动，尽管你想尽办法去造成 α 角的角度，但成正比的弧线也仍是所差极微，所以你根本不可能把素娟从死亡中救出来，而你拼命去救她，结果就受到历史的嘲弄，偏偏让你那通电话把她调上那架出事的飞机。这是历史在跟你开玩笑呢！"

夏若愚不由得摇头叹息，"老怪，想不到你竟有这么一套理论，我没话可说了。"

他的情绪已镇定下来，这 12 个钟头的经历，将是他毕生难忘的，在他心灵深处留下了不可磨灭的烙印。

方道彰走到他身旁，拍拍他肩头，友善地说："夏老弟，忘掉这一切吧，你还年轻，前头还有很长的岁月呢！"

钱百益道："我一直在冷静观察着这实验，也一直在怀疑这实验，但是，在夏若愚这实验证实了之后，我服输了。无忌，我相信你真的发明了时间机器，这将是一个划时代的科学发明，我要祝贺你！"

他跑上前去，紧紧握住宋无忌的手，大家报以热烈的鼓掌。

冯修举起手来，要求发问，等大家掌声静下来后，他说："我想请教一下宋先生，你这时间机器可以在现在和过去之间穿梭旅行，它能否到未来去呢？"

宋无忌回答道："时间机器其实是运用了爱因斯坦相对论的时间延长理论的原理，利用光子作为动力，将物体加速到近似光速，使时间无限延伸，故而可以返回过去，回到现在，同样作相反方向的旅行，不就可以从现在到未来了？从过去回到现在和从现在到未来去是同样一回事。"

冯修点点头，又问道："刚才你说可以将我们送回到 4000 年前的尧舜时代去，这可能吗？"

宋无忌颇为自豪地点点头，回答道："当然可能，它甚至可以把我们送回史前时代，1.5 亿年前去，那时人类还未诞生，统治世界的是庞然大物恐龙。刚才尊尼讲的故事颇有道理，如果在 1.5 亿年前，只要稍为改变历史，产生的张角即使很小，这点儿变化也可能使人类的历史完全改观，甚或使人类永远也不会出现在这地球上呢。"

钱岚摇摇头："这太可怕了，还是不要回到洪荒时代去。说不定碰见一条霸王暴龙，把我们当午餐一口吃掉呢！"

她的父亲却不以为然："我倒真希望能通过时间机器回到 4000 年前去看看尧舜时代的真实生活，至于恐龙时代，留给古生物学家去吧，我感兴趣的是人类的历史。"

冯迟说："宋伯伯，你可以让我们利用这机器去考察历史吗？"

宋无忌回答道："这部机器办不到，它只是个实验模型，不过，我已制造了一部真正的时间机器，它比这模型自然完美得多。好吧，我要让大家参观我真正的时间机器了。请你们跟我来吧！"

他带大家走出客厅，经过一条长廊，来到一道门口，他在电脑锁按下了几个密码，门向两边打开，他带头走出门去。

门外是高墙围绕的露天广场，它足有半个足球场大小，在广场中央，有一个碗状的建筑物，像一座别墅大小的圆顶屋。这圆顶屋的外壁是个金属外壳，从远处望去，活像一只蓝黑色的金属巨碗倒转覆盖在地上。

宋无忌指着它，充满自豪地说："看呀，这就是我耗尽心血建造的时间机器了。"

太阳灯照在这半球体形的东西上面，即使在夜间也一目了然。蓝黑色的金属外壳反射着淡淡的光晕，使人觉得神秘莫测。

"哗！这是月球上的圆顶屋模型吗？"尊尼叫起来，"就跟科幻小说里的样子相似，难道时间机器就装在这圆顶屋里吗？"

宋无忌一边带领着大家向那圆顶屋走去，一边解释说："这不是月球屋的模型，时间机器并不是装在它里面，它本身就是时间机器。那金属外壳是一种专门吸收太阳能的导体，十分坚固，它将太阳能储存进一个晶体电池，作为这机器所需的电源。来，让我们进这机器里去看看吧！"

他打开了一道小门，带领大家走进那半圆形的球体。他按了按门边的一个电钮，顿时机器内灯光明亮。

"真太奇妙了，我们走进了未来世界啦！"钱岚兴奋得叫起来。

在这间圆顶屋中，不，在这座时间机器里，装满了各种各样的小机器，中央是台大电脑，还有着一个巨大的荧光屏，屏下面是一座控制台。

"我怀疑自己是走进了外星人的飞碟了，"尊尼这个美国青年惊叹道，"这多么像电视片《星空奇遇》里葛克队长的'冒险号'啊！"

宋无忌走到控制台前，转过身来，对大家说："你们感到惊奇吧？这并不是外星飞碟，而是时间机器。刚才我们做实验的模型像一个电话亭，电脑的电线通进去，它能力有限，只能把坐在那机器里的生命体，送到另一个时空去。这部时间机器就完全不同，它的电源是来自储存太阳能的晶体电池，而所有电脑和仪器都装在这个机器里。当开动机器时，整座机器和里面的生命体，全部一起移到另一时空。我只需要在这控制台上操作，就像驾驶一艘船一样，在时间的长河中来回穿梭了。"

这回连钱百益这个不易流露情绪的老历史学家，也不由得目瞪口呆，惊奇得说不出话来了。

冯迟打量了一下这机器的内部，用目测也可以看得出这半圆球的内部，面积足有 100 多平方米，除了部分地方被复杂的机器占据外，空下来的地方仍有六七十平方米。他打听道："宋伯伯，为什么这机器内留着这么多空间呢？"

宋无忌道："空间太多了吗？不，如果真的组织一支时空探索队，除了有足够的地方让人活动之外，还得有必要的装备，得带足够的粮食、药物、工具、配件甚至武器，那么把这些东西都装进来后，就不会有太多的多余空间了。"

唐辰问："为什么要带那么多东西？要武器来干什么？"

冯修道："在时间旅行中说不定会遇到危害人类性命的敌人，没有防卫力量，岂不束手待毙？"

方道彰耸起了眉毛问："难道我们会碰上什么敌人吗？我看你这种军人的思维方法，什么事都同打仗作战联系起来，弄得疑神疑鬼，草木皆兵的。"

冯修笑笑，宽容地说："提高警觉总比被动挨打好些，准备些必要的武器总比赤手空拳划算嘛！"

方道彰用鼻孔哼了一声，不再出声。

宋无忌说："冯参谋长的讲法颇有道理。如果拿着我们现代化的武器，那在原始社会，我们就会被当成是能力超人的神了。我不希望把战争带到和平的生活中去，最好别用现代化的武器来对付原始的祖先。不过，为了自卫，必要的武器还是需要的。"

钱百益问："无忌，你真的打算送我们回 4000 年前去吗？"

宋无忌答道："我这机器有这能力，问题是在你们了，你们有胆量冒这风险没有？"

钱百益没有回答，却把目光望向周围的人，看看他们有什么反应。

几个年轻人，包括夏若愚在内，几乎是立即作出了反应，不约而同叫起来："去，我报名！""我要看看大禹治水！""我不怕冒险！"

几个上了年纪的人，则不吭声沉默着，他们考虑的问题要复杂些，得思考一番才作决定。最先表态的是冯修："我去，这历史探险队该需要有个军人作保卫工作的。"

江菲望了望丈夫，微笑着问："道彰，你不是也想看看大禹治水吗？

去吧，我跟你一道去，我可以作探险队的医务人员。"

方道彰犹豫着，但妻子这样一说，他也就有点不好意思了，只好点点头说："那我们一起参加吧。"

唐辰耸耸肩头："这是研究古代中国的民俗和文字发源的机会，我不能放过，我也去。"

钱百益见大家都表示了态度，他这才说话："我是搞历史的，有机会身临其境地去研究考察历史，这可是千载难逢的机会，我自然要去的。既然大家都愿意冒这个险，那么我们就组织一支历史探险队好了。我提议，时间机器的发明者，当我们这支探险队的队长。"

宋无忌摇头摆手："不，我怎么能当队长？我只懂摆弄这时间机器，却缺乏组织能力，我没有领导探险队的能力。钱老，我看还是你担任队长合适些。"

钱百益摇摇头："你以为我是个年轻人吗？我已经快 70 岁了，我哪有这么大的精力当队长呢？别开玩笑。"

江菲道："钱老的话有道理，当队长需要有强壮的体魄，又需要有头脑，才能把大家组织起来，我倒想建议由夏若愚博士担任队长，他比我们这些上了一定年纪的人年轻，身体又健壮；另一方面，他又比其他年轻人稍为年长些，思想更成熟，你们认为如何？"

钱百益首先点头赞成，那四个年轻人自然举手拥护，连方道彰也表示同意，其他人也都认为他确是最佳人选。

夏若愚连想也没想到会推他作领队的，一点思想准备都没有，他摆着手叫道："不，不，我当不了，别开玩笑。江菲大姐，这可不是闹着玩的。责任太重了，我担当不起。"

宋无忌道："若愚，别推三推四，你当得了的，别推了。"

唐辰也说："世界上没有人生下来就是当领袖的，年轻一辈拥护你，年老一辈支持你，还怕什么，众望所归。"

钱百益说话了："数年纪，在咱们这群人里我最大，若是老人说了话算数，那么我这副老骨头自然称王称霸了，可现在是民主世纪，一切得由民做主了，大家选你，你就得为大家做事。"

夏若愚笑着说："钱老，你以为年轻人当头就不会专制独裁吗？如果真的要我当队长，我的主观这么强，变成了独断专横的独裁者怎么办？如果我犯错误，把大家带进危险去，那又怎么办？"

钱岚插嘴道："那很简单，我们立刻开会，把你拉下马，罢免你！"

"好！"夏若愚道，"岚岚，还有别的办法没有？如果我是独裁者，岂容你拉我下马？"

尊尼道："那我就和你决斗！"

这引得大家都笑起来。

夏若愚等大家笑声停下，严肃地说："既然大家抬举我，那我就当队长好了，为了防止我主观片面犯错误，除了如岚岚说的开会罢免我这办法外，我建议由三个人当领导，多选两个人当副队长，一切重大事情由三个人做决定，好不好？"

方道彰道："那我选钱老，他当副队长不必太操劳的，但有他做顾问，大家就放心了，俗语说家有一老，好比一宝，我选钱老。"

宋无忌点头赞成："钱老当副队长合适，我赞成，另一个副队长，我建议选冯参谋长担任，我们需要一个像他那样有经验的军人负责我们的安全，若愚要有冯参谋长给出谋划策，那就如虎添翼了。"

方道彰哼了一下鼻子，但却说不出反对的话，江菲看了她的丈夫一眼，嘴角泛起一种无奈但又容忍的微笑，她说："我赞成，由钱老和冯参谋长当副队长，三个人有商有量，那一定能带领好我们这支探险队的。"

大家听了，都拍手赞成。这事也就这样定下来了。

钱百益道："现在，我建议大家回家睡一觉，折腾了这么多个钟头，我这老骨头可支撑不下去了。该让我休息一下啦。"

接着一连几天，够夏若愚忙的了。他约了冯修到钱百益家，商量该怎么办。

他们一进门，钱岚就把他们引进父亲的书房，只见钱百益的书桌堆满了各种各样的书，他正埋头在书堆里。

"钱老，你干什么？准备带这些书去旅行吗？"冯修问道。

钱百益从故纸堆中抬起头来，笑道："非也。我们这次回 4000 年前去考察历史，我得做一些准备工作，这些书当然不能带回去的，那时代还没有纸张，不会有书的，但要弄清一些史书的疑点，有必要记住那时代的一些记载，到时就能看出哪些是真哪些是假，否则入宝山空手而回，那岂不白走一遭。"

夏若愚道："有道理，讲老实话，我在外国长大，读的又是洋书，对中国历史所知仅属皮毛，很多事都是不懂得的，我的专业是水利，并不是历史，这方面钱老可要多多指导。"

钱百益道："你说得太谦虚了，我虽然一辈子都是和史书打交道，其实所知也是有限，古人写下来的史书，到底是有局限性的，有多可靠我可拿不准。就以尧舜禹这几个传说中的帝王来说，史书中最早的大概是《竹书纪年》和《史记》的记载罢，但这些书在成书时已离他们那时代非常远，是否可靠呢？我这次有机会去见识见识这些传说中的人物，自然先要搜集资料，才可加以对照嘛。"

夏若愚道："我刚才跟冯兄谈过，坦白说，我对军事也是一窍不通，打架倒是会的，但打仗就不懂了。那得赖冯兄指导了。"

冯修笑道："我也得重头学起，打现代战争我在行，可没打过古代社会的仗啊。"

钱百益点点头："说得对，若愚是水利专家，叫你搞现代水利在行，可大禹时代的水灾跟现在不同，连河道也不一样的。"

夏若愚道："说得对极了，我为这问题，昨天登门向方道彰教授请教，他是中国的水道专家，比我的学识强多了，我对中国古代的水道可以说是所知甚微的，幸亏道彰兄家里有很多地图，他正忙于做准备，把大禹时代的江河流向推测出来，画成地图。这对我可是一次深刻的教育，使我知道自己知识的浅薄与不足，道彰兄确是个不了起的专家。"

冯修道："那我也汇报一下情况，我向军部领导作了请示，已获得支持，不只批准了我的假期，而且答应按照我初步列出的单子，配备了一批物资和武器给我们使用。"

夏若愚道："那太好了，要没有你，我可弄不到这类东西呢。"

冯修继续说下去："我听钱老说，4000年前处在石器时代和青铜时代之间，所以我特别叫兵工厂为我们制造了像石斧石刀样子的钢斧钢刀，带有锯齿，每人配备一把，用以防身。"

夏若愚眼睛闪过一丝不安，说道："我担心两个女队员，江菲医生是探险队不可缺少的人员，光她的安全，就够人操心了，再加上岚岚，那将是很大的负担。"

钱百益笑道："岚岚你可以不必担心她。"

夏若愚望望冯修："那得要冯迟多照顾她了。"

冯修摇摇头，望钱百益笑笑。

夏若愚给弄得有点莫名其妙，问道："怎么？我又说错了吗？"

钱百益道："岚岚是柔道黑带高手，她有足够能力自卫的，我怕你也不一定是她对手。"

"真的？那我看不出来，还以为她是个柔弱的少女，原来是个亚马松女战士，有机会倒要跟她较量一下了，我在大学时也是个柔道高手呢。不过这几年已丢生了。"

冯修说："我儿子是学中国武术的，尊尼的西洋拳也很不错。"

夏若愚高兴地说："那我可就放心多了，有这么多高手，那探险队就有足够的自卫能力了。还有一个问题，需要研究的，我们现在的探险队有11个成员，但宋无忌提出要有第十二个成员，他需要一个电子工程师作助手，以便有人帮忙他维修时间机器。"

"有具体的人选吗？"冯修问。

夏若愚耸耸肩头，伸出双手，表示没有。

钱百益道："我倒有个人选，江菲有个弟弟叫江树声，是一个电子专家，人是可靠的，就不知道他有没有兴趣参加我们的探险队了。"

"那我去跟江菲谈谈好吗？"夏若愚问。

"让宋无忌考虑一下是否合适，然后再找江菲吧。"冯修建议，"如果宋无忌觉得不合适，还可以另外挑选别的人嘛。这样就不被动。"

夏若愚点点头，觉得冯修这意见很对。

冯修又说："刚才我还未谈完呢，我建议在机器里装两辆水陆两用吉普，这方便我们探险队行动，说不定我们要登山涉水，如果光靠双腿，既慢又吃力，有辆这种新式的水陆两用吉普，既可以载重，又便于旅行，你们认为有此必要吗？如果你们都同意，那我就去弄两辆回来。"

钱百益提出："除此之外，我认为要准备一些炸药，以备必要时开山劈石，谁知道我们会碰到什么地理环境呢？刚才冯参谋准备了一些刀斧，这当然是很必要的，但我建议准备一些必需的武器，包括枪支弹药。我是不主张战争的，但是谁会料到在原始社会部族战争中，我们会碰到什么情况呢？另外，我们现代人在狩猎方面，如果没有枪，光靠弓箭，能力是远远不如4000年前的古代猎人，很可能连东西都没有得吃。当然，不需要太现代化的武器，什么无后坐力炮、火箭筒、导弹，那是没必要的，但配备一些弹药和枪支则是必要的。"

冯修很认真地在本子上记下了钱百益提出的要求，他还建议："我想，在通讯方面也应有些设备，我可以弄到几副袖珍的无线电话机，这可以通过装在时间机器的总机中转，保证我们在野外活动时能保持联系。"

夏若愚道："这主意很好。冯修兄，至于粮食方面，我想不可能带普通的食物，得带压缩干粮，如压缩饼干、巧克力和奶粉之类，主要是以备必要时用，一般情况应尽量就地取材加以解决。"

冯修道："这些没有问题，我可以弄些军用的干粮，这些后勤的事我负责办妥就是，你们可以放心。"他停了停，又接着说，"我还想到一个问题，到底我们在进行这次历史探险时，该穿什么服装呢？若穿着我们现代人的衣服出现在古代，那一定很异类，我想会造成行动不方便。但是，我不知道尧舜时代的人穿的是什么服装？钱老，你是历史学家，你该知道吧？"

钱百益搔搔头，感到为难了。

夏若愚笑道："看来，要披兽皮，学人猿泰山那样打扮了。"

钱百益道："不，尧舜时代，人类已不是茹毛饮血的原始人了，他们已经不光只是靠狩猎为生，已有所发展，已经由渔猎而接近畜牧了，古书中说：'尧以天下让舜，鲧为诸侯，欲得三公，而尧不听，怒其猛兽，欲以为乱；比兽之角，能以为城；举其尾以为旌。'由此可见，当时兽可以受人的指挥，这似乎是生活已由单纯的渔猎进到畜牧时的状态了。这点在出土的器物上，也可以得到相当的证据。《孟子》里还提到'禹恶旨酒而好善言'，那时的人连酒都会酿出来，应该是已懂得耕作，开始生产粮食，《论语》中也说：'禹稷躬稼而有天下。'起码开始农业耕作的活动了。但到底他们穿什么服装？我却实在不知道，历史上记载不多。"

夏若愚问："记载不多，那么多少也有点记载吧？"

钱百益笑道："若愚，想不到你耳朵那么尖，听出这不多的意思，确实如此，在《论语》里记有孔子的几句话：'子曰：禹，吾无间然矣。菲饮食而致孝乎鬼神，恶衣服而致美乎黻冕，卑宫室而尽力乎沟洫。'这里面倒是提到禹的衣服饮食，可是孔夫子是比禹晚出生 1000 多年，他到底根据什么这样说的，那可就成疑问了，就如同我们现在比孔夫子晚生 2000 多年，我们对孔子的衣着，又有谁能说得有根有据呢，看来这种讲法也都是传说而已。所以，归根到底，实在说不上那时的人穿什么样的服装。"

冯修听了摇摇头，感到无可奈何，只得说："那我这个后勤部长可就犯难了，看来只有到时看情况随机应变了。"

他们三人不觉大笑起来。第二天，夏若愚驾车到时空物理研究所去找宋无忌，把钱百益推荐江菲的弟弟江树声作为第十二个成员的事，告诉宋无忌，征求他的意见。宋无忌一听说是江树声，连连说好："我认识他，在电子学界他是个实干家，这个时间机器里面有几个部件，我还是托他为我制造的，行，就邀他参加我们的探险队吧。"

夏若愚又就冯修提出的装备问题跟宋无忌研究了一番，宋无忌提出："我建议召开一次全体会议，一方面听听大家意见，另一方面既然组织成一支探险队，就应制订出一些制度与纪律，一支探险队如果意见不统一，各干各的一套，就容易把事情搞坏。我不主张独裁，但总要有一个大家都同意的行动准则才行，否则散兵游勇似的，那准会出事。"

夏若愚道："你认为应该有些什么共同的行动准则呢？"

宋无忌道："这我也说不出个道道，但起码要有个纪律大家遵守，不能各行其是。既要顾及个人利害，也要顾及全体的安全。回到 4000 年前，如果改变一点儿历史，可能会造成很严重的后果，上次我已讲过这方面的道理，你该明白了。我想，你还是跟冯修商量一下，他是军人，订个纪律原则是在行的，但不要搞军事化，把探险队搞成作战部队那就弄得大家受不了啦。"

"嗯，"夏若愚沉思了一会，严肃地说，"共同行动的准则和纪律是需要的，但也要发扬民主精神，发挥每一个人的特长和积极性，我认为一些重大问题必得开个全体大会，反正也只不过是12个人，商量一下，任由大家发表不同见解，然后才做决定，一旦做出决定，就大家一致遵守执行。这次旅行又不是长期的，等旅行归来就各奔东西了。"

宋无忌道："你记不记得有一个神话故事，讲一个樵夫上山遇仙？看仙人下一盘棋的功夫，下山后才发现：'山中方七日，世上已千年。'假如用时间机器返回现在时，把时间定点在出发后的一分钟，那么我们可以作很长时间的旅行，而回到现在，其实只用了一分钟时间。这又是把那遇仙故事的两句话颠倒过来了：'世上一分钟，历史几千年。'我看，不妨把旅途想得长一些。"

夏若愚有点疑惑地问："那我有一个问题想不通了，那遇仙的樵夫回到世上，还只是过了一盘棋的时间，就当他过了七日吧，不会显老的。如果我们在古代过上10年，再回到出发后的一分钟，表面看来相差只有一分钟，但实际上却过了10年，那么人会不会显得老了10岁呢？"

宋无忌道："这点我也推测不到，只有经过实践才能得出结论了。"

一个星期后，在钱百益家的客厅，举行了一次聚会，所有参加历史探险队的人，包括最后吸收加入的电子工程师江树声，都准时到达。

夏若愚执行队长的职责，向大家报告了这一段日子准备工作的情况，最后他说："这是我们出发前的最后一次聚会了，各位，如果有谁觉得自己不适宜去作这次旅行，可以退出，这是最后一次机会，如果不把握这次机会，等到真的出发了，要退出也退出不了啦！"他见大家沉默不语，就婉转地说，"其实，如果现在觉得不想去，退出也没什么的，没有人会责怪谁，实事求是嘛，不要觉得不好意思。这次历史之旅是到一个未知世界去，我们谁都没有把握说不会遇到危险的，我还可以肯定地说，这不是一次轻松的旅程，将会相当艰苦，每一个人都有选择的权利，去与不去由自己决定。"

大家还是没有出声，显然都在认真地衡量轻重。冯修第一个举起手来，打破了沉默，他用粗豪而坚决的声音大声说："我不退出！"

钱百益跟着说："我下定决心要研究历史，就是搭上这副老骨头我也甘心情愿！"

唐辰道："我和大家共同进退。"

江菲向丈夫打了个眼色，催促他表态，方道彰先干咳了一声，清了清喉咙，然后说："我和我妻子都愿意参加，作为一个水利学者，我不愿放弃看看大禹治水的真实历史。"

其他几个人，尤其是那四个年轻人，都没有人愿意退出。最后被吸收加入探险队的江树声说："各位，我感到很荣幸能加入这支探险队，既然是去探险，自然得冒险，越是有危险才越有意思，我想我这表态足以表明我的意向了。"

夏若愚见大家都表了态，就说："好，既然是这样，今后我们大家就共同进退。下面，我想请副队长冯修给各位讲讲探险队员共同行动的一些准则，看看大家有什么意见。"

冯修站起来，今天他没有穿军装，但他的一举一动，仍然表现出一种军人的气派。他向大家点点头，然后以不紧不慢的声音说：

"夏队长曾交代我，要我给探险队订出些行动准则和纪律，同时要求不要把探险队搞得像军队。我想，包括我们四个年轻队员在内，都已经是成年人了，不需要我叮嘱该做什么不该做什么。我们每个人都来自不同的行业，在探险队中也就各人按自己的能力去尽自己的职责，这队伍中的每一个人都是主人，都应主动地去发挥自己的作用，这当然是不在话下的。但是，我们是在干一件人类历史中从未有人干过的事，自然是既光荣又艰巨的，要干得好，又要保证安全，我不希望将来回来的时候拉下某一个成员，那就需要有一定的纪律和共同遵守的行动准则。为了保证大家安全，也为了保证顺利完成探险的工作，这种纪律是必要的。"

他停顿一会儿，继续说道："什么是我们每一个人都必须遵守的行动准则呢？第一，要服从指挥，这一点很重要，不要自以为是，单独行动，谁有意见在决定之前可以提出来，大家表决，少数服从多数，一旦作出决定，就必须遵从决定行事。第二，要发挥每一个人的积极性，维护整个探险队的利益，不做危害大家共同安全的事，同时在碰到危险时，要设法自

卫和保护自己的同伴。第三，不要随意去做改变历史的事，尽量不要在时间轴形成叉角，否则历史发展将会改变，那样我们可能回不来了；但是，从另一方面看，我们不知道历史的真相是怎样的，在上一前提下，我们只能按历史发展的必然加以促进，而不是妨碍它。第四，也是最后一点，我们要抛弃我们所固有的任何成见，去观察历史，我们要以全人类的利益作最高标准，作为我们判断是非的准则，而不囿于任何主义和成见。"

大家对这四点都没有意见，冯修接着讲："下面是一些具体的东西了，我们探险队是要回到4000年前去，那时的人使用的是石刀石斧和一些用红铜制作的工具，再多也只有一些青铜器，所以我们为大家准备了一批自卫的武器，大家在出发之前，必须学会使用这些武器。从明天起，我们要集中起来训练一下，为期一日，我相信一日就够了，我不要求你们成为神枪

手，只要会使用就行了。"

钱百益举手提出："我这老头也要学舞刀弄枪吗？能否免从？"

"不行，钱老，任何一个探险队员都不能免从，包括两位女士，都得学会。钱老，我不要求你成为一个精通十八般武艺的高手，只要你学会最简单的自卫常识，如果在野外活动时你碰见一只猛兽，那你总不能束手待毙呀，假如你会瞄准开枪，那你可以用枪击毙猛兽，使它不能伤害你嘛。"

钱百益点点头道："那我只好服从了。"

冯修笑道："大家还有什么意见没有？好，就这么决定了。下面是最后一个问题，就是决定什么时间动身。请宋无忌先生谈谈吧。"

宋无忌说："依我看，准备工作已差不多了，在前一阵子，装备已陆续运到研究所，冯副队长是一个了不起的后勤部长，要什么有什么，我们已在机器内把物资储备妥当了。在我看来探险队在物质上已准备齐全，开完了这个会，大家在思想上也武装起来了，那么出发的条件就成熟了。根据钱老的推算，我们要返回到公元前 2115 年去，到底大家在那儿要呆上多久，就看当时的需要而定，但我们回程将定点在我们出发的时间一天之后，换句话说，我们要是明天出发，后天就回来了。不管我们在 4000 年前呆多久，我们所费的时间，我指的是现在我们习惯计算的时间，只不过是24 小时。"

钱岚不耐烦地打断了宋无忌的话，插嘴说："宋伯伯，你讲了那么多，还未讲到点子上，到底我们什么时候出发？"

宋无忌不以为忤，反而哈哈笑，他是一贯宠着钱岚的。他说："小岚岚，怎么不耐烦了？什么时候出发吗？我只能说，万事俱备，只欠东风，要知东风何在，只有问你爸爸了。你宋伯伯服从他指挥呢！"

夏若愚笑着对钱百益说："钱老，请你宣布出发日期吧，岚岚等不及了呢！"

钱百益站起来，对大家说："好吧，宣布出发日期。今天是 8 月 3 日，明天要学习使用武器，后天是 8 月 5 日，休息一天，作最后准备，8 月 6日下午 2 点正在时空物理研究所集合，然后……出发！"

四个年轻人叫声"万岁！"后跳将起来，顿时会场大乱，钱百益摇摇头对身边的方道彰说："这些年轻人，真没治，看看他们那副样子，我不

能不承认有代沟了，你看他们又跳又叫的那模样，太不像话!"

江菲宽容地说:"钱老，年轻人就是这样的，回想一下，我年轻的时候也跟岚岚一样大叫大笑，疯疯癫癫，没点儿女孩子家的样子呢。"

夏若愚走过来，对江菲说:"江大姐，上次跟你谈到过医药准备的问题，你准备好了所需药物名单了吧，你交给冯修兄，由他去置备吧，要是你想起有什么需要的东西忘了，随时挂电话给他，他会想办法从军部弄到的。"他向方道彰挤挤眼睛说:"幸好钱老有这么一个亲家，否则我可没办法在这么短的时间里弄到这么多急需的物资呢。"

方道彰笑道:"夏博士，我已把水道图画好了，这次我们去看大禹治水，将来回来一块写一篇论文，如何?"

"好，一言为定! 不过，我们的争论还未结束呢!"

8月6日中午一点正，冯迟驾车，载着钱岚和她爸爸钱百益，动身到宋无忌的那座"魔宫"去。

冯迟是个沉稳的青年，不大讲话，钱百益心里老是奇怪，为什么那个整天跳来跳去叽叽喳喳像只百灵鸟似的女儿，竟会爱上这样一个老实巴交的年轻人。冯迟是他的入室弟子，论学识人品，的确挑不出什么毛病，只是太老实了，将来和岚岚结婚，准会被岚岚欺负的。钱百益反而希望冯迟能管住自己那刁蛮任性的女儿。

岚岚从一上车，就没停过嘴，不是哼哼什么歌儿，就是说什么来着，这时她回过头来，用一种好像是漫不经意的态度对她爸爸说:"爸爸，昨天我和冯迟去注册结了婚。"

"什么?"钱百益把腰一挺，叫道:"冯迟，把车停在路边!"

冯迟把车停下，钱百益气呼呼地问:"岚岚，你……你这算是征求我意见呢，还是照会我一声呢?"

钱岚嘟起嘴来，赌气地不作声。

冯迟涨红了脸，结结巴巴地说:"钱老，请不要生气，这全怪我……"

钱百益控制住自己，回答道:"谁说我生气了，不过结婚这么一件大事，总得好好商量嘛，你们相好，我不反对，但这么急急忙忙结婚，是不是太仓促了?"

冯迟道:"是这样的，由于这次参加探险，也不知一去要在那儿呆上多久，我和岚岚觉得最好是结了婚才去，免得夜长梦多，节外生枝……。"

钱百益沉默了一阵，说："既然这样，我不反对，但你跟你爸爸谈好了没有？"

钱岚说："爸爸，你代我们讲句好话，我相信他不会反对的。"

钱百益无可奈何地说："岚岚，你太任性了，也不跟我讲一声就结婚，哼，先斩后奏！我……真拿你们没有办法了。让我去跟冯参讲，岂不是我支持你们，跟你们合谋了？"

钱岚撒娇地拉着父亲的手，扭扭身子说："好爸爸，就支持我们这一次吧，嗯？答应我吧，难道你要我们永远不结婚吗？"

钱百益叹了口气，说道："都怪我把你宠成这个样子，自从你妈妈去世后，我事事都迁就你，才把你惯成这么任性，我也有责任。好吧，这次就答应你们，不过，冯迟，你可要好好对待我女儿，不要迁就她，她这人需要严加管教，你若答应我，既要终生爱护她，又要管住她，我就答应把女儿交给你！"

冯迟急忙道："爸爸，你放心好了，我会照你的话办的。"

钱岚叫起来："你们男人真坏，竟然合谋对付我，我不干！"

钱百益道："好呀，你不干那就好办了，我本来就不赞成你们仓促结婚的，等旅行回来再议……"

钱岚和冯迟听了，都着急起来。

冯迟拉拉钱岚的手，低声说："你又把事情弄砸了，爸爸讲得好好的，你一不干，那不正中他下怀了？快住口，不要再胡来。"

钱岚不敢再出声。

钱百益道："对嘛，冯迟这就对了，不能迁就她的任性，在出发之后，更加不能任她胡作非为。知女莫若父，我太了解岚岚了，你们一定要严格要求自己，不能违反纪律，我和冯参都是副队长，你们若是犯了纪律，我们决不徇私，会加倍严厉处分你们的，听到了吗？唔，快开车吧，否则就迟到了，今天是出发的大日子，不能迟到！"

走进时间机器，连钱百益也觉得惊讶，更不用说那两个小字辈了。圆形半球体内，在控制台前安装了两排椅子，前面四张，后面八张，全是像航空客机的座椅，有高高的靠背，还可以变成卧椅。在两排椅子后，有几

十个箱子，固定放在架子上，里面全是旅行的装备、干粮和武器弹药……探险队的队员都集中在这儿，宋无忌坐在控制台前的那一排椅子上，他旁边坐着夏若愚和冯修，空着的一个位子，是留给钱百益的。其他人都分坐在后面那排座位。

江树声把机器的门关上，拧绞了几圈绞盘，像关紧一个气密门一样。

夏若愚对大家说："现在，我们要作人类历史上第一次时空探险了。在开动时间机器后，大家尽量坐在自己的位子上，绑好安全带，不要乱动，以确保安全。大家坐好了吗？好的，现在开始时间移位了。"

他说完对宋无忌点了点头："开动吧！"

宋无忌拿出一把黑色的像骨牌似的电脑锁匙，插进电脑的开关，顿时巨大的电脑活动起来了，红色、黄色、蓝色的小灯全发出亮光。他按下了启动的开关……

机器顶上照明的灯光暗了下来，只有控制格上的小灯在闪亮。红色的

灯首先变成了黄色，黄色又变成了蓝色，最后变成了一种青蓝色的光，在机器内照亮着每个人紧张的面孔。

机器发出一阵嗡嗡的声响，像一个巨大的风车在旋转，速度慢慢加快，声音越来越响，最后变成一种刺耳的尖音，跟着就再也听不见声响了。机器的墙壁笼罩着一种透明的淡绿色的光晕，这光晕逐渐扩大，变成了一团光雾，充塞了整个机器内部。

这时，突然像被雷电击中一样，蓝色的电光从四面八方射来，强光耀得谁也睁不开眼睛。一刹那间，一片刺眼的白光在机器内闪耀开来。

钱岚害怕得发出一声尖叫。她不知道这是怎么回事，一把抓住在她身边的冯迟的胳膊。在她还未意识到自己被吓昏了头的当儿，白光已一闪而过，淡绿色的光雾已消失不见。

机器剧烈地振动着，摇晃起来，但这只持续了不到一分钟，一切都归于平静。

电脑上的灯光也熄灭了，与此同时，头顶照明的灯光又亮了起来。

夏若愚回过头来，看看大家。他看到每一个人脸上都露出一种迷惘的神色。钱岚已离开了自己的座位，整个身子贴着被她推倒在地上的冯迟，他们两个的样子最为狼狈。其他的人虽然被颠簸得东歪西倒，但仍坐在原来的位子上。

宋无忌关掉机器，在仔细地检查电脑的读数，过了一会，他长长地吐了口气说："我们终于平安到达了！"

钱岚从地上爬起来，失声叫道："好吓人！"

冯迟一边拍拍跌痛了的屁股，一边低声对她说："你怎么扑过来，把我压得好疼啊！"

夏若愚关切地问："你们没有摔伤吧？"

冯迟摇摇头："没事，没事！"

江树声问："为什么刚才摇晃得那么厉害？"

宋无忌皱起眉头，思索了一会，说道："很可能是因为古代的地形不同于20世纪，机器有了落差。幸好没有把机器摔坏，否则问题就大了。"

冯修问："那么现在我们是在什么地方？"

钱百益道："根据我提供的数据，是要求宋无忌把时间机器降落在公

元前 2115 年舜的沼地，也就是禹的部落所在的四川省龙安府古泉县的石纽村，过去人们叫这地方禹穴。"

宋无忌说："从电脑的读数看，误差只有百分之一，应该是在禹穴这个地方，不过当时应该还没有禹穴这个地名的。"

时间机器内已经回复平静，大家也都安安稳稳地坐在自己的位子上。

夏若愚问："老怪，现在外边是什么时间，是白天还是夜里？"

宋无忌说："我可以打开电视机，在荧光屏上能看到外面的情况，那就知道是白天还是黑夜了。按照电脑显示，我们应该是在夜里到达这地方。"

他按下了几个电钮，荧光屏亮了。设在机器的圆顶上的摄像机慢慢顺时针转动，荧光屏上就映出了外面的景象。

那是一个夜景，天上有一弯新月，幽暗的夜色，显示远近都是山丘，有一条河流蜿蜒于山丘之间。四处看不见一点灯光，这是一座古代的原始森林，全无人迹可寻。

钱百益道："从这儿的景色看来，我们好像是在荒山野岭呢。"

宋无忌说："也许到了白天，会是另一番景象吧？"

方道彰解开衬衫的领扣，喘着大气说："你们不觉得气闷吗？我感到快要窒息了。能开个窗或门什么的，透口气吗？"

宋无忌说："现在我们还摸不清外面的情况，环境并不熟悉，忍耐一下吧。"

冯修建议道："既然方教授感到不适，把门开一道缝，透点儿新鲜空气进来，大概不会有什么不安全吧。"

夏若愚也表示赞成："我看，也应该出去了解一下周围附近的环境，总不能呆在机器里不动，我建议派三个人在机器周围走一圈，观察一下附近环境。"

冯修站起来，但夏若愚阻止他道："由我和冯迟、尊尼三个出去走一圈吧，你留守在这儿负责大家的安全。"

冯迟和尊尼听了好不高兴，他们早就坐不稳了。

尊尼用力地拧动绞盘，从机器里把门打开，一股清凉的风从门外吹进来，机器里的闷热顿时减轻不少。

　　冯迟取来了一支手电筒，从门里往外照射一通，喊道："真是荒山野岭，什么也看不到！"

　　钱岚走近来，嚷叫着："让我看看！"

　　夏若愚严厉地说："岚岚，请你在座位上坐着！我只派冯迟和尊尼跟我出去，这不是去游乐场玩，也不是去跳的士高。快坐回去！"

　　钱岚吓得伸了伸舌头，赶快回到原来的坐位上。

　　她爸爸忍不住笑起来："不听话，自讨苦吃，挨骂活该！看你还敢不服从指挥？"

　　钱岚向爸爸撒娇地扮了个鬼脸："没有一点儿同情心，帮着夏叔叔欺负我，我不干啦！"

　　钱百益笑道："你不干？可现在来到4000年前的荒山野岭，你不干，能回家去吗？"

　　钱岚嘟着嘴，不作声了。

　　钱百益转过身对冯修说："老冯，我把这宠坏了的女儿交给你了，以后是你的儿媳妇了，他们昨天去登记结了婚，你知道吗？"

　　冯修眨巴了一下眼睛，问："你说什么？他们结了婚？这……"

　　钱百益拍拍他的肩头道："我跟你一样，是事后才被通知的，有什么办法？只好接受现实了。"

　　冯修笑笑，显出无奈的表情："我也没有办法，只好接受现实了。钱老，我这个当公公的可不像你，我对不服从纪律的人要严厉处分的，即使是我儿媳，我也不留情面的，放心吧！"

　　钱岚低下头来，偷偷看了他们一眼，赶紧把嘟起的嘴缩了回去，不敢吭声了。

　　夏若愚带着冯迟和尊尼走出了舱门，嘱咐他们要小心，尊尼要拔出配枪，夏若愚说："不必那么紧张，我们先看看四周的环境，不要随便开枪。"

　　他们先用手电筒看看时间机器这半圆球体降落在什么地方。使他们都大吃一惊的是，它是在一道悬崖的边上，下面漆黑一片，看不清有多深。

　　冯迟捡起一块石头，往悬崖下抛去，过了10多秒钟才听到石头落地的声音。

"哗，相当深呢！"尊尼说。

夏若愚道："时间机器坐落在山上这悬崖边，有点麻烦，要是刮大风，不知会不会把它刮下悬崖去？"

尊尼道："我想不必担心，首先是时间机器的顶是圆的，再加上它相当重，这儿又不是海边，不会有八级台风，一般的大风是刮不动它的。"

冯迟说："我们到另一边去看看，估计那边不会也是悬崖吧？"

他们绕到另一边去，那儿是一道缓缓的山坡，长着密密的树林。

突然，从林中传来了一声野兽的吼叫声，三个人立即停住脚步。

冯迟低声问："会是什么野兽？"

夏若愚说："像是野熊的叫声，小心，别去惹它，相当难缠的家伙呢！"

尊尼道："我们美国也有熊，并不可怕。"

夏若愚说："这可不是黄石公园里养的棕熊，是4000年前的野熊，凶猛得多了。"

尊尼笑道："熊怕人呢，熊并不可怕的。"

他的话还未说完，背后传来一阵树枝碎裂的声音，他用手电筒向声音传来的方向照去，在光束中，出现了一个张着血盆大口、黄牙垂涎、目露凶光的巨大熊头。

尊尼出于骤吃一惊而产生的本能反应，迅速拔出配枪，"砰""砰"连向巨熊开了两枪，那只巨大的野熊被枪弹射中，大吼一声，举起前肢，用后肢站立起来，它足有两个人那么高。

夏若愚大声叫道："撤，赶快跑回门内去，我掩护你们！"他们赶快向舱门跑去。

夏若愚拔出手枪，对准那狂吼着的巨熊的两眼间的眉心，开了一枪。这一枪打得很准，但并没有阻止住猛扑过来的野熊。

野熊负了伤，发狂地叫着，挥舞着双臂向夏若愚冲过来。

夏若愚向后退了几步，正想转身向舱门奔跑，野熊已扑到了他的跟前了。

"快走！"冯修提枪冲出舱门来，大声叫道。

只见夏若愚突然把手枪扔向一边，往地上一蹲，像弹簧似地跳跃起

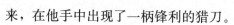

来，在他手中出现了一柄锋利的猎刀。

他非但没有闪避野熊，反而跃向野熊的胸脯，在火石交进的一刹那间，把刀子送进了野熊的心窝。

野熊的双臂把他抱住，向前奔扑，冯修在前一瞬间还看见夏若愚和巨熊搂在一起，下一刹那已看不见他们的踪影。

野熊抱着夏若愚冲出了悬崖，一起跌进黑暗中去了。下面传来的是一阵树枝折断、岩石崩塌的声音。

冯修拔腿追到崖边，他身后跟着尊尼和冯迟，三个人站在悬崖边上，用手电筒往下照射，想看看夏若愚和野熊落到哪里去。可是他们看到的是一些被压折了树木，再往下已深不见底的黑暗，什么也看不见了。

"惨了！"尊尼苦着脸说，"队长这下子可没命啦！都怪我，要是我不开枪，就不会惹出这么大的祸来了！"

冯修皱着眉头，对他们说："我们回时间机器里去吧，现在黑夜伸手不见五指，什么也看不见，等天亮我们下去搜索，说不定队长还活着的。"

冯迟摆摆头："我看凶多吉少，那只野熊有两个人那么高大，力大无穷，足有两吨重，队长会被它压死的。"

冯修道："别说废话了，我们先回里面去，等天亮组织人力搜索，希望队长命大，不会就这么死掉吧。"

他知道自己说的也是自我安慰的废话，但他不希望大家因出了这件事而吓破胆，引起恐慌。他们垂头丧气地退进时间机器里去，把舱门关上。

大家用惊疑的目光望着他们三个，钱百益焦急地追问："怎么回事？夏若愚怎样了？"

冯修叹了口气，摇摇头道："目前生死不明，若愚被大熊抱着一起跌下悬崖去了。大家镇定点，不要紧张，明天天一亮，我们就组织人力，到悬崖下面去搜索，我相信若愚不会就这样死的。从我看他跃起用猎刀刺进大熊心窝的样子，他并不是盲动，而是很有心思的一着。"

尊尼说："他曾一枪击中大熊的眉心。"

冯修道："那一枪很可能已使大熊致命，但大熊不会立刻倒毙，再加上那刺入心脏的一刀，我想大熊在跌下去时已经毙命了。只是若愚的生命十分危险，如果不摔死的话，也会被大熊压伤的。除非他能及时脱出大熊

的搂抱。"

宋无忌道："我说过天亮才出去，你们就是不听，又是气闷要透气，又是要看环境，好了，现在出事啦！弄得若愚生死不明，下一步我们怎么办？"

冯修说："宋先生，不要生气，经过这件事，我相信大家会更谨慎的了，明天我带队去搜索，死活也要把若愚找回来。"

夏若愚从昏迷中苏醒过来时，发觉自己躺在一间幽暗的房子里，他睁开双眼，望见屋顶上有一个洞，透进一缕天光。

他觉得自己的头很沉重，稍微一动，头就疼得像要裂开来。他闭上眼睛，心里在想："我还活着。"他想回忆到底发生了什么事，只记得自己被一只大熊抱住，天旋地转，跌进黑暗里去。后来发生了什么事一点也记不起来了。他费劲地回忆，但头疼欲裂，他又昏昏沉沉地睡过去了。

当他再次苏醒过来时，他感到有人在把冷水浇在他额头上，一双温柔的手，在他脸上抚摸，使他感到很舒服。

他张开眼睛，看见一副陌生的面孔，是一个布满了皱纹的老年女人的面孔，一双充满了慈爱的眼睛在凝视着他。这使他想起了他的母亲，只有母亲才会用这样温柔的手抚摸他。他回忆起自己幼年时母亲的手，感到很安心，不由自主轻轻地呼唤起母亲来："妈……妈！"在舒服的感觉中，他又安详地睡去了。

也不知过了多久，他一觉醒来，头不再觉得疼了。他又睁开双眼，这次他发现自己是赤条条地躺在一个土台上，身下垫着柔软的干草。他浑身冒汗，这地方太热了。侧头望去，在土台旁，蹲着一个女人，背对着他。这人面对着一个从地上挖出的土灶，从土灶烧着的火光中，他又看见了那个脸上布满皱纹的女人的侧面。在土灶上放着一个陶罐，罐口冒着蒸汽，泛出一阵阵炖肉的香味。

他轻轻地动弹了一下，伸展了一下四肢。那老女人回过头来，嘴里在喃喃地低声说着什么。夏若愚感到喉头干涩，就叫了一声："水，水，给我点儿水！"

那老女人走过来，扶起他的头，把一只木碗递到他的嘴边，说："喝吧！喝下就好了。"

夏若愚贪婪地喝下了那一碗凉水，他觉得这碗凉水简直就是琼浆玉液，比什么都解渴，他感激地望着那老女人。

她慈祥地微笑了一下，说："孩子，躺多一会儿，姆妈给你煮好吃的。"

"姆妈？"

"我是你姆妈！"她说道，"在姆妈身边你不用害怕，不会有野兽伤害你的。"

她说完，拍拍他的手，站起来走到土灶旁去。夏若愚这时才发现她是一个相当高大的女人，尽管脸上布满皱纹，但身体的肌肉却很结实。他猜不出她到底有多大年纪，若是从她的容貌判断，她该有 60 岁，但从她的身体看，却像一个 40 岁的女人。

她拿起一支长长的竹匙，频频搅动在陶罐里熬着的肉汤。那肉汤的香味引起了他的饥饿，这时他才记起，已经好长一段时间没有东西下肚了。

他觉得浑身乏力，是饿的缘故，还是自己受了伤？他强撑起身子坐起来，摸摸自己的身体。除了一两处碰瘀的地方外，他庆幸自己没有内伤或骨折。他浑身都是油汗，黏乎乎的怪难受，要能洗一个澡就好了。

他看到他的衣服鞋袜，被扔在一个角落，他配枪的皮套和皮带，还有那柄猎刀和皮鞘，则放在一个土台上。为什么把他的衣服全扒光了呢？他心里在想，这是为了给他检查有没有受伤呢，还是由于这些服装太古怪，这儿的人觉得奇怪？他决定不问姆妈，一切顺其自然。他感到乏力，又躺了下来。

这时，从屋外传来了一阵沓杂的足音，跟着有一群女人走进屋里来。她们有老有少，有些挺着丰满的乳房，有些还是小娃娃，共有 20 来个。她们一进门就用好奇的目光看着夏若愚，七嘴八舌地议论起来。

年纪大的女人站在一边，伸长脖子在看他。她们的目光带着一种贪婪，夏若愚心想，如果眼睛可以吃人的话，他早已被她们吞进肚里去了。有几个小女孩走到土台前，好奇地伸手摸摸他，又害怕地把手缩回去。夏若愚感到无能为力，活像一只被缚在祭坛上任由人宰割的牲口似的。

那老女人蓦地站立起来，举起双手，大声说："站开！他是我的儿子，你们不准碰他！"

她的声音充满着一种不容反驳的权威，其他女人听了她的话，连忙退到门边。

有一个女人怯生生地问："修己，他真的是你儿子？"

她冷笑一声，回答道："那晚半夜，我看见天上飞落一颗流星，我跑到山边，听见一声巨响，从天上跌下了一只大熊，从熊神剖开的胸膛，我得到这个儿子。他一生下来，就有九尺二长，长得虎鼻大口，他首戴钩铃，在胸前挂有玉斗，双脚穿着革履，我把他背回来。因为我吃了薏苡，熊神才赐给我这儿子的！"

其他女人惊奇得张大了嘴，发出呀呀的惊叹声，表示信服。

她们都见过那只死了的大熊，因为天还未亮，那老女人已带了族里的人，去把大熊抬到埋葬祖宗的洞穴，埋在祖先的骨头旁。这事整个熊族都知道了。这男子一定是熊神的化身。

夏若愚心里觉得好笑，自己同大熊从悬崖上跌下来，怎么会变成熊神和这女人的儿子？他明知那女人是撒谎，但却没有办法加以反驳或否认。因为要不是她把他救活，他可能早就死掉了。

为什么她说他首戴钩铃，胸挂玉斗呢？他知道自己胸前是挂着一个翡翠坠子，那是他母亲留下的纪念品，他是不离身的，但他头上哪有什么钩铃？这指的是什么？

夏若愚把手抬起来，摸摸自己的头，难道他头上戴着什么吗？他看着自己的手，不禁哑然失笑，他头上哪里戴有什么呢？倒是手上戴着个手表。刚才那个认他作儿子的妇人说的首戴钩铃，是他听错了，其实是指手戴着手表这东西。显然她从未见过手表，而把它当做钩铃。钩铃是指星星，这夜光手表不像一个天上的星辰吗？

这时，他听见那老女人继续说话："我们是熊的部族，他是从熊的肚子里出来的，他是我的儿子，他将成为熊族最勇敢的猎人。"

其他女人都低声议论起来，没有人再敢反驳那老女人讲的话了。

"出去吧！"老女人生气地说，"我要喂我儿子了，你们回自己屋去，别在这儿东张西望，男人该狩猎回来了，快烧好鹿肉去喂他们吧。"

那群女人嘻嘻笑着，走出屋，各自散去。

老女人用木碗，盛了一碗鹿肉，递给夏若愚，说："吃了鹿肉，你就

会有熊一样的大力气，我们的祖宗是熊，熊族的人都像熊一般力大无穷。孩子，快点吃吧!"

夏若愚接过那碗鹿肉。他实在饿坏了，也就不客气，狼吞虎咽，不一会就把那碗鹿肉吃掉了。也许因为肚子饿，他觉得鹿肉好吃极了。那女人抢过木碗。

"姆妈给你再装，吃饱一点!"

她又盛满一碗，递他给吃。

他接过木碗，问道："你呢?"

"姆妈等一等再吃，你吃饱了，我才吃。"

夏若愚说："一块吃吧。"

她笑了笑，取来另一只木碗，也盛了鹿肉，两个人一起吃。

夏若愚吃饱了，吮了吮沾满了肉汁的手指，说道："太好吃了。"

那女人慈爱地望着他说："吃饱了再睡一觉，醒来就浑身是力气啦!"

夏若愚躺在土台上，闭上眼睛，肚子喂饱了，眼皮就开始打架。他听见那女人在喃喃地自言自语，像是在念咒似的，声音显得单调低沉。他听不清她在唠叨什么，因为睡意已袭来，他又一次沉睡过去。

一阵粗豪的笑声把夏若愚惊醒过来，这笑声是从屋外传来的，是一群男人在大笑。他爬起来，跳下土台，走到门边，向外张望。

他看出这是一个村子，草席编织后再敷上泥的屋子围成一圈，中间是一个大场子。场子中央生着篝火，一群男女围坐在火旁，在吃着两只烧熟了的野兽。从扔在一边的骨头，看得到一些尖锐的兽角，有个老头在把兽角扎在棒子尖上制造矛枪。

夏若愚看见那认他作儿子的女人，捧着两个陶皿，向屋子走来。

她一进屋，看见他站在门口，就拉着他回到土台，让他躺下，对他说："你现在还不能出去，你的头发太短了，长到能在头顶束起来，你就可以跟猎人一起去打猎。现在你只能留在房子里，摘豆子，编席子。"

她用手指在陶皿内蘸了一下，然后在他的胸前画了一道红色的纹，然后在红纹下，又画一道黑纹……用不了一会，夏若愚的胸膛被画上了很多红黑相间的花纹。

"这是干什么？"他困惑地问。

"这是我们熊族男子的标志。"

她捏了捏他的肌肉，说道："你长得很结实，只是皮肤太白了，熊族的男子的皮肤是又红又黑的。别的男子会笑你皮肤白。"

她把陶皿搁在一旁，从角落里取来一把骨梳，把他的头发用力向头顶上梳，想在头顶上把他的头发束起来。但他的头发太短了。

她摇摇头："要长一段日子，头发才能长得够长，你给我留在屋里，不要乱跑。"

那女人把他当做儿子一样，照顾得无微不至，但是夏若愚却心急如焚，他知道探险队的同伴一定在为他的存亡担忧，怎样才能和自己的队友取得联系呢？他不能总在这屋子里呆着吧，也不知道自己昏迷了多长时间，他真后悔自己鲁莽地走出时间机器，要是携带有无线电通话机就好了。

他不习惯赤裸着身子，于是走到角落去捡起自己的衣服。他穿上了裤子，那女人走到他跟前，摆摆手道："在屋里不准穿衣服，到外边去才穿，你不出去，穿衣服干什么？"

夏若愚心想这一定是这儿的人的生活习惯，于是他不再继续穿上衣，

但裤子他怎么也不肯再脱下来，赤裸着身体总是很难为情的。

那女人看了他一眼，摇摇头，走到屋的另一边忙去了。

夏若愚把上衣扔回屋角，走到土台前，取过皮带，整好裤腰。他把那柄猎刀插进皮鞘，扣在自己腰间。这样，他感到好受些，没有了武器，又不穿衣服，一点安全感都没有了。

他枯坐在屋里，感到十分无聊。现在吃饱睡足，却无所事事，这叫他感到难受。于是他走到那女人身边，看她在干什么。

原来她在把一些豆子从豆荚里剥出来。这点活他也会干，于是他蹲下来，跟她一起剥豆子。她满意地笑了笑。他也瞧她笑笑。

"姆妈，你一个人住在这儿吗？"他问。

她点点头："姆妈老了，活了 41 个年头，在这族里，我是年纪最老的女人。"

"你有丈夫？"

"丈夫？丈夫是什么？"她困惑地望着他。

夏若愚想了想，明白了那时是母系社会，"丈夫"这个名词还未出现，于是他换一种讲法，"你有男人吗？"

她听了哈哈大笑，"我当然有男人，我喜欢谁就找谁，我是熊族最老的女人呀！"

夏若愚觉得有趣，追问道："你是族里最老的女人，其他人都听你的话啰？"

她说："当然，在族里，我是头人，所有人包括女的男的，都得听从我的话。"

"为什么不是由男的当头人？他们不是更强壮吗？"

"强壮就能当头人吗？不，只有女人可以当族里的头人，所有人都跟母族的姓，大家只知道有自己的妈，没人知道是谁跟他妈睡觉生他的，因为男人只是我们女人伴宿的过客罢了。"

夏若愚耸耸肩头，指着门外篝火前的那些男女，问道："那些猎人是熊族的人？"

"当然，我们的男人都是外族来的。他们跟我们族的女人做伴，就跟进我们族来了。我们生的男子，是不准同自己族的女人睡觉的，他们得到

外族去找相悦的女人。"

"哦!"夏若愚点点头,"我明白了。我想打听一个人,不知道你可知道他吗?这人曾治理大水……"他指的当然是大禹,因为他知道大禹是熊族的人。

"你指的治水的人,是叫鲧吧?"她脸上显出一种淡淡的哀伤,"我认识这个男人,他曾在这族里住过一阵,他很喜欢我。不过,他是个夏后族的人,脾气很硬,跟谁也合不来。后来他走了,带领族人造反可惜没有成功,舜把他流放到羽山,再也没有回来,相信早就死了。"

"那么谁接替他去治水?"夏若愚问,"那个鲧有个儿子吧?"

"鲧有儿子?哈哈,你真会说笑,鲧怎么会有儿子呢?他又不是女人,怎么可能有儿子?没有,他没有儿子,也没有女人跟他生过儿子,怎么说来说去你都不明白?"

"那么说,他没有一个接替他治水的人了?"夏若愚感到很失望,他想不到鲧竟没有儿子。世上竟没有禹这个人。

夏若愚在熊族村落已生活好多天,修己一直禁止他离开屋子,要他把头发长长束在顶上,表示他已成人了,才让他出去。这可把夏若愚闷坏了。一时间头发哪能长得长呢?

这天午后,修己出去了,只剩下他一个人在屋里,他再也忍不住,悄悄把门推开,走进村中的场地去。在场中央有五六个汉子正在比力气,几个姑娘在旁边观看。

当夏若愚走近他们时,那几个大汉都停住角力,用不很友善和怀疑的目光望着他。姑娘中有一个曾在修己的屋里见过他,就对大家说:"他就是那老巫婆从山边背回来的人,她说他是从熊神肚子里爆出来的,是她的儿子。"

夏若愚觉得很没意思,正想回身走开,只听见有一个黑大汉喝道:"别走,站住!"

夏若愚停住脚步,慢慢转过身来。只见那黑大汉向他走过来,一面用轻蔑的眼光打量他,一面说:"怎么你姆妈只给你纹上红黑的条条,不整个儿给你抹上颜色?你的皮肤白得像青蛙的肚皮,哪儿像是熊神的化身?你有力气吗?敢跟我较量力气吗?"

夏若愚发觉这黑大汉比他高出一个头,体重起码比他重上20多千克。对于这无理的挑衅,他不想理会,因为姆妈嘱咐过他不要出来,他不想惹是生非。

可是他的不搭理却惹火了那黑大汉,他跳到夏若愚跟前,拦住他的去路,用侮辱的口吻问:"你不敢跟我较力吗?怕了?想回你姆妈那儿去吃奶了?哈哈。白皮蛤蟆,我一个指头就可以把你推倒!"

夏若愚向后退了两步,转身向另一边走开,却被其他几个大汉挡住去路。那几个姑娘都嘻嘻哈哈,笑着叫着,怂恿那群汉子逗弄夏若愚取乐。

夏若愚无路可退,只得站住。

该怎么办?夏若愚心里在琢磨着,他既不想跟这些人胡闹,也不想被人取乐。

"你要角力吗?好,我就跟你玩一玩吧。"他说着,向场中央走去。

"哈哈,犟牛,他说要跟你玩玩呢!"其他几个汉子向那黑汉子喊叫,"整治整治他!"

黑汉子把披在身上的一块麻布解开,露出一身古铜色的肌肉,示威似的向夏若愚伸拳展臂。夏若愚默默地看着他,脸上没有一点表情,也不作出任何反应。他在估量着这个叫犟牛的黑汉会有多大力气,自己该怎样去和他较量。

"害怕了?白皮蛤蟆!"犟牛嘲弄地叫道,引得周围的围观者哈哈大笑。

这时,村里的年轻人都从屋里跑出来,把夏若愚和犟牛围在场子中心。他们都想看看犟牛怎样揍修己的儿子,年轻一辈都不喜欢修己这个老巫婆,她当头人太久了。

修己站在自己的门口,她身躯高大,挺直了腰杆。尽管她的脸像一块石板一样没有表情,但夏若愚看出她的眼睛流露出焦急的神色。

夏若愚把双脚稍微张开,扎稳马步,双手举到胸前,准备应付犟牛的进攻。他知道硬碰硬自己是不可能战胜对手的,决定以柔克刚,借力打力。

犟牛大叫一声,像一阵旋风般猛冲过来,伸出双臂,扑向夏若愚,想一把将他搂住。夏若愚明白要是被他的臂膀搂住,就非常被动,不易挣

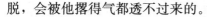

脱，会被他撂得气都透不过来的。

当犟牛冲到他跟前时，他向旁边快步闪开，一手搭住犟牛的手臂，一个转身，顺势将犟牛从背后凌空摔出。他用这柔道的一招，把那个比他重得多的黑大汉，摔到一丈开外。

场子里一片沉默，没有人会相信个子小的竟能将个子大的轻轻抛掷到那么远。犟牛跌倒在地上，莫名其妙地摇着摔昏了的头。

夏若愚走上前去，问犟牛："服输了吧？还要再玩吗？"

犟牛从地上爬起来，叫道："不行，你要的什么鬼招儿，害我摔了一跤，我们再来一次，我不信你能再摔得了我。"

"好吧，我只好奉陪到底了。"夏若愚往后退开几步，笑着说，"如果我再次把你弄倒，你说该怎么着？我可要你输得口服心服。"

犟牛道："行，如果你再摔倒我，我就服了，以后我犟牛就听你的！"

夏若愚听出犟牛嘴虽然硬，但已流露出几分胆怯。他得势不饶人，犟牛的话才一讲完，夏若愚先下手为强，不让犟牛先出手，已大喝一声，蹲到犟牛身边，抓住犟牛，又是一个大背摔。犟牛还不知出了什么事，已被凌空抛起，"叭哒"一声，跌在地上。

夏若愚向他伸出右手，犟牛以为他是来拉他起来，也伸出右手，谁知夏若愚把他一把拉起，不让他站定，又一个大背摔，喝一声"去"，把他又摔到一丈外去了。

犟牛这次可被摔得头晕目眩了，他坐在地上发愣，傻着眼，瞪着夏若愚。

夏若愚问："服输了吧?"

犟牛连忙说："服了，服了，你别再摔我，再摔一跤，我骨头就要散架啦，我服啦。"

夏若愚走前去将他扶起，用力拍拍犟牛的肩膀，笑道："不打不相识，你服输，我就跟你做朋友，你叫什么来着？"

犟牛傻笑道："我叫犟牛，因为人人都说我像条黑牛，不过我顶守信，我说过以后听你的话，今后你叫我干什么我都为你干。你叫什么？"

夏若愚就说："我姓夏，叫若愚。"

"哦，你叫阿鱼。好，我以后就尊你为大哥，叫你阿鱼大哥。"

　　犁牛急忙拉起他的阿鱼大哥的手。两个人刚才还打架，现在却称兄道弟，勾肩搭背，走在一起了。

　　犁牛把其他几条大汉也介绍给夏若愚。他们的名字都很怪，叫朱虎、应龙、黄罴、玄熊。他们几个围住夏若愚，这个拍拍肩头，那个擂擂胸膛，已把夏若愚当做他们的一分子了。

　　正当他们嘻嘻哈哈谈得开心时，朱虎指指屋子那边说："阿鱼大哥，你姆妈来找你了。"

　　夏若愚回头一看，见修己正向他走过来。

　　修己用一种不许反驳的语调说："我的儿子高密是熊神的化身，他是从熊神的肚子里破裂出来的，刚才大家都看到，他才出生不久，就已具有神力，连犁牛这样粗壮的大汉，都能轻易地抛个丈把远。"

　　周围围观的人群，发出啧啧称奇的声音，修己儿子的力气他们都有目共睹，千真万确，真有像熊神一样的力气呢。

　　犁牛道："怪不得他能把我摔得那么远啦，阿鱼大哥果真是熊神化身。"

　　修己凶狠地瞪了犁牛一眼，喝道："什么阿鱼大哥，他怎么会变成一条鱼？我的高密是熊，不是鱼。"

　　犁牛可不怕修己这老巫婆，他反驳道："又不是我给他起的，是他自己告诉我，姓夏叫阿鱼。你不信问问他自己！阿鱼大哥，对吧？我犁牛从来不说假话的嘛！"

　　修己见夏若愚不加否认，她可是个不容许人反对的头人，哪儿受得了犁牛的反驳呢？但是她明白夏若愚自己不加否认，她就下不了台，这不就使她的说法无法取信于大家了？她可是个很会随机应变的女人，否则她就统治不了熊族了。于是她大声说："不错，高密是有熊氏的后代，有熊氏是夏后族。他叫阿禹，不是一条鱼，是熊神，所以又叫夏禹。"

　　夏若愚不禁苦笑，怎么自己变成了夏禹？他是从 4000 年后来看"大禹治水"的，人们竟说没有大禹这个人，七弄八弄，竟把他当成了夏后氏的禹。这千差万错，该从何说起？

　　他想站出来对大家说，他是夏若愚，不是夏禹，他是 20 世纪的科学家，不是公元前 2000 多年神话传说中治水的英雄。但他知道，人们是无法理解他的话的，也听不懂他的解释，这些熊族部落居民怎么会相信他是乘搭时间机器来考察历史的呢？如果他这么一讲，他们不是说他得了疯症，神经错乱，就是把他当成是个从天而降的天神。可是神是不好当的，神难做啊！他只有保持沉默了，但沉默就等于承认了修己这老巫婆的讲法，自己真的变成了从神熊肚子爆生出来的夏禹。这可叫他左右为难啦。

自从夏若愚摔了犟牛几个大跤之后，大家对他的态度完全改变了，看来族里所有男人，包括本族女人生的和外族"嫁"进来的，都把他当成是熊族的一分子了。族内的姑娘对他也另眼相看，不再像一两天前那样像看怪物那样看他，把他当做兄弟了。不过，族里的女性除了修己外，没有人对他特别亲近。他明白，按这儿的规矩，同族的男女多数有血缘关系，是不能通婚的，族里的女人只能把外族的男子带回来，而本族的男子得到外族去。

他觉得这跟4000年后的风俗习惯完全不同，女人娶男人，男人嫁女人，岂非颠倒了？但一细想，是4000年后颠倒了价值观念才对，不觉为之哑然失笑。

有一天黄昏，犟牛走到修己门前大声喊："阿鱼大哥，快出来！快出来！"

修己生气地骂道："又把禹叫成鱼了！"

夏若愚笑道："算了，叫什么都一样，反正只是个名字。"

修己道："叫他以后别在我面前乱叫！"

夏若愚走出门口，见犟牛和一群男女聚在场子中心。女孩子的脖子都挂上了一些珠子穿成的项链，头上插了鲜花。犟牛也不像白天时那样披一块麻布，也换了一件短褂，腰下围了块儿裆布，倒也整齐。

"喂，快来，我们要走了，再不来，可不等你啦！"犟牛叫道。

夏若愚跑到他跟前问："你们要到哪儿去？"

犟牛笑道："到哪儿去？你真的不懂还是装傻……"他转过身对旁边的朱虎说："他不知道我们到哪儿去呢，你信吗？"

朱虎哈哈大笑，把夏若愚的头拉过来，在他耳边说："我们到月湖去，好玩着呢！"

"夜里去吗？"

"当然，难道白天去？走，跟着来！"犟牛道。

他们一群人有三四十个，走到河边，分乘十多条独木舟，要渡过那条不算太宽的河流。河水很急，夏若愚看着河水，估计着流速，相信这样划独木舟，渡到河那边，至少会飘到下游几里才能靠岸。

他不知道大家这么兴高采烈过河去干什么，但是由于犟牛、朱虎说得那么神秘兮兮，倒引起了他的好奇心。

在快靠岸的时候，突然有一艘独木舟翻了，独木舟上坐着的三个姑娘，都跌进河里。其中两个攀住独木舟，但另一个却卷进激流，大家不禁惊叫起来。

"阿柔不会水，要淹死的！"犟牛叫道，他很焦急，因为阿柔是他妹妹，可是犟牛的水性也不怎样，这么急的流水，他也不敢下去救人。

夏若愚见那落水的姑娘在水里挣扎喊叫了几声，沉下去了。他站起来，从独木舟上轻轻一跃，跳进水里，用自由式向出事的地点飞快游去。接着他潜进水里，发现那落水的阿柔已经不再挣扎，昏昏迷迷地往下沉。

夏若愚用力划动手脚，像青蛙一样潜近阿柔，一手搂住她，一手划水往上游，当他冒出水面时，离岸已不到三米了。

这时不少独木舟已泊岸，有些人在把独木舟拉上岸，另一些人就奔跑着，向夏若愚抱着阿柔上岸的地方跑来。跑在最前边的是犟牛。

夏若愚把阿柔放在岸边的草地上，阿柔的身子软软的，一动不动。

犟牛惊叫道："阿柔死了！"说着这粗壮的黑大汉竟蹲在地上抱着自己

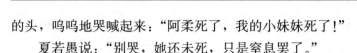

的头，呜呜地哭喊起来："阿柔死了，我的小妹妹死了！"

夏若愚说："别哭，她还未死，只是窒息罢了。"

朱虎瞪着眼问："窒息，什么是窒息？"

"窒息就是没气了。"

朱虎困惑地摇摇头："没气就是死了。"

夏若愚不再跟他解释，挥手叫大家让开。他跪在阿柔身边，开始做人工呼吸，夏若愚庆幸自己在中学时曾是个游泳队的队员，学过拯溺急救。

"一、二、三、四！"他一下又一下地用力地压按阿柔的胸膛，然后用口对口呼吸，经过不到一分钟的辛苦抢救，终于把阿柔救活过来了。

阿柔微微睁开眼睛，透过一口气，夏若愚把她翻转身来，她哗哗地吐了一地的水……

这姑娘的身体很结实，一活过来，又生气勃勃了。

犟牛激动地蹲在阿柔身边，问："阿柔，你没事了？阿鱼大哥把你救活了，我还当你死了呢！"但阿柔一坐起来，就怒目瞪着夏若愚，在犟牛耳边低声说了几句什么。

犟牛搔搔头，不知如何回答。他站起来，把夏若愚拉到一边，对他说："你救活阿柔，很好，但你不应揉她的奶亲她的嘴，她是我妹子，跟你是同族，这样做是犯禁的！"

"废话，我哪儿是像你说的揉奶亲嘴？我是给她做人工呼吸。"夏若愚哭笑不得地回答，"你自己也看到的，我是用双手压她，并不是揉她，如果我不口对口帮她呼吸，她就不会回过气来，这叫做人工呼吸，不是亲嘴！"

犟牛半信半疑："真的？"

"不信，你躺下来，对，就这样躺着，看我这样一下一下压你的胸膛，你觉得怎样？来，把口张开……晤，这是亲嘴吗？我是呼气进你口里，对不对？以后，遇到人溺水，就要这样去救活他，懂了吗？"

犟牛爬起来，舒了口大气。

"懂了，阿鱼大哥，以后碰到有人溺水，我就这样救他。"

阿柔看看夏若愚，又看看犟牛，问道："什么叫人工呼吸？"

"就是别人帮忙你回过气来。刚才以为你淹死了，没气了，全靠阿鱼

大哥帮你回过气来，要不你早就死掉啦，你还不谢谢阿鱼大哥？"犟牛对他妹妹教训道。

夏若愚连忙说："不用谢我，阿柔，你明白我不是戏弄你，是救你，那就行了。"

阿柔不好意思地低下头。

朱虎不耐烦地说："行了，走吧，在这儿已耽误得太久了。"

于是，他们又重新上路。

一轮圆月从树梢升起，在迷蒙的月色中，他们穿过一座森林，来到了一个圆圆的湖边。湖不太大，夏若愚估计，直径不过 300 米，像个大球场一样。在湖边，已烧起了一堆堆篝火，在篝火旁，人影憧憧。

犟牛指挥大家采集林中的枯枝，也在湖边烧起一堆篝火。他把带来的一只猪架在篝火上烤烧。夏若愚走到湖边，数了数湖边的篝火，共有 20 多堆，每堆火旁都有一大群年轻人。

从远处的篝火那边，传来了一阵动听的歌声，夏若愚这时明白了，这些青年男女是到这月湖来，在月圆之夜求偶的。

他站在湖边，望着天上的一轮明月。

求偶吗？他是来考察历史的，为什么竟卷进了这生活的漩涡里了？

犟牛走过来，用手搭在他的肩头，问道："阿鱼大哥，你干嘛在发愁？吃了肉，我带你去找妞儿，我知道黑族的姑娘顶漂亮，准会有人喜欢你的，愁什么？"

"犟牛，这到底是什么回事？"

犟牛笑嘻嘻的回答："你真的不知道？"他拍了一下自己的脑袋，"怪不得你站在这儿发愁了，告诉你吧，我们这一带，有 30 多个部落，有熊族、黑族、虎族、鹿族、鱼族、龟族、灵凤族、青鸟族、豕希族，还有蚊族、彪族，各族的后生们每月一次，都聚集在这月湖边，各自去找自己中意的人。你也知道，我们熊族的兄妹是不准亲近的，那是犯禁的大忌，得找外族的人。我们男的如果在外族找到了心上人，就跟她到那儿去，住在她那儿，我们族的姑娘找到外族的小伙子，就把他带回我们族来。"

夏若愚问："那要是你嫁到蛇族去，你就由熊变成蛇了？"

"不，我仍是熊族的人，将来我死了，要葬回我们熊族的墓穴，绝不

葬在外族的墓穴里。我可以'嫁'到蛇族去，在那儿同蛇族的女人住，要是我们大家过得不合意了，我就离开蛇族。我可以回熊族来，也可以再'嫁'到别的族去。"

夏若愚心里明白，这就是历史书上的那种所谓对偶婚，男女一对一对配偶，在或长或短的时期内保持相对较稳定的结合。按照母系氏族外婚制，是严禁本族兄弟姐妹通婚的，兄弟必须离去，在相互通婚的对方氏族的女子中寻找自己的配偶，而姐妹则只能在外氏族招男人回来。

夏若愚感兴趣了，他追问道："照你这么说，你跟女人生下的孩子不是你的，是她的，对吗？"

"那当然，这是祖宗的祖宗定下来的规矩，世世代代都遵从的，我们男的永远是跟自己母亲同族，我们生的孩子也跟他们的母亲同族，孩子是女人肚子里生出来的，当然是她的啦。"

"那如果我和一个女人生下孩子，我不是那孩子的爹吗？为什么那孩子我没有份？"

"哈，你问得太出奇了，我们只知有母，不知有父，谁管自己的爹是谁？"

"要是我有孩子，倒想他认我是他爹，这有什么不对？"

"我也认为没有什么不对，有一些部族就不再守这规矩，他们要把孩子带回自己的族去。这要看他那女人肯不肯跟他了，在女人看来，这样做是很丢脸的，大都不会愿意。"

夏若愚笑道："犟牛兄弟，你嫁过吗？"

他回答："嫁过两次，一次一年，一次半年，时间不长，就分了手。现在我又可以再去找别的女人了，但在我住在她家里时，是不准跟别的女人相好的。"

"你为什么同你的女人分手？"

犟牛说："大家互相喜欢，就住到一块，若大家都互相讨嫌，那不是分开更好？最初她中意我，我喜欢她，于是我们就合在一道了，到后来她不再喜欢我，我又讨嫌她，于是就分手了。我知道她们都生孩子，但孩子只认她是妈，不搭理我呢。不过，几千年都是这样的呢，怎么你这位熊肚子爆出来的人，竟连这些都不知道，真是好笑。"

　　夏若愚自己也觉得好笑，以 20 世纪的价值观念来理解 4000 年前人与人之间的关系可不容易，他倒觉得古代男女对婚姻的态度，比现代人高明得多。

　　篝火正红，朱虎和阿柔拨弄着柴火，迸起了点点的火星，火星在微风中飘舞，火也越烧越旺。肉滴出的油脂，在火中发出吱吱的声响，透出一阵阵诱人的肉香。

　　阿柔撕下了两大块腿肉，跑到湖边，递给犟牛和夏若愚，她向他们扮了个鬼脸，又跑回篝火边去。

　　犟牛一边嚼着烧肉，一边说道："阿鱼大哥，等一下吃饱了，我们就到各堆篝火去串，说不准会碰到一个你喜欢的妞儿呢。"

　　夏若愚摆摆头："曾经沧海难为水，除却巫山不是云。"他才一念完了这两句诗，就明白自己说了犟牛听不懂的话了，立即改口说："我怕找不到我已失去了的女人了。"

　　"你过去有过女人？我说啊，你从熊肚子才出来怎么有女人？难道是你前一生有过女人？"

　　前一生？夏若愚不禁苦笑起来了。现在看来，自己 6 年前失去素娟，真好像是前一生的事一样了。

　　他不想谈这话题，就不再吭声，埋头咀嚼烧肉。

　　犟牛见他不回答，就说："失去了就失去了，反正天底下多的是女人，还怕找不到一个你中意的？"说完就豪放地大笑起来，用肩膀撞撞夏若愚，"放心好了，女人会喜欢你的！"

　　远处的篝火传来了动听的歌声，使人听了意乱神迷，夏若愚也不禁心头一震，这歌声实在迷人极了。

　　他问："这歌真好听，是谁唱的？"

　　犟牛说："那边是涂山氏的部族，听说涂山氏的女儿长得很漂亮，准是她唱的。"

　　夏若愚站起来，把油腻的手在裤子上抹抹，说道："走，我们去看看那唱歌的人吧！"

　　犟牛摇摇头："你去吧，我看上的女人在蛇族，我要去找她，你可别跑失了！"

夏若愚沿着湖边，慢慢向前走。他经过离熊族篝火不太远的另一堆篝火时，看到有几个女的坐在篝火旁，交头接耳在讲着笑着，不理会站在附近的几个男的，那几个男的就尽力在向她们招手逗引，希望引起她们注意，但她们却故意不理睬。过了一阵，有一个姑娘笑着站了起来，不理其他伙伴讪笑，跑到那些男的面前，拉了一个男子的手。他们不理别人嘻哈大笑，手拉着手跑进树林子去了。

夏若愚心知肚明他们是去干什么事，也跟着其他人笑了一阵。不过他没有停住脚步，继续往前走。

他经过几堆篝火，看着那些年轻男女在肆无忌惮地调笑着。看到那些年轻的姑娘都在向男的装出娇媚的姿态，而那些男的都在夸耀自己身体的健壮雄伟，他感到这种原始气息的粗豪，别有一种动人的吸引力，这使他的心怦怦跳动。人类，就是以这样一种方式繁衍下来的，这里面没有虚伪，没有做作，完全是真情的流露与表白，这是令人心弦震荡的。

他向前走，一步步追随着前面若隐若现的歌声，眼睛看着周围若暗若明的火光中男女的活动，耳边听到欢娱的笑声细语。

突然，在他面前的草丛，窜出了一团白色的东西。他停住了脚步，他看到的是两只发出黄色光的眼珠，那是一只长着白毛的老狐狸。这白色的狐狸长着一条毛蓬蓬像扫帚似的大尾巴。显然，它是到湖边来喝水，却被这些篝火和人群吓住了，到处乱窜，想逃进森林去，而夏若愚却刚巧挡住了它的路。

这狐狸怒视着夏若愚，露出牙齿，把尖鼻子耸起来，黄眼珠露出凶狠的光。夏若愚本能地把腰间的猎刀拔出来，握在手里。

他这一动作，也引起了狐狸的反应，它突然尖叫一声，向他跳跃着扑过去。

夏若愚手中的刀子只往侧一偏，在白狐跃到面前时，已刺进了白狐的肚子。白狐在半空中中刀，惨厉地嗥叫了一声，跌落在他脚边。

这只白狐狸没料到人会有这样锋利的刀子，往日只要这么一扑，即使被石斧砍中或铜刀刺中，也不会伤得那么重。但精钢制的猎刀却破开了它的肚皮，刺进了它的心脏，它在地上抽搐了一阵，就断了气。

夏若愚没想到自己会猎到这样一只白狐。他把猎刀上的血迹在白狐身上抹净，插回刀鞘。一手提起了白狐，又继续往前走。

在他经过一堆篝火旁时，他手中的白狐立即引起了人们的注意。他们都走近来观看，姑娘们还伸手摸白狐的大尾巴。她们都赞叹不已："好大的白狐狸啊，还长着九节的尾巴！"

有一个年轻人对夏若愚说："你真走运，竟猎到这样的大白狐。它可是天上的神物。你看它的大尾巴，足有九巴掌那么长，听老人说这叫九尾狐。它和不死树、三足神鸟和白玉兔都是最吉祥的东西呢！"

另一个小伙子羡慕地说："要是我也能杀一只这么大的白狐，献给我心爱的女人，还怕她不喜欢我吗？哈，兄弟，你快拿去献给你中意的女人吧！准能讨得她的欢心。"

夏若愚笑笑，没有回答。他把白狐扛在肩头，继续去追逐那迷人的歌声。

月亮已升上中天，他已经过了十多个篝火，差不多去到湖的另一边了。这时歌声已很近，越发嘹亮，夏若愚加快了步伐。

在前边有一堆篝火，在篝火旁坐着一群姑娘，她们并不像其他篝火旁的姑娘那样同周围的男子调笑，而是端庄地围坐在那儿，跟随着其中一个姑娘在唱歌。周围的男人也默默地站着，谁也不想打断这么动人的歌声，

也没有人愿意走开。夏若愚被歌声吸引住，走近前去。

夏若愚一边倾听，一边在想，人类爱美这可是一种天性，在这原始荒林的湖畔，人们欣赏美妙的歌声，这同 20 世纪在音乐厅中听演唱家唱歌又有什么区别呢？真正的美的艺术是不因时代不同而失去其欣赏价值的。这古代人唱的歌声对于 20 世纪的人，不是同样也有着勾魂摄魄的魅力吗？

一曲既终，唱歌的姑娘接过女伴递给她的一碗清水，呷了一口。人们仍旧静静地在等待着，期待她再唱一曲。

她面对着篝火，夏若愚只看到她背后的轮廓，却看不到她的容貌。从她接过碗的手的优雅动作，使他觉得有着一种亲切的感觉，他感到自己好像在什么地方看到过相同的体态和动作，但绞尽脑汁却回想不起来。

她喝完了水，清了一下嗓子，又准备再唱了。这时，她身旁的女伴接过她的碗，把碗放回水罐旁，不经意地回过头来，看见站在后边肩头背着白狐的夏若愚。她轻轻地惊叹了一声："好大一只白狐啊！"

大家的目光突然都望向夏若愚背上的白狐，那唱歌的姑娘也微微侧过头来。夏若愚的心猛地一跳，他用手揉了揉自己的眼睛。他不敢相信自己的眼睛了，这是不可能的！

他向前跨上了几步，把白狐从肩头扯下来，双手捧住，走向那唱歌的姑娘。他嘴里喃喃地告诉自己："我是眼花了吧？我没看错吧？怎么会有这种事发生？不可能的！"

他走到姑娘的身边，把白狐放在她的脚边，抬起头来，他的目光和她的目光相遇了。

他不由得从喉头发出低低的一声呻吟："素娟，你怎么在这儿？"

她长得跟素娟一模一样，所不同的是她穿着白色麻布长袍，不似素娟往日的打扮，她的头发长长披在肩后，不像素娟那样烫了头发。

他望着她的双眼，它们是那样明亮，黑色的眼珠透露出一种惊喜的神色。她并不避开他放肆的注视，而是用一种感动的亲切的目光在回望着他。

他们就这样互相注视着，像两座石像，忘记了身旁还有很多人，好像这世界上就只有他们两个似的。

夏若愚感到自己的心在狂跳，他说不出话，泪水一下子涌上了眼眶。

她像从梦中惊醒过来一般，闭了闭眼睛，再用力睁开双眼。她的口微微张开，轻轻地说了声："谢谢。"

她的眼睛并没有离开他，但她那优美的嘴却吐出了像银铃似的歌声，她唱着：

"绥绥白狐，九尾庞庞。

我家嘉夷，来宾为王。

成家成室，我造彼昌。

天人之际，于兹则行。"

夏若愚明白它的意思是：九尾的大白狐啊，尾巴长得毛蓬蓬；欢迎你到我家来做客人，我把你尊敬得像帝王。谁要是跟涂山的女儿成家立室，我准能使得家道兴旺。这不是很明白地道出了她的感情了吗？

当她唱完了这短短一曲之后，就伸出手来，拉住夏若愚的手。夏若愚握住她的手，跟随她离开了人群。在人们啧啧赞美声中，他们走向湖边。

夏若愚清了清喉咙，咽下了一口口水，低声问道："为什么你会在这儿？你什么时候来的？我真料不到会在这儿见到你呢！"

她回过头来，用困惑的目光望着他，微微一笑，连这笑容也跟素娟一样啊。她低声问："我是今晚才来的，今年是我成年的第一年，我想不到会见到你，今晚你也是第一次来这儿的吧？"

夏若愚凝视着她，问道："你到底是谁？你认得我是谁吗？"

她嫣然一笑道："我是涂山的女儿女娇，我知道你是谁，你是熊族的阿禹，对吧？"

"你怎么知道的？"

"月湖的女孩子早已传开来，说熊族的阿禹是从熊神肚子裂开生出来的。我也听说了。"

"难道你过去没见过我吗？"

她摇摇头。

"我以前可见过你呢。"

"什么时候？什么地方？在梦里吗？"她笑道，笑得很甜。

"不，不是在梦里……"夏若愚没能把话说下去。他该怎样说才好？说她跟自己死去的未婚妻素娟长得一模一样吗？她根本不知道什么是未婚

妻，在这儿的婚恋关系中并不存在未婚妻这回事的，说她在 4000 年后曾跟他相爱过，她准不会相信。这使他犯难了。

"你不是在梦里见过我，那你是到过我们涂山吧？"

"不，我没到过涂山，也许……是另一世我们曾相识过。"

"你指的是前生吗？"

"也许是后世吧。"

"哈哈，你说得真玄，你真会逗趣！那么说我们真的曾相识过，难怪我一见到你就觉得你是上天安排给我的男人。"

夏若愚道："对，这的确是上天的安排，为了你我已追寻了 4000 年了。"

她吃惊地捂住自己的口："4000 年？那是好长好长的时间了，你一定又在说笑了。"

"你现在叫女娇，我知道你是素娟，我失去了你两次了，这次我可不能再失去你啦，我不会再让你离开我的。"他握住她的手，激动地说，"我们再也不要分离，你嫁给我吧！"

"嫁给你？哈哈……"女娇捂着口笑起来，"你说错了，是你嫁给我，只有男人嫁给女人的。"

夏若愚皱了皱眉头："为什么一定是男嫁女？我来自的世界就恰恰相反，是女嫁男。"

她摇摇手道："可是从古到今，就只有男嫁女，怎么可以女嫁男颠倒过来？如果照你那么做，几千年的规矩都被你推翻了。这怎么行？"

夏若愚知道要她理解是困难极了，几千年甚至几万年来，都是以母为主的，女性至上，不过 4000 年后，女性却要争取男女平等，夏若愚也并不歧视女性，不过在他所接受的伦理教育中，却是男权主义的一套。

他也摇摇头："算了，你嫁我，我嫁你，都是一样的，最紧要的是我喜欢你，你喜欢我，其他一切都无所谓。"

她点点头："你说得对，如果你不喜欢我，我也不要你嫁我，这事可勉强不得的。"

夏若愚问："那么你喜欢我吗？"

她又点点头："我一见你就喜欢你，这还用问吗？"

　　"既然是两情相悦，那么其他一切都不紧要了，是我们相守一辈子，与别人全无关系，我们应该创造自己的二人世界。"

　　"什么是二人世界？"她又困惑了。

　　"就是我们两个人生活在一起，不再分开。我们自己建一间茅屋，每天我去打猎，你在家里，我猎到野兽回来，我们一块烧来吃，我要让你过得快快活活，将来你给我养一个胖白的娃娃，那时，我们就成了三人世界了。"

　　她听了，羞红了脸，低头说："你不会喜欢上别的女人，和我分手吗？"

　　夏若愚说："不会，我不是那种爱情不专一的人，我比较守旧。"

　　她瞪大眼睛望着他："你真能遵守传统就好了，可你讲的全是违反几千年老规矩的话。"

　　夏若愚笑道："所有规矩都是人订出来的，为什么我们两个不可以订

出一些新的传统规矩来呢？比如说，过去你们只知道有母不知有父，那是因为男人只是你们生活中的过客，来了又走了，如果我们不再分开，那么我就不是过客，我不走，你也不走，将来孩子就不只知道有母，也知道有父了。这不比过去更好吗？"

女娇伸手摸摸他的脸，有点无奈地说："我讲不过你，你比我聪明，你会讲话，我真没有办法反驳你。你认为订出这种规矩，别人会同意吗？"

他摇摇头，"我们不必别人同意，只要你我两人同意就行了，别人的事由他们自己去决定吧，我们的事，由我们自己决定。"

女娇道："你真古怪，样样都出格，样样都新鲜！你不像是活在我们这儿的人。"

他说："我确实不是活在你这时空的人，我是活在 4000 年后的人。"

她说："我不信，你是活生生的，你是真的，但你又不像我们。"

他紧紧握住她的手，那么有力，那么炽热，那么真诚。她感到一股暖流流进了她的心坎，她轻声说："我确实不明白你说的话，一切都是怪怪的，但我知道你是我命中注定的男人，我不会和你分离，我永远跟你在一块。不管你是人、是鬼、是神，我都喜欢你。"

他把她搂在怀里，热烈地吻她。她觉得整个灵魂都被他吻得飞出了躯壳，软软地无力地倚靠在他的肩头。她半闭着眼睛，望着平静的月湖，如镜的湖面里有一轮明月，天上也有一轮明月，她觉得月亮在窥探着人间。一切都那么美好，有这么一个自己中意的男人陪伴，她感到满足。她转过头来，用甜蜜的眼神望着他，充满了感情地说："我要跟你生一个像你一样的娃娃，又白又胖，好吗？"

四天，这四天是怎样过去的？对于热恋中的人是没有时间观念的。夏若愚贪婪地吮饮着爱情的甘露，早已把身外的一切全忘掉了。他一切的活动，只以女娇为中心，哪里还会去想熊族？哪里还记得起时间机器里的伙伴？他已忘记了自己不是属于这时代的人，他已把自己完全融入了女娇的生活。

他们在林边搭了一间临时的草寮，过着二人世界的生活，没有人去干扰他们。女娇对夏若愚说："世上就数蜜糖最甜，但蜜糖也不及我们的恩爱甜。"这话甜得夏若愚的心都要溶化掉了。

这四天，如梦如幻，在他们的浓情蜜意中，迷迷糊糊地过去了。

第五天天亮后，阿柔来到他们的草寮旁，大声喊叫："阿鱼大哥，我们要回家去了！"

女娇走出来，问阿柔："你们回熊族的村子去吗？"

阿柔道："是的，我哥哥犟牛跟了蛇族女人，我招了封豨族的武蹇。"

夏若愚揉着睡眼走出草寮，问道："怎么这么早就动身赶路？"

阿柔点点头："我们要动身回家了，你呢？你跟她到涂山去吗？阿鱼大哥！"

夏若愚看看女娇，又看看阿柔，说道："不，我和她留在这儿，过我们的日子。"

阿柔惊讶地望着他们，问女娇："真的？"

女娇皱起眉头："这叫我好为难，他不肯跟我一块回涂山，我又没理由跟他到熊族，看来我们只好留在这儿了。你说呢？"

阿柔摇摇头："那怎么可以？阿鱼大哥，这不合规矩，祖祖辈辈的规矩是不能破坏的。"

夏若愚坚决地答道："为什么一定要按老规矩办事？我们可以定出新的规矩，我决定留下来，不回去了。阿柔你回去告诉姆妈，我和女娇住在这儿。"

阿柔吃惊地往后倒退两步，叫起来："不行啊，阿鱼大哥，修己会很生气，她是族里的头人，她不会答应的。"

夏若愚毫不动摇地说："我的生活由我自己决定，族里谁也不能干预，修己管不了！"

阿柔怯怯地望着他们，垂下头来："那么我回去告诉修己吧。我走了，你们保重。"

夏若愚和女娇走到湖边，早晨的阳光照亮了这林中的湖。夜晚的篝火只留下一堆堆的炭灰，升起阵阵泼水灭火的白烟。人都走了，夜里的生气全消失掉，湖边只剩下他们两个。他们回到草寮，门边挂着剥下来的那白狐的皮子，这就是他们的家了。夏若愚感到很舒畅，再也不会有人来打扰他们两个的生活。

"砰！"突然，从森林里传来了一声枪响，把夏若愚的迷梦惊醒过来。

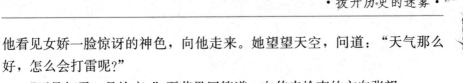

他看见女娇一脸惊讶的神色，向他走来。她望望天空，问道："天气那么好，怎么会打雷呢？"

"不是打雷，是枪声。"夏若愚回答道，向传来枪声的方向张望。

女娇突然用手捂住自己的口，叫道："你看，那边来了一群人，他们的穿着好古怪，不知是什么部族的，但愿不会是三苗的人吧！"

"三苗？"夏若愚问，"他们是什么人？"

"他们是住在大河那边的一个凶恶的部族，经常来抢掠我们的牲口，把我们的人抓走，听说被抓走的人都成了他们的奴隶。"

夏若愚握住她的手，关切地问："你的手为什么发抖？不用害怕，我不会让三苗他们把你抢走的。"

女娇道："有你在身边，我什么也不怕。"但她这话才一讲完，又惊叫起来："快看，那些人在向我们跑来呢，我们快躲起来吧。"

夏若愚仔细望了一阵，说："不必躲，我认识他们，他们是我的同伴。"

从森林跑出来的一群人中，走在最前面的是冯迟和尊尼，后面跟着的有顾大章、江菲和冯修，再后边是钱岚扶着她爸爸钱百益，最后的是瑞典学者唐辰。

最先发现夏若愚的是冯迟，他连奔带跑地叫喊着："夏博士，夏博士！"尊尼回过头向跟在后边的人叫喊："终于找到啦！夏博士还活着，他在这儿呢！"

女娇惊疑地望着这群跑来的人，她抓住夏若愚的手，叫起来："我们快逃吧，他们发现我们啦！"

夏若愚轻轻拍拍她的手，安慰道："不要怕嘛，我跟他们是朋友，他们绝对不会伤害你的，你看，他们在喊我呢！"

女娇说："那个黄头发蓝眼睛的，跟其他人不一样，他也是你的朋友？"

这时跑在最前面的冯迟，已走近来，他大声叫着："夏博士，我们找了你半个月了，终于找到你了。"

尊尼走近来，看见女娇，惊奇得吹了声口哨："夏博士，原来你在这儿泡妞，害得我们到处找你。哎，你那妞儿可真漂亮，是这儿的土著吗？

你可真有艳福啊！"

夏若愚瞪了他一眼，说："她是我的妻子。"

冯修和江菲也跑前来，冯修一把抱住夏若愚，激动地说："夏若愚，我还以为再也见不着你了呢，那晚你跟大熊跌下悬崖后，第二天一早我们就组织人力下山搜索，我们绕道下山来到悬崖下，却找不到你的踪迹。我们看到断枝碎石，肯定你和大熊是落到那地方，可是既不见你也不见熊。"

夏若愚说："我跌得不省人事，被人救起来了，听说大熊是那族人的图腾，被葬进族人的墓穴。你们自然找不到啦。"

钱岚扶着他爸爸，和唐辰也赶到了。钱百益走上前来，拍拍夏若愚的臂膀，笑着说："见你还生龙活虎，那我可就放下心头的大石了，这些日子，可真把我担忧死了，蛇无头不行，没有了队长，探险队怎么办？"

夏若愚道："老冯和你不是把队伍领导得好好的？没有了我，地球照样转的。"

钱岚走到女娇跟前，从头到脚地打量了她一番，然后笑呵呵地对夏若愚说："夏叔叔，怪不得你这么难找，原来有这么个大美人做伴，怪不得

乐不思蜀，把我们探险队全忘掉了。"

夏若愚用指头威胁地指了指钱岚，转过头来对大家说："各位，首先感谢大家来找我，大家辛苦了，我夏某人没齿难忘。最初几天，我被救起，昏昏沉沉，等到清醒过来，才发现是被熊族的女酋长修已把我救活过来的，她认了我是她儿子，还编了一套故事，说我是从那大熊的肚子爆开生出来的。"

"修已？那不是史书中所记载的有莘氏之女吗？她叫女嬉，也叫女狄，是鲧的妻子、禹的母亲。"钱百益打断他的话，追问道，"那么鲧在什么地方？大禹在什么地方？你有调查过吗？"

夏若愚道："钱老，我看，我们这次历史探险该结束了，鲧早就不知生死，他只是修已这女人很多个男人中的一个，据她说鲧是被舜流放到羽山，估计死了很久，鲧和修已同居过一段日子，但却没有生下儿子，根本就没有大禹这个人。"

女娇扯扯他的手，问道："那你不是熊族的阿禹吗?"

夏若愚苦笑道："她说得对，修已编故事可真有一手，她对族人说我是熊神的化身，又是夏族的后代，把我叫做夏禹。"

唐辰捉摸了一下，点点头道："有道理，她准是把夏若愚叫成夏禹，愚和禹谐音啊。"

钱百益笑道："我们所看到的古书，其实大多是后人编造出来的，并不可靠。尧、舜、禹三帝被说成是圣哲，是孔子儒家按照自己的观点，将他们神圣化罢了。《中庸》说'有德者必得其名，必得其位，必得其寿'，恐怕正是这观点的结症。既然没有禹这个人，那么总算有尧与舜，我们还是可以考察到这两个传说中的帝王的史实的。既然来了，岂能入宝山空手而回呢？"

唐辰赞成道："钱老所言甚是，现在正好是考察历史的一个机会，就拿没有禹这点来说，已证明了历史书的作伪，也是不枉此行的。"

这时，冯修的腰间响起了一阵"哔哔"的声响，他拿起无线电话通讯仪，按下开关叫道："我是冯修，我是冯修，请通话吧!"

通讯仪传出宋无忌焦急的声音："我是宋无忌，请你们赶快回来，这儿出了大事啦!"

"什么事？"冯修忙问。

"我和老江在外维修天线，老方在看门，有人潜入机器，把老方打晕，偷走了电脑钥匙。我们把老方救醒了，他还糊里糊涂，老说看不清是谁把他打晕。"

冯修望了一眼江菲，问道："老方受了伤吗？严不严重？"

宋无忌回话："身体倒没大碍，只是我们只有一柄锁匙，失去了就麻烦了，开不动电脑，我们回不去呢！"

冯修果断地回答："我们立即赶回来，老夏已经找到了，估计两三天可以赶回山顶，你们把门关好，不要大意，说不定那窃贼还会再来，还是小心为妙。"

宋无忌说："好的，请尽快赶回来吧。"

冯修关上通讯仪，对大家说："宋无忌的话大家都听到了，我们得赶快回去。老夏，这事相当严重，如果没有了电脑钥匙，我们说不定会被困在这个时代，回不到 20 世纪去呢。"

夏若愚点点道："好，我们立即动身吧。"他回过头对女娇说："你跟我们一块到山上去，我们收拾一下，马上出发。"

女娇犹豫着："那是什么地方？你一定得跟他们走吗？"

他拉住她的手："你答应过我再不跟我分开的，他们都是我的朋友，我们在山上有一间房子，很安全，你一定得跟我一起去！"

女娇问："那我还能回家吗？我一跟你走，就再也见不到我涂山的家，见不到我的母亲和我的姐妹了。"

夏若愚焦急地回答："将来有机会我跟你一块到涂山去，现在没有时间给你讲清楚了，你跟着我，绝不会错的。除非，除非你不再喜欢我了……"

女娇用手捂住他的嘴说："不，不，不准说这样的话，我怎么会不喜欢你呢？好吧，我跟你去！"

她回身走进草寮，不一会儿就已收拾妥当，其实他们俩的东西本来就不多，除了水罐陶碗之外，就是那块白狐皮了。

冯修拿出一张绘制得很粗糙的地图，在地上摊开，和尊尼、冯迟等研究回山上去最方便快捷的路线。夏若愚也蹲下身来，仔细研究这地图，他

按照自己走过的地方，指出从熊族村落到月湖的路线，但冯修认为从熊族村落到山顶，要攀登悬崖，既危险也花费时间，倒不如不经过熊族村落，从河这边绕到山后，可以更快返回基地去。

于是，他们立即动身，离开月湖，用不了多久就走到河边。他们沿着河岸，逆河而上，走到下午，到了一处浅滩。他们从浅滩踩着冒出水面的岩石，渡过了这急湍的河流，已是接近黄昏时刻了。夏若愚建议在河边扎营过夜，明天一早登山。

他们在河边选了一个地方，生了篝火，几个年轻人动手架起了两个塑料帆布帐篷。钱岚和江菲用行军锅在篝火上煮食，他们带了些即食面条，很快就把面条煮好了。女娇在她们身旁，好奇地观看着，问这问那。对于她来说，一切都是新奇古怪的，煮食的铝锅又轻又坚硬，她还没有见过除了陶罐之外的炊具呢。用塑料纸包的面条也令她奇怪，用水一煮就可以吃了，她捡起那花花绿绿光滑透明的塑料袋子，左看右看，她从来没见过这样的东西呢。面条又软又滑，香喷喷的，她从未吃过这样可口的东西呢！钱岚看在眼里，暗觉好笑，她悄悄对江菲说："你看那蛮婆，拿着废纸袋当宝贝，我真想不通夏叔叔怎么会在这儿搭上这样一个土著女人。"

江菲宽容地笑笑，低声回答："钱岚，不要乱发议论，我倒觉得她长得很漂亮，跟你夏叔叔挺般配呢。"

钱岚冷冷地哼了一声："般配？她没有文化，连最普通的常识都没有，怎么配得上夏叔叔，夏叔叔是哈佛大学的博士啊！你看她，土里土气的，披着一块狐狸皮，真想不到夏叔叔的审美观竟这样低劣，她有什么好？除了身体天赋本钱比我们强，有一副娃娃似的面孔外，就一无是处了。要我是男人，我才不会跟这种知识低下的半开化的原始人相好，谈恋爱也没有共同语言，知识层面相差太悬殊了。"

听了钱岚这番议论，江菲不以为然地反驳道："岚岚，你这是以世俗的观点看问题，我的看法恰恰相反，真正的爱情是不受人的地位、世俗观念影响的，敢于不顾一切地去爱上一个4000年前的女人，正是他与众不同之处呢。你知道吗？刚才在路上，夏若愚告诉我，说她长得跟死去的素娟一模一样呢，你不觉得奇怪吗？"

钱岚虽然觉得江菲的话有道理，但她仍旧看不起女娇，总觉得女娇是

个蛮婆子，配不上自己崇拜的夏叔叔，她为夏若愚感到不值。

江菲温厚地说："这有什么值不值的？你是用 20 世纪的价值观点来看 4000 年前的事物，根本就错了。岚岚，比方说，你认为她没有知识，可你有没有想到她没有的只是 20 世纪的知识，但她生活在 4000 年前的时代，她有那个时代生存的知识，说不定我们却完全缺乏她所拥有的知识呢。她在这儿生活自如，而我们却寸步难行，倒过头来，在她心目中的我们，可能才是没有知识，连生存的本领都缺乏呢。"

钱岚摆摆手："江阿姨，我说不过你，不过，我倒有点儿担心，绝顶聪明的夏叔叔见了漂亮的女人也昏头转向，而这儿的女人竟那么漂亮，谁知道我那个冯迟见了，会不会也被迷上？那我可不干啦！"

江菲听了哈哈大笑："哟，原来说来说去，是担心自己的丈夫。岚岚，怎么竟那么没有自信心？冯迟那么老实，你怕他会移情别恋？"

"老实？那夏叔叔还不老实吗？哼，男人就是靠不住！"

"算了，岚岚，你就盯紧你的冯迟好了，我可对我的老方有信心，他不会在这方面迷失方向的。"

夜里，她们三个女的睡在一个帐篷。钱岚故意睡在一边，不理睬女娇。江菲却睡到女娇旁边，用不了多久，她和女娇就说起悄悄话来。江菲就有这样一种本领，像个大姐一样，到了第二天，她和女娇已成了无话不谈的好朋友了。

一路上山，钱岚伴着父亲，她不想同女娇搭话，江菲却同女娇一路谈上山去，女娇给她介绍部族的生活习惯、祖宗传下来的规矩、男女的婚恋习俗，江菲怀着莫大的兴趣倾听，她觉得从女娇那儿了解到不少情况，很有帮助。

到达山顶，他们来到时间机器的圆顶屋旁，冯修用无线电通讯仪通知宋无忌从里面把门打开。

女娇跟着江菲进入时间机器，她瞪大双眼东张西望，发现这屋里十分古怪，里面没有太阳却像外边一样光亮。

宋无忌垂头坐在那儿，脸上露出阴沉的怒气。但当他抬起头看见夏若愚和在他后边的女娇时，他惊愕得张大了口，傻愣愣地望着他们，过了好一阵，才回过神来，骂道："见鬼，若愚，你怎么找到素娟的？我可不明白，她 6 年前不是碰上空难……"

夏若愚把他的话搁住说："等下再给你解释，你先讲讲遇窃的情况吧。"

宋无忌脸上又升起了一股怒气，指着方道彰说："我和江树声出去修理天线，千叮万嘱叫他把门关好，可他却说闷得透不过气，把门打开，结果让人闯了进来，他后脑挨了一记，就不省人事了。等我们修好天线下来，见中门大开，吃了一惊，走进来看见他倒在地上，把他救活过来。检查了一遍，别的东西没有丢失，偏偏被人偷走了最重要的东西——电脑钥匙。好啦，现在开不动时间机器，我们被困在这儿回不了 20 世纪啦！"

夏若愚把宋无忌拉到一边，低声劝说道："老宋，你现在就是骂他一千遍一万遍，也是无济于事的，倒不如想想有什么办法补救吧。"

宋无忌垂头丧气地说："你以为我没想过办法吗？在目前我们这种处境下，实在没有办法制造一条相同的电脑钥匙，它太复杂了，我什么工具都带了，就没料到要制造电脑钥匙，没有足够的精密仪器，我可不是神仙，变不出来。"

钱百益道："无忌，你冷静点，埋怨是不能解决问题的，不如研究一

下，到底是谁偷这钥匙，有没有什么线索可追寻。"

方道彰站起来，清了一下嗓子，很诚恳地说："各位队友，我实在对不起大家，这次出了这样遗憾的事，全怪我不遵守纪律，不听吩咐，擅自把门打开，结果被人偷袭打晕，让最宝贵的电脑钥匙被偷走。这点是要检讨的，请大家严厉批评我吧。其实，这机器内有空气调节，足够呼吸的，但由于我人胖，总感到气闷，想呼吸新鲜空气，就任性胡为，擅自开门。现在害得大家都困在这古代的时间里，我感到很遗憾。我会牢记这次教训的。"

钱老道："方兄，事已至此，我看也不能全怪你，我也有责任，如果我不是热衷于考察历史，大家也就不会来到这儿了。"

冯修把双手交叠在胸前，沉思了好一会儿，问道："方兄，你没看到是什么人打你吗？"

方道彰有点迟疑地答道："当时我把门打开，只见眼前闪过一个影子，也看不清是人还是兽，脑袋就被硬物击中，冒出金星，什么也看不见，眼前一黑，就失去了知觉。"

江树声道："有一点似乎值得大家注意的，在电脑表板上钥匙孔旁边，有几道油漆被刮掉的痕迹，这刮痕很像是利爪的爪痕。"

夏若愚走到表板旁，仔细地观察了一阵，说道："这不像是人划出来的，人没有这么锋利的指甲，但又不像是兽类的爪痕，兽类四肢着地，总会带点泥污，这痕迹却很干净，而且是五道指痕，间距跟人的手指距离差不多。"

冯修搔搔脑袋，感到头疼，他猜想不出这是人还是兽。

女娇走到夏若愚身边，仔细地望着那几道爪痕，她掩住自己的口，轻轻地叫了一声："啊！我知道这盗贼是谁了，是无支祁！"

"无支祁？"钱老道，"那又是神话人物了。"

夏若愚追问道："女娇，你知道这无支祁是谁吗？"

女娇说："无支祁是一个人不像人，兽不像兽的怪物，样子像一只猴子，个头像人高，力气大得很，样子好难看。"

钱百益道："根据古书说，无支祁善应对语言，辨江滩之浅深，原隰之远近，形若猿猴，缩鼻高额，青躯白首，金目雪牙，颈伸百尺，力逾大象，搏击腾跃疾奔，轻利倏忽，闻视不可久。这个神话人物简直就像《西游记》小说里的齐天大圣孙悟空，在宋元年间已在民间流传有关他的故事，还被编写成戏剧小说。不过，这大概只是小说家幻设之辟，我看它是一种进化过程中的人猿，也就是时有所闻的像喜玛拉雅小雪人一类的东西，是属于野人罢。"

冯修问："那么这家伙干吗要偷电脑钥匙呢？他根本不懂电脑是什么东西，偷走钥匙也没有一点用处的。这就叫人费解了。"

尊尼指出："如果这无支祁是一种野人，或者是 Missing Link，属于猿与人之间的一种进化过渡生物，那它既具有一点儿人的特征，又有着猿的特征，很可能它会像黑猩猩一样，偷东西并没有什么明确目的，只是觉得好玩，那也足以使它偷走钥匙了。"

夏若愚问女娇："这无支祁住在什么地方？"

女娇摇摇头："我也说不上，有时他在河边出没，有时在山上活动。我们都怕碰见他，有女人被他捉去，被他强暴，逃出来后，生了一个又黑又丑的小毛人呢。"

钱百益点点头："那么说无支祁就是传说中的野人了。"

方道彰道："怪不得我有那么一种感觉，那黑影扑向我时，我说不上是人是兽了。"

冯修皱紧眉头，说道："要找回电脑钥匙，只有先找到无支祁这家伙了。"

宋无忌感到绝望："连它住在什么地方都不知道，到哪儿去寻找这神出鬼没的无支祁？"

"谁说不知道无支祁会躲在什么地方？"钱百益道，"根据《太平广记》第四百六十七卷，有一段文字，里面说有人在石穴中找到一本《古岳渎经》，里面说无支祁是淮涡水神，那应在淮河一带居住，我们大概可以在那儿找得到他。"

夏若愚大喜，拍拍大腿说："那么事不宜迟，我们就动身去找他，把钥匙要回来。"

冯修不以为然："你问他要，他就肯还给你吗？既然他来偷，就不会肯还的，我怕得要迫使他还才行，说不定会动武，依我看，得做好准备，

必要时跟他干上一仗。"

女娇插嘴说："无支祁是那些野人的头头，他们是成群结队的，有好几百个，男女都是一样身上长着毛，胳膊粗大，很有力气。"

方道彰画了一张草图，放在大家面前："我根据钱老所说，无支祁是淮涡水神，他应该是在淮河和涡河交汇的地方出没，那么就应该是在这地方。"他指着所画的地图，继续说："也就是在 20 世纪的淮南和蚌埠之间，那儿正是现在女娇的一族涂山氏的地域附近。"

宋无忌急巴巴地叫道："既然知道地点，那还不快点动身？"

夏若愚道："那么好吧，我们尽快赶去。冯修兄，你来点将吧。"

冯修沉思了一阵道："我认为仍要留一部分人看守机器，宋无忌、江树声留下来，钱老父女留下来，其他人就准备好武器，一吃完午饭就出发，大家没意见吗？"

"我有意见，为什么要我留下？"钱岚抗议道，"江阿姨都可以去，为什么我就不能？连女娇也能去，那对我不公平。"

冯修有点严厉地回答："江菲要负责队员的健康，打起来谁担保不会受伤，她要当医生；女娇是涂山的，熟悉那一带的地形，可做向导。你呢，首先要学会遵守纪律，服从指挥。"

没料到冯修语气那么严厉，钱岚听了，伸了伸舌头，不敢吭声了。她望了冯迟一眼，想得到他的支持，但冯迟却摇摇头，这使她很失望。

钱百益微笑着点点头："冯修兄说得很对，我这女儿是惯坏了的，应该教训教训，让她学会守纪律。"他回过头来对女儿说："岚岚，现在是去打仗，你以为是去旅游吗？打仗就有打仗的规矩，要服从指挥，叫你干啥就干啥，哪能讨价还价？你就乖乖地给我留下来，陪宋伯伯看守机器。"

夏若愚也说："岚岚，看守机器也十分重要，机器要是出了问题，即使我们拿到钥匙回来，也回不到 20 世纪去。你的责任也一样重大。"

冯修说："好，我们分头准备。老夏、迟儿和尊尼，你们跟我来，看看带什么武器；江菲和方兄，请你们做好后勤工作，准备粮食和药箱。大章，你去检查一下水陆两用吉普，带足汽油……"

一吃过午饭，他们就离开了山顶，九个人分乘两辆水陆两用吉普，下山沿河前进。这旅途可并不好走，因为根本没有公路，只是沿着河边，选

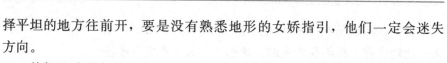

择平坦的地方往前开，要是没有熟悉地形的女娇指引，他们一定会迷失方向。

他们只敢在白天赶路，一入夜就在河边停下，生起篝火扎营过夜。夜里轮流值班，每人两个钟头。

足足赶了一个星期的路，他们终于到达淮涡地带，进入野人生活的地区了。这儿是原始森林，树木很多，都是参天古树，幸好河边一带还平坦，他们就在河边停车。

冯修道："我们先在这儿扎营，住下来再说。目前还不知道无支祁在哪儿，我看以逸待劳，等他来找我们，总比我们到处找他上算。不过，大家可要提高警戒，以防被突袭。"

黄昏时刻，天边一抹红霞，河水也变成了红光闪闪，只有那原始森林，根本分不出树的独立形象，枝叶交错，像一层浓重的墨绿色的云，被无数树枝支撑着。

他们在河边清出了一片地，把长长的茅草除掉，在中央生起一堆篝火，两辆吉普并排停在篝火前，架起了一大一小两个帐篷。

他们在路上猎了一只野猪，现在这野猪被架在篝火上，烤得吱吱发响。一阵阵烧肉的香味，引得人垂涎欲滴。

冯修把夏若愚拉到一边，低声说："我担心那些野人会在夜里突袭，晚上我们要小心一点，不要睡得太死了。"

夏若愚建议道："我们九个人，分三班守夜，告诉大家，武器不要离身。"

上半夜倒很平静，冯修、方道彰、唐辰值头班，没有发生任何情况。夜静得很，除了水声外，就只有草虫的鸣声。天上的月亮只有半边，时常躲在云层后，除了篝火通亮，四周一片黑暗。

到了下半夜，第二班是夏若愚、江菲和尊尼。他们三个都背着枪，在营边来回巡逻，江菲给篝火加了不少柴，还烧了一壶咖啡。

尊尼喝了杯咖啡，对江菲说："我总觉得好像有人在监视着我们。"

"会不会是心理作用？"

"也许是心理作用，不过，我总是有这样一种感觉，在我们到达这河边时，我就已经有这种感觉，总觉得有什么人或生物，躲在某个看不见的地方，监视着我们的一举一动。"

江菲打了个寒颤，说道："给你这么一说，我也有所感觉。这儿的黑夜有点使人心里发毛。看来我们小心点还是对的，冯修说野人可能会在夜里突袭我们，如果是真的话，夜半时分的可能性就最大。"

夏若愚慢慢地从吉普车旁走过，他猛然转过身，向黑暗处张望，但却看不见有什么动静。风吹动着树叶，发出了一阵沙沙的声响。

他也跟尊尼一样，感觉似乎有什么东西在暗中监视着自己。这种感觉最初只是一种无形的压力，使他心里觉得紧张。但这压力越来越大，他感到已经不只是一种压迫感，而是一种迫近的杀气。

他慢慢把背着的枪，从背上取下来，拿在手中，睁大双眼，向黑暗中张望。

"沙沙……沙沙……"

从左边传来一阵极轻微的声响，他把枪口转向那方向，但却看不出有什么在动。一片静谧。过了大约五六分钟，他又再听到这种轻微的声响了。

"沙沙……沙沙……"

这是像风吹落叶的声响，极其轻微，如果不是尖着耳朵去倾听，是听不出来的。

"咳!"他故意清了清喉咙。

那声音立即停止。

夏若愚的心扑通一跳，这决不是风吹落叶的声响，准是有人或生物在黑暗中悄悄地活动。

江菲拿了一杯咖啡走过来，递给夏若愚。

她从夏若愚紧张警觉的神色，一下子就看出有什么不对劲。

夏若愚悄悄对她说："把咖啡放在地上，你到帐篷里叫醒冯修，看来有人在黑暗中活动。"

江菲点点头，也低声说："尊尼也感觉有人在监视我们。我这就去!"

她回过头，向营帐才走了五六步，就听到"砰!"——

一声清脆的枪声，划破了黑夜的静寂。

跟着是一声既像人又像兽发出的嗥叫声。整个营地的人全都惊醒过来了。

这一枪是尊尼开的。

夏若愚迅速跑到他身边，尊尼说："我打中他了!他躲在那边的树丛后面，从一棵树后移动到另一棵树后面。我看见他了，像一只猩猩，但比黑猩猩大，像人一样高。我向他开了一枪。"

"看来你击中他了，"夏若愚说，"继续小心监视。"

冯修这时也从帐篷里提着枪跑出来，他一面跑一面部署大家各就各位，守住营地四方。

在黑暗的树林里，突然发出一阵"啊啊"的呼叫声，这肯定不是从一个生物的嗓子发出来的，而是一群生物愤怒、威胁的咆哮。

随着吼叫，有几十个浑身长着赤褐色长毛的怪物，从树背后跳出来。他们手里拿着石头和树干粗的棒子，一边吼叫着，一边蹦跳着，向营地冲来。

这些生物，像人也像兽，他们的头活像北京猿人，但全身披着棕红色的长毛，张开大口龇咧着发黄的牙。他们的眼睛，在篝火的照映下，闪着一种红色的亮光。

这些怪物停在林边，用手中的石头扔击。石头是攻击的第一轮，但没有打中任何人。他们又叫又跳，挥舞着手中的棍棒，又向前跑了几步。

冯修命令道："瞄准他们的腿，不要打死他们，把他们打伤就行了。我下令开火，大家一起射击！"

怪物纷纷举起了棍棒，发出一阵尖叫，一起向营地冲来。

"开火！"

一阵枪声，在硝烟中，有三个红毛怪物倒下，其他的立刻停住了脚步，望着倒下的同伴，一下子愣住，停止了进攻。他们很迅速地拉起受伤的同伴，退回树林里去了。

红毛怪物的突袭被击退后，大家再也无法安睡，除了值班的人继续巡逻外，其他的人都围坐在篝火旁，谈论着这些怪物会是什么生物，他们是人还是兽。

方道彰说："从他们直立行走的姿势来看，应该是直立的猿人，他们的面孔有点人的样子，前额向后，下巴向前兜，极像北京猿人的样子，但却没有北京猿人那样进化，仍保留着浑身红毛，我估计他们是一种原始人。"

唐辰却认为："这可能是从猿到人的发展过程中的一个分支，他们没有像北京人那样进化成人类，而是仍保留着猿的特性，是一种人猿。他们只会吼叫，却没有语言，语言是人的特点，可见他们只是一种类人的猿类，还不是原始人。"

折腾了大半夜，天慢慢亮了。

冯修对换下班来的夏若愚说："我估计他们被打败后，不会就此罢休的，说不定还会进攻。你看，我们下一步该怎么办？"

夏若愚说："先让大家吃顿早饭，没力气打不了仗。下一仗很可能不会这么轻易把他们击退的，不过白天打起来总比摸黑方便些。"

冯修点点头对大家说："这些怪物只是暂时被击退，他们很可能会再次进攻，大家不要掉以轻心。我去把女娇替换下来，江菲，你和女娇赶快给大家弄早饭吃。"

夏若愚走到篝火旁，他看见女娇走过来，女娇不会使用现代枪支，她只要了一柄斧头和一柄锋利的猎刀，这样的装束使她有着一种原始的粗犷的美。

夏若愚悄悄地对她说："你好漂亮!"

她嫣然一笑，对他说："我好恨你们那些雷电的木棒，发出轰轰的声响，野人就倒下来了，像被雷劈一样，我宁愿拿斧头和刀。"

她说着，蹲下来，帮江菲弄早饭。夏若愚望着她，不禁莞尔一笑。

吃完了早饭，大家在天大亮后，稍作休息，准备迎接野人新的进攻。

夏若愚和冯修跑到昨晚野人倒下的地方，看见地下有几滩血迹，还有野人遗留下的两根棍棒。冯修捡起一根棍棒，掂量了一下，说道："这武器还很原始，只是一根粗大的树干。"

夏若愚指出："它们在握手的部分细一些，而头部却粗大，是一根攻击性的武器，要是我们脑袋挨上一棒，会开花呢。"

冯修指出："像女娇这样的人，都已会使用斧和刀，比较起来，棍棒这武器是相当落后的。这是猿人使用的原始武器。"

"对，我在熊族生活了一段日子，人们已经会用弓箭，而这些怪物仍只会扔石头，还不会使用弓箭呢。"

他们谈着，慢慢踱回营地。

到了10点钟左右，冯迟正在营地边上巡逻，突然听到树林里传来一阵阵脚步声。于是他大声喊叫："他们又来啦! 他们又来啦!"

大家都紧张地守住营地四周。

这次是白天的进攻，大家不必像在夜里那样摸黑战斗了，什么都在光天化日之下进行。他们看出，这次野人的人数不少，昨晚只有几十个，这次却有五六百个，甚至更多。

他们从树林里走出来，但并不一下子就进攻，而是静静地形成了一个包围圈，除了靠河边的一侧外，他们从左中右三面把营地围住。

因为是白天，他们的样子可以看得很清楚了，唐辰说："你们看，他们全身都长着棕褐色的毛，即使是面部仍是毛茸茸的，肯定是进化过程出了差错，没有发展下去，也不可能变成人的。这是一种类似人的猿。你们

看，那些有乳房的，是雌的，她们的个子跟雄的一样粗壮呢。"

这一次，野人在把营地包围后，并未立即发动进攻，似乎在等待着什么似的。营地里的九个人，也在严阵以待。

夏若愚对大家说："如果他们进攻，我们就自卫还击，尽量打他们的脚，把他们吓退就行了。最好不要打死他们，但是，如果吓不退他们，那只好把他们击毙了。"

唐辰从弹药箱里取出两支麻醉针，把它放进口袋，他倒想活捉一个野人，来研究一下他们会不会说话，或用什么方法来交流思想。

冯修很镇定地把各人部署在不同的岗位，他说："如果野人在 200 米外，我们不理他们，若进入 100 米，我们才开枪；假若挡不住他们的进攻，在他们冲到 50 米时，尊尼和冯迟在左右两翼，我在中翼，扔出手榴弹，设法把他们击退；但如果他们冲进来，那就只好和他们拼了。这是作战，不是闹着玩的，大家要提起精神来。"

突然，野人中间发出一声尖锐刺耳的长啸，跟着，几百个野人一齐吼叫起来，挥动棍棒，向营地发起了冲锋。

这叫声是那么可怕，简直叫人心胆俱裂，他们张牙舞爪，目露凶光，十分恐怖。

他们很快就越过了150米，在靠近100米的时候，冯修大叫一声："开火射击！"

一阵枪声，前排的野人纷纷倒下，可是，后面的野人并未停止进攻，他们不理倒下的同伴，甚至践踏着倒下的同伴，继续向前冲来。

"扔手榴弹！"

冯修、冯迟和尊尼向又冲过50米的野人扔了几个手榴弹。

"轰！轰！轰！轰！"

手榴弹炸开来了，爆炸声响彻了河畔林间，这一下可把野人吓得尖叫着，往回就跑，只留下几个倒在地上惨叫着打滚。

野人退却了，但只退回到进攻前的地方，他们在原地愤怒地叫喊，挥舞着棍棒，乱蹦乱跳，不敢再贸然进攻。

"他们下一步会怎样？"夏若愚担心地问冯修，"他们会发动另一次进攻吗？"

冯修观望了一阵，回答道："他们倒下来几十个，该吸取教训了吧？"

互相对峙的这一段时间是很不好过的，尤其是被野人包围在营地里，九个人的神经都绷得紧紧的。

突然，野人的叫嚣声一下子全静下来了。他们不再叫喊，也不挥舞棍棒，全都一动不动，肃然无声。这沉默却比他们的叫嚣更令人胆战心惊，谁也不知道他们打算干什么。

"好可怕！"江菲打了个寒颤，轻轻地说。

唐辰在把麻醉针装进枪里，回答道："很可能是发动另一次进攻的先兆，大战前夕的平静嘛。"

夏若愚咬咬嘴唇道："他们为什么还不进攻？真令人心焦！"

"看！"冯修指着前面说，"有个高大的野人出来了！"

不错，只见一个野人离开了包围圈，走上前来了。这野人和其他野人不同，个头大，腰身粗，虽然身上也是长着棕褐色的毛，却有着一个金属头箍。

"他是谁?"夏若愚问。

"无支祁!"女娇说。

"哦,原来他是这样子的!"冯修有点惊讶地说,"看来,他是这些人的首领呢。"

无支祁手里并没拿什么武器,但他的肌肉发达,看来力大无穷,如果和他徒手搏斗,要战胜他可不容易呢!他像一个巨无霸,像一座塔,两眼半眯着,一步一步向营地走来。

"怎么办?"夏若愚问。

尊尼拍拍胸膛:"让我来对付他!"

冯修估量了一下,尊尼个头也大,长着一头金发,肌肉也极发达,他本来就是一个运动员,练过拳击,手脚灵活,看来和无支祁势均力敌。

"好吧,可要小心,打不赢就退回来,不要逞强!"

尊尼向无支祁走去。

这确实是两个巨汉,个头差不多一般高,腰杆也差不多一般粗。一个浑身赤裸,长满红毛,另一个身穿猎装,金发披肩。

他们两个你望着我,我望着你,谁也不先出手,对峙着,等着对方露出破绽。

四周的野人鸦雀无声,等着看他们的首领搏斗,而在营地里,每个人都屏住呼吸,紧张地观望着,他们都担心尊尼的安危。

两雄对峙了一阵,尊尼开始向旁移步,慢慢绕着无支祁转,想瞅一个空子进攻。但无支祁却以不变应万变,一动也不动,双眼眯缝着,像不在乎尊尼的举动。

但是,尊尼绕了一圈,仍看不出对手有什么破绽。无支祁显然每一寸肌肉都在备战状态,他身上没有一丝动静,却迸发着一股强烈的杀气。

当尊尼又转到无支祁正面时,他停住脚步,这时候无支祁突然睁开双眼,尊尼不禁一怔,因为无支祁的眼睛是黄澄澄的,活像狮子的眼睛。

就在尊尼一怔的刹那,无支祁出手了。他出手极快,一跃而起,扑向尊尼,双手张开五指,每只手指都有锐利的爪子,若被他的爪子抓到,那一定血肉淋漓。

尊尼毕竟是受过拳击的专门训练,反应极其敏捷,当无支祁突然扑击

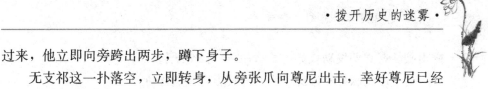

过来，他立即向旁跨出两步，蹲下身子。

无支祁这一扑落空，立即转身，从旁张爪向尊尼出击，幸好尊尼已经蹲下身体，避过了这凌厉的一抓。

尊尼趁无支祁扑击后未站稳，立即出击。一记右拳直击，猛攻无支祁的头部。在尊尼的拳头要击中无支祁头部的那一秒钟，尊尼发觉这一拳只击着空虚，原来无支祁已敏捷地将将头闪开，并用手臂往上一抬，将尊尼的一击挡开。尊尼还来不及把拳头收回，无支祁已再次跃起，在半空中蹬出一脚，尊尼被踢得在地上滚了几滚。无支祁见把尊尼踢倒，得手不饶人，双脚一落地当即转身，再向尊尼扑去。

尊尼在地上打了几个滚，正要爬起来，无支祁已经扑到，眼看着一双利爪，直向面门抓来，大吃一惊，心想不妙，正想躲避，却已来不及。

就在这千钧一发之际，冯迟已大喝一声，凌空飞起，跃到无支祁和尊尼之间，一脚蹬在无支祁肩头。

无支祁没料到冯迟突然来袭，他一心一意对付尊尼，故不及防备冯迟的一蹬，被蹬得往侧一倒。但他只一个侧翻，就已站住脚跟，回转头来。

冯迟也已站稳，扎稳马步，双掌举在眼前，准备迎战。

无支祁被人袭击，而且吃了一脚，气得毛发倒竖，顿时舍弃尊尼，扑攻冯迟。

冯迟可不像尊尼打的是西洋拳，他学的是中国功夫，对于无支祁的硬攻，一点也不着慌，以柔克刚，好整以暇，加以应付。

无支祁用的不是武术，只是一种与生俱来的力气，猛打猛扑，固然猛烈，总不如经过训练的武术机巧灵活，他猛攻几招，都被冯迟一一化解。

无支祁虽未经训练，却十分机灵敏捷，几招之下，已领会到用硬攻猛扑，斗不倒冯迟，他立刻改变战法，变攻为守，以静制动。猛地向后倒退几步，半蹲身子，摆出一副可攻可守的姿态。他那金黄的眼睛，怒目圆睁，瞪视着冯迟。

这么一来，冯迟反而失去了进攻的机会，看不出无支祁有什么空子可钻了。这样相峙着，也不是办法，冯迟反倒心急起来。一着急，就乱了阵脚，反而露出破绽，给了无支祁乘虚而入的机会。

无支祁那半蹲的身形，正好可攻可守，不露一丝破绽，当他看出冯迟

露出破绽，立即发动攻势，长啸一声，腾空跃起。

这一声长啸好不惨厉，叫人耳膜震得差点聋掉。

眼看他在空中旋身如大鹰般扑将下来，冯迟难于躲避那致命一击，冯修的脸色唰的变白，站起身来，想出击去救儿子。

唐辰一把将他拉住。他回头一看，只见唐辰举枪向无支祁瞄准，"砰"的一声，从枪口射出麻醉镖针，不偏不倚，射中正在凌空而下的无支祁的胸口。

无支祁的扑击被这意外飞来的射击所阻，在半空中翻落，他双脚着地，打了个趔趄，但立即稳稳站住。他伸手往胸膛一抹，拔出麻醉针头，往旁一扔，又再次向冯迟扑来。

可是，强烈的麻醉药针已发生了作用，他站不稳了，向前蹒跚了两步，双臂向左右挥了一挥，就颓然倒下，在地上还滚了两滚，就不再动弹了。

这时，在三面围观的野人，见首领倒下不再动弹，大为吃惊，一时间

惊恐得鬼哭狼嚎，回头四处奔逃，不消片刻，就作鸟兽散，逃得踪迹全无了。

尊尼和冯迟跑上前去，试探地踢踢无支祁，见他毫不动弹，知道他中了唐辰射出的麻醉镖针，药性发作，被麻醉过去了。

顾大章和唐辰也跑上前来，四个人一起合力用绳索将无支祁结结实实地捆绑起来，扛回营地去。

夏若愚提出："为了防止野人再围起来救他们的首领，我们得立刻离开这儿，把无支祁搬上吉普，我们马上出发。"

唐辰道："这麻醉药平时可以使一只狮子类的猛兽昏睡半天，但我怕这家伙的精力异常，会提早苏醒。"

方道彰建议："再给他加一针不就行了？"

江菲反对道："不行，麻醉药不能随便用，超过负荷的分量，他可能再也苏醒不过来，若不能弄清他把电脑钥匙藏到哪儿去，就将他弄死掉，那不是前功尽弃，功亏一篑？"

夏若愚道："我们先撤出这一地带再说，立即动身！"

他们把捆缚得无法动弹的无支祁抬上吉普，只用了一分钟收拾营地，就驾着吉普，驶离淮涡地区，向山区进发。

夏若愚问唐辰："你认为这野人会讲人话吗？如果他不会讲话，我们怎样审问调查呢？"

唐辰指指无支祁说："你看他跟一般野人有什么不同？你有没有发现他的面孔更像人的样子？他的额头不像其他野人那样向后倾斜，而是像我们一样向前突出，他的脑容量跟我们应该大致相近。我估计，他应该会懂得人的语言。"

夏若愚把无支祁头上戴着的铜箍摘下来，看了一会，递给唐辰，问道："这头箍也是他与一般野人不同的地方，虽然他也是赤身露体，但戴着这头箍，就显得他不像一个野人了。"

唐辰仔细观看了一下那个红铜的头箍，笑道："这倒使我想起了《西游记》里的孙猴子，何其相似。"

"你说这像孙悟空戴着的金箍吗？谁会给无支祁念紧箍咒呢？"夏若愚笑道。

"那倒说不定，"唐辰一边看那铜头箍一边说，"这上面有一个象形字，不知是什么意思？"

夏若愚把铜头箍拿过来，让女娇看看，问她："你知道这字是什么吗？"

她一看那象形符号，惊叫一声，说道："这是'舜'字，这铜箍是舜赐给他的！"

"舜帝？"唐辰感到奇怪，"舜帝和这野人会有什么关系呢？"

吉普车开到山边停下，这时无支祁已开始苏醒了，车子停后，他睁开双眼，用黄澄澄的眼睛怒视着唐辰和夏若愚。

他用力挣扎，想将捆缚他的绳子挣脱，可是这条绳子是一条坚韧的尼龙绳，绑得又结实，他根本无法挣开。

夏若愚手里拿着那个铜头箍，用手指轻轻地弹弹，头箍发出清脆的叮叮声。

无支祁一看到那头箍，就挣扎得越发厉害，他龇牙咧嘴，脸上显出极憎恨和极愤怒的表情。终于他说话了，他的声音是沙哑低沉的，像发自喉咙深处："把它还给我！"

夏若愚和唐辰交换了一下眼色，微笑着说："无支祁，你要我们把头箍还给你吗？可以，不过你得先回答我几个问题。"

无支祁愤怒地叫道："还给我，它是我的！"

夏若愚不理他的怒叫，和颜悦色地说："我说过会还给你，你先回答我的问题，它是谁给你的？"

无支祁怒睁双目叫道："这是舜帝赐给我的！快还给我！"

夏若愚问："为什么他要赐给你？"

无支祁咬着嘴唇不回答，把头扭开。

"不答，那就不还给你啦！"

无支祁无奈地答了声："是我用元珪换的。"

"元珪？"夏若愚问，"元珪是什么？"

无支祁沉默了，他不愿回答。

"好吧，我们换一个问题吧，"夏若愚道，"为什么你要拿元珪和舜帝交换头箍？"

无支祁不耐烦地说："舜帝封我作淮涡王，头箍是给我做王冠的，他把元珪当做命根子，挂在脖子上。"

　　夏若愚点点头："那就对啦，只要你好好回答我的问题，我会把头箍还给你，让你回去当淮涡王的。"

　　"真的？"无支祁半信半疑地问，"你肯放我走，决不食言？"

　　夏若愚说："我骗你干什么？我要你的头箍也没用处，我又不打算当什么淮涡王。"

　　"嗯？"无支祁听了，睁大双眼，凝视了夏若愚片刻，"好吧，那我就答你的问题吧。"

　　"你从哪儿得到元珪的？"

　　"在山上的一个洞穴里。"

　　"它是别人的吗？"

　　"对，是我弄到手的。"

　　"元珪是什么？"

　　"一块一头圆一头方的黑玉，有个圆扣扣着。"

　　"嗯，我明白啦，无支祁，你从山上的洞穴里偷了我们的电脑钥匙。"

　　"电脑钥匙？那是什么？我没有偷你们东西。"

　　"你那元珪，并不是什么黑玉，是我们机器的开关钥匙。"

　　"机器？什么东西？我不懂。"

　　"好吧，你把元珪给了舜帝，那么我去找他讨回来就是。"

　　"那么头箍呢？还给我吗？"

　　"还给你，不过有一个条件，以后我们当朋友，不要再打架，同不同意？"

　　"只要你放我，我不跟你们作对。"

　　"好，一言为定。"夏若愚拔出猎刀。

　　无支祁怒目圆睁，怨恨地说："你要杀我？不讲信用！"

　　夏若愚笑道："你想到哪儿去了？我是给你解开绳子。"他用猎刀把绳索割断。

　　无支祁挣脱了尼龙绳，揉着被绑得发麻的手脚，望着夏若愚手中的猎刀，不无艳羡地赞叹："好利的刀子！"

夏若愚说："我讲话是算数的，如果从今以后，你当我们是朋友，不再打架，我就把这刀子送给你。"

无支祁的眼睛露出了一种既贪婪又惊喜的神色，伸出手来，一把将刀子抢过去。

唐辰把头箍还给他，说道："我还想问你个问题。"

"问吧，我答应过你，我是你们的朋友了！"

"为什么你会说话，而其他……其他的那些长毛的人，却不会像你一样讲话？"

无支祁回答道："我是倮蛇族的女人生下来的，在倮蛇族长大，据说我母亲是踩到毛人的脚印，才有了我的，所以我生下来像毛人。我力气大像毛人，族里的人不喜欢我，只有我母亲疼我。在我母亲死后，他们把我从族里赶出来，于是我就去找毛人，成了毛人的首领。"

唐辰点点头："你在倮蛇族长大，会说人话，那么毛人的话你会不会说？"

无支祁摇摇头："毛人不会说人话，但他们听得懂我的话，我只要呼啸一声，他们就跟随我走，他们没有一个打得过我，都听我指挥。"

他说完，站起来，把头箍戴回自己头上，学其他人那样，把刀鞘缚在腰间。拉住夏若愚的手，走到一处泉边，他拔出刀子，在手指上划了一刀，把血滴进泉水去，又把刀子递给夏若愚。夏若愚明白他是要滴血作誓，于是也割破了自己的指头，滴几滴血进泉水。两人的血在水中，一下子就混溶在一起了。

无支祁跪下来，又用手捧了一捧血水，虔诚地喝了下去，说道："我无支祁发誓，今后对你要好，如若背誓，愿永沉深渊。"

夏若愚也学他的样子，跪下来捧了一捧血水喝下，说："我夏若愚发誓，今后对你要好，如若背誓，天地不容。"

无支祁站起来，回头望了大家一眼，大叫一声："我走啦！"在大家惊愕之间，已连蹦带跳地跑下山腰，眨眼之间消失得无影无踪。

夏若愚从泉边站起身来，把指头伸进嘴里吮了吮血。江菲已提着药箱跑上前来，拿出药，给他涂上，用胶布封上伤口。

冯修站在一旁，一直没有吭声，只是无言地看着这一切，这时他说话

了：“这无支祁倒是个血性汉子，喊着一声‘我走啦！’就走掉，我看他发誓倒是真心实意的。”

唐辰道："我看他准是孙悟空这小说人物的原形，在过去，我一直以为《西游记》这小说是印度佛教传到中国，把印度神话中的神猴哈奴曼的故事，也传到中国来，成了《西游记》孙悟空的模样儿，想不到在4000年前的中国，早就有了无支祁这人物，他才是孙悟空的原形呢。我相信吴承恩是根据无支祁来塑造孙悟空的，这值得好好研究。"

夏若愚笑道："那留给你去做神话比较研究吧，无支祁说把元珪给了舜帝，那我们得赶快沿着这条线索追下去，把电脑钥匙拿回来。"

冯修点头赞成："事不宜迟，我们得赶紧上路，可是舜帝又在什么地方？"

女娇道："舜帝当然是住在帝都啦。"

夏若愚问："那么帝都在什么地方？"

"在蒲阪，我知道怎样去。"

"好极了，"冯修道，"有女娇当向导，我们就不会浪费时间到处瞎闯了。"

"慢着，"冯迟打断了他父亲的话道，"我以为应该首先回时间机器去，要到帝都找舜帝，如果没有钱老，那他会有意见的，他专门来考察历史，没有他去他可不答应呢！"

尊尼笑道："小冯，我看你是恨不得马上回到岚岚身边才是真的，一日不见，如隔三秋，想老婆了……"

"去你的，没点正经，"冯迟推了尊尼一把，"我是说正经的，不是开玩笑！"

夏若愚道："小冯说得有道理，没有了钱老，我们又不懂历史，说不定会碰钉子，还是先回去跟他研究一下，再行动，好吗？"

冯修点点头："好，我们立即动身吧。"

这一路没有发生什么事，用不了几天，他们已到达山脚，吉普车开足马力登上山了。

他们回到山顶上的时间机器，将情况向钱宋等人讲明后，整顿人马，立即下山向帝都出发。一路上的经过，就不赘述了。经过了多日的奔波跋

涉，他们终于到达帝都。

所谓帝都，其实不及一个现代中国农村的小镇规模，但在当时，已算是中原的大都会了。

他们在郊外的一个村落过夜，准备天亮之后才进城去。

女娇认识那村落的首领，他是从涂山"嫁"过来的，不过现在却当了首领，因为他作战英勇，打完仗带了不少财产回来。为了保有这些财产，他需要有后代继承他的家业。随着财富的增加，地位也逐步提高，如果仍按旧规矩办事，他死后这些财富就会转归他出生的氏族，由他同氏族的血缘亲属继承，而他的子女由于属于母亲这方的氏族，不能继承他的财产。于是他们就不按老规矩办事了，女人为了自己子女的利益，也没有异议，只要把子女留在本族就行了，这种不动声息的变化，已经不少见了。

钱百益对这种变化十分感兴趣，他和那首领谈了很久，事后他对大家说："这是一场非常激烈的革命啊！人类是在完全不自觉的状态下，正在从母系社会慢慢改变为父系社会，这种改变继承制度的要求，说明了私有观念的产生，使母系本位的世系临于崩溃的命运了。"

夏若愚听着他那一番像讲学一样的谈话，不觉暗暗好笑，钱百益在这种环境仍像个历史学者，完全不理自己的处境，实在书生气十足。他的两

个学生冯迟和尊尼却专心致志地听他讲解，尊尼还说："我以为父权取代母权，会是一场流血斗争，想不到却是这样静悄悄地进行的。难道那些统治了那么久的女人肯轻易把权力交出来吗？"

钱百益煞有介事地分析道："不错，女人是不会自动放弃权力和地位的，但是大势所趋，她们也抵挡不了。父权制的确立是同新的婚姻形态相辅而行的，对偶婚变成一夫一妻制，夫妻地位的形成也促成了氏族社会的崩溃。男女双方的关系也在颠倒过来了，原来是女子留在本族，男子嫁到外族；现在是男子留在本族，女子嫁到外族，跟男子的一族生活，男子成了继承氏族的中心，女人的地位变成从属了。"

夏若愚反驳道："可是我在熊族见到的仍是女人当首领，而在月湖，都是男子嫁到女方去的，这跟你的理论是矛盾的啊！"

钱百益点点头答道："这并不是矛盾的，旧的传统不会一下子就完全消失，有一些部落仍是母系支配权力，但不少部落已经改变或正在改变，有些富有的家长，甚至已过着一夫多妻的生活，女人已沦为家庭的奴隶，随着私有制出现，最初的阶级压迫是同男性对女性的奴役同时发生的。劳动生产效率提高，剩余劳动出现，这为奴隶制社会的产生创造了条件。"

夏若愚拉住女娇的手，悄悄对她说："你听到了吗？钱老讲的有道理，很多部族已不按老规矩办，男不嫁女，是女嫁男了，你不信？这儿的首领本来不是你们涂山嫁来的吗？他现在当家作主，在这族里当头头呢。"

女娇感到困惑，但却找不出话来反驳，因为在这村落所见的确实是这样。

夏若愚问她："那么你说说看，过去的尧帝和现在的舜帝都是男的，为什么各部族结盟的首领不是由女的当，而是由男人当？"

"他们会打仗嘛，我们女的在家里织布种地，他们去打猎打仗，我们女的在家里干活，他们到外边去，他们打来打去，就当了部族结盟的头，我们在这方面没有他们那么大野心。"

夏若愚笑道："你这么说就对了，旧规矩的改变，最根本就是男人逐渐变成了主要的劳力，你们女人的地位被降低了，男人就掌了权，这是生产力发展的结果。"

"什么生产力？男人又不会生孩子！"女娇不服气地反驳。

"哈哈，我说的生产力不是说生孩子，而是男人成了能生产更多东西的人，所以旧规矩就行不通了。"

"说男人能干更多的活，这倒是真的，男人力气大，确实干起活来，收获多些。"

钱百益听了他们这番谈话，忍不住插进来说："女娇说得对，由于男人掌握了生产工具，故此地位变了。社会发生了分工，不只是男女干活上有了分工，就是男人中间也有了分工，有些人烧陶器，有些人炼铜器，有些人拿种出来的粮食去换东西，有些人专门去打仗，也有些人专门管理各族的事，这样就初步形成了国家，而各族联盟的头头就称王称帝。这种十分简单而又完全自发的分工形式，正是奴隶制产生的基础，社会就向文明迈进了一步。"

冯修一直在旁默默倾听，没有发表意见，这时他提出一个问题："钱老刚才提到舜帝是部族联盟的首领，明天我们就要进帝都蒲阪去找他，可不知道他是怎样一个人？他肯把电脑钥匙还给我们吗？"

钱百益道："我对于舜的认识，只是从书本中得来，但古书是经过儒家的篡改，加上时代久远，简札错乱，编排无当，抄写失真，阙失讹传甚多，加上后人穿凿羼人之辞，实不可作信史，只能当做神话来看。既然是神话，自然将人物神化，加以夸张，所以要以古书来认识舜的为人，那么就尽信书不如无书了。早先村里的头人曾建议我们问问皋陶，皋陶是舜帝执法之人，应该最了解情况，他已去寻找皋陶，要请他来与我们相见呢。"

第二天上午，村落的头人回来了，他带来了一个身材高瘦、精神矍铄的老头。村里的人一见他，都叫："皋陶大人来了，皋陶大人来了。"显然族人对于皋陶并不陌生。皋陶看来对这些人也很熟悉，一路上跟人打招呼并停下来与人谈话。

当他看到钱百益和夏若愚等人时，他以精锐的目光好奇地看了一眼他们的衣着打扮，过了好一阵才问："各位是从什么地方来的，我从未见过有人像你们这般打扮。"

头人指着夏若愚说："他是修己的儿子，是熊族的夏禹，这位老者是

跟他一起来的钱百益，是个大贤者，什么都懂。"

夏若愚连忙上前，皋陶已向他行了个大礼，他连忙学样行了个礼。他知道这时代的人既不兴握手，也不兴作揖，握手是洋人作风，作揖是几百年后的规矩。

皋陶道："皋陶有幸，得遇贤者，听说诸位要见舜帝，不知有何等事，能相告吗？"

夏若愚忙道："不错，我们想拜见舜帝，有事相求。未知皋陶大人可否引见？"

皋陶眯缝着眼睛，不作声地凝视了夏若愚好一会，然后压低嗓子说："到底你有什么事要见他呢？能够告诉我吗？"

夏若愚回答："我要向他讨回一件原来属于我们的东西。"

皋陶摇摇头："那我真心奉劝你，还是不要去见他的好，你是不可能向他要回任何东西的。"

钱百益插嘴道："皋陶大人，这东西对于我们极为重要，是无支祁从我们那儿偷走的，听无支祁说献给了舜帝。"

"哦？"皋陶有点吃惊地说，"你指的莫非是那元珪吗？舜帝把那块黑色玉挂在胸口，他是绝不会还给你们的。要是你们见过舜帝，就会明白我这话并非虚言了。"

钱百益说："听说舜帝是尧帝禅让的贤君，他不会把我们的东西据为己有的。"

"谁告诉你尧帝禅让自己的帝位给舜帝的呢？"皋陶皱皱眉头问。

钱老一时回答不上，他总不能说是从历史书中这样读到，他也不能向皋陶讲明自己是4000年后来的人。他不觉哑口无言了。

夏若愚反问道："难道这讲法不对吗？"

皋陶道："根本就没有什么禅让这等事，尧帝是被舜帝迫下来的。"

"哦？"这次轮到夏若愚有点吃惊了，"那么说来，尧帝不是由于自己年事已高，让贤举能，把帝位让给舜帝了？他不是还把自己的两个女儿也嫁给舜帝了吗？"

皋陶听了，抬起头望向天空，长叹一声，摇摇头道："你是从哪儿听来这种说法的？我跟随尧帝多年，现在又跟随舜帝，所有的事我全都知

道。我实话告诉你们吧，尧帝当初为了把舜帝留在自己身边，利用他来压制诸侯，就把舜娶到了自己这边来。舜帝为他出征三苗，完成帝业，但尧帝却不愿把帝位让给他。"

钱百益一边听一边点头："大人既然曾辅佐两帝，可否将此事的来龙去脉讲给我们听呢？"

皋陶道："过去各族结盟，始于轩辕，多是由各族首领推举最强大的部族首领担当盟主，经过很多次大战，曾经与蚩尤战于涿鹿，与赤帝争于阪泉。到了尧帝，与驩兜在丹水一战，终使各族归心，共推尧为盟主，尧始称帝。尧帝令舜征三苗，舜战功彪炳，各诸侯听他调度，军力益强。本来尧帝准备把帝位传给儿子丹朱，丹朱亦颇得民心，但舜帝认为此举丧德，有违由各族首领共推盟主的传统，遂率领一部分诸侯联合起来，指责尧帝。他将尧帝抓了关禁起来，不准他同儿子丹朱相见，迫尧帝让位给他。尧帝成了阶下囚，只好答应，各族首领于是共推舜为帝，尧亦随诸侯一起下拜。我在尧时担任司法，舜帝仍用我为司法，舜由各族诸侯共举即位，自是合于常理。"

夏若愚道："这么说来，舜帝夺权，而不是尧帝禅让了。皋陶大人，你任司法，是行何种法？"

皋陶道："舜帝象以典刑，流、宥王刑，鞭作官刑，扑作教刑，金作赎刑，眚灾肆赦，怙终贼刑。"

"照你这么说，此等刑法，用以对付何人？"

"当然用以制百姓啦。"

夏若愚听了皱起眉头，问道："百姓是一般平民吧？"

"不，百姓并非指平民，凡有姓者，都是大族之长。诸侯才有姓，百姓统指诸侯，一般平民为小人，由百姓去管治。"

钱百益解释道："有人认为传说的神话时代是氏族公社的原始社会，其实错了。尧舜时代已是阶级社会，故有百姓诸侯与小人平民之别，这小人下面还有奴隶，应该说早已经从公社社会进入奴隶社会了。"

皋陶听了，莫名其妙，说道："这位长者说的话，我听不大懂，不过平民小人之下，尚有奴隶，却是事实。"

钱百益不觉大为兴奋，急忙说下去："皋陶大人所说极是，尧舜时代，

经历了多次部族联盟之间的大战，诸如对蚩尤之战，与赤帝之战，与驩兜之战等，都打了胜仗，战胜的一方不只掠夺了被打败的部族的土地和财产，而且抓了大批战俘回来，充当奴隶。这样激烈的兼并与重新组合，导致自然原始的母系社会解体，出现了母系父系同时存在的现象，最终母系被父系取代，氏族部落内部也分列成父系家庭，出现了私有制，个人开始拥有私产，奴隶本身也成了个人的私产，也就出现了奴隶制。原来意义上的氏族部落也慢慢消亡，向民族国家的方向发展，从无阶级过渡到阶级社会，文明的曙光出现了。"

皋陶点点头："你说的许多话我听不大明白，有一点我倒听得懂，现在有些部落仍习惯尊崇母亲，知有母而不知有父，但也有些部族已是男人当权，父传子姓，正因此尧帝才会想将他的帝业传给儿子丹朱。舜帝抓住这点，认为违反了过去的规矩，在各族首长聚会时公开提出反对。他早已

收买了一些部族诸侯，便冲进去把尧帝抓起来。尧帝被囚后，只好屈服，最后被流放到边远地方病死。舜帝还把丹朱嫁到外族当女婿，要他到河南之南，不准回来。"

夏若愚忍不住叫起来："原来是这样一场你死我活的残酷斗争，我还以为是礼贤禅让呢。钱老，这同史书多不一样啊。"

钱百益道："争夺统治权当然是你死我活，哪里可能像孔子所说的那样礼让？儒家提倡仁义道德，故编出此说，目的是宣扬他那小国寡民的理想。那是儒家的创作，断不可作古代的信史，哈哈，尽信书不如无书，真不枉此行。"

夏若愚赞同地说："照你这么说，把古书当做研究儒家哲学的必要资料则可，把他们编出来的故事当信史则断断不可以了，否则以讹传讹，永远错下去了。"

皋陶听不明白他们说些什么，皱起眉头望着他们。

夏若愚顿时觉察自己发议论，对皋陶太没礼貌了，连忙回过头来，对皋陶说："刚才你劝我们不要去讨还东西，并说舜帝是不会还给我们的，这可是真的？"

皋陶道："舜帝此人喜怒无常，不是个讲道理的人，常常会随自己的意愿干些古怪的事，如果我不坚持执法，处处按典办事，还不知道他会弄出什么毛病来。由于我是公推出来执法的人，他亦没奈何，其实他很讨厌我，只信任事事附和他的扶风。唉，扶风是个很能干的人，只有他说的话舜帝才觉得中听。"

钱百益道："寻元珪对我们太重要了，怎样才能使舜帝还给我们呢？"

皋陶沉默了一会，没有把握地说："如果你们能立下盖世的大功，到时向他讨还，他也许肯还你们。"

夏若愚道："这可就难住我们了，我们又不是来这儿建功立业的。钱老，你说该怎么办？"

钱百益闭上双眼，想了好一阵，低声说道："只有一个办法，你就扮演大禹的角色，把治水这出戏好好演一场，也许只有这样才能立盖世之功了。对于你和方道彰来说，治水是你们本行，用你们的科学知识来和洪水斗争，正好学以致用，发挥作用呢。"

夏若愚愕然："不，不，钱老，别开玩笑，这可不是闹着玩的。"

钱百益笑道："你既已成了夏禹，不治水岂不辜负了这名字了？若愚，硬着头皮也要干一次了，否则我们没有钥匙回不了 20 世纪呢。"

皋陶道："原来你们会治水，那可是件大事。嗯，我明白了，听说你是修己的孩子，修己和鲧曾相好，那么说来你该是鲧的后人了。鲧因治水无功，被舜帝杀死，实在可惜。自他死后，至今仍无人治水，若是你能把水治好，那才真是造福苍生啊！"

夏若愚道："皋陶大人，说实话，我是会治水，因为我这辈子学的就是水利，只不过我可没有治过你们这时代的水。"

皋陶道："鲧治水不得其法，筑堤淹土，洪水一来，就让大水冲破堤防，把地都淹没了。可怜的是好多在低地生活的部族，逼得跑上山去避水，要不就活活被淹死。要是我向舜帝推荐你继鲧来治水，相信他一定会同意委派你去把水治好的。"

夏若愚无可奈何地望了钱百益一眼，耸耸肩头道："真拿你们没办法，只好搏一搏了。但这事得同大家开个会研究一下方好决定。"

钱百益道："说得也是，得全盘计划一下，这可是件大工程，不知大家会有什么意见呢？"

夏若愚对皋陶说："有劳大人明日引见，我们再从长计议吧。"

皋陶答应了。在他走后，夏若愚赶快召开了一个紧急会议，把情况告诉大家。

钱百益指出，如果不演出一场大禹治水的好戏，怕很难取回钥匙，与其永远被困在这个时代，不如拼一拼。

冯修道："我赞成。但是，到底怎样治水，我可一点也不懂，若是带兵打仗我还在行，搞水利我可一点也摸不着边呢！幸好我们有两个水利专家，用 20 世纪的科学知识来搞搞神话时代的水利，我相信是不会落败的。"他转过头向方道彰，"方兄，你的意见如何？"

方道彰皱起眉头，沉默不语，他摇摇头，望了一眼夏若愚。

夏若愚道："道彰兄，你对这方面的学问和经验比我高明，没有你出谋划策，我是完全无能为力的。还得请你担任治水的导演，我这个台前的小丑方能表演的。"

方道彰道:"若愚兄讲得那么谦虚,那么诚恳,我再也无法推卸这导演的责任了。我只是十分感慨,当初我们回 4000 年前,目的是看看大禹怎样治水,谁料到竟变成要我们来治水?历史这玩笑未免也开得太大了。"

钱百益道:"我们现在是处身于缺乏明确记录的历史时代,古书中记载有大禹治水这个故事,谁知道竟没有大禹这个人,而若愚却鬼使神差被人当成是夏禹,也只有担当起这个责任去治水了。"

冯修道:"鲧治水失败,在他之后,已没有人出来治水,而每年一发大水,很多人就被淹死,或者就流离失所,到处逃避,我们碰到这样的情形,也得义不容辞去治水的。"

宋无忌道:"你们大家都说得很对,我们得去治水,可是大家有没有想到,如果我们在这个时代把水治好,很可能由于我们的行动,使历史的时间轴改变了一个角度,将来我们回到 20 世纪,历史会完全改变,中国会变成另一个样子,这事各位还需再三深思。"

江菲一直没有出声,这时她抬起头来,勇敢地望着宋无忌,说道:"宋先生说的问题,我也想到了的,不过我却有另一番考虑。不错,时间轴的改变会将历史变成另一个样,如果历史上根本就没有大禹治水这件事,那么 20 世纪的中国仍将有大水灾的出现,现在既然要我们来治水,要是我们真的改变历史,那只会把历史改得更美好,绝不会更差的。"

方道彰有点怀疑地看了妻子一眼:"谁敢说一定会更美好呢?毫无根据,没影子的事,可不能说得那么有把握。"

冯修道:"方兄所言有理,只是如果我们不治水,又怎样能弄回时间机器的钥匙?尽管对于未来的变化没有把握,我们还是应往好处去想,否则就动弹不得了。"

方道彰担心地问:"我们这样干,不是有点儿太冒险了吗?"

钱百益答道:"我们回 4000 年前的历史来探险,本身就是要冒险的。"

夏若愚向那四个年轻人望去,问道:"你们四个一直不出声,到底有什么想法,何不说出来?"

钱岚笑道:"想不到夏队长这么民主,征求我们的意见来了。依我说,管他改不改变未来,首先解决目前困难,不干也得干。"

　　她推推冯迟："你说说，我没你那么会讲，你去说服他们。"

　　冯迟不好意思地搔了一下脑袋，讷讷地说："我们不要脱离了我们现在身处的历史环境，首先考虑的是有没有去治水的需要，按我们观察部族居民的生产力，是根本没有办法治好水的。鲧之所以失败，是他根本没有办法治水，他想到的技术只是壅土来堵住洪水，结果就成了第一位殉技术的难者。如果没有大禹出来把水治好，4000 年后大水不知淹成怎样，我们不治水，又有谁去治水呢？按理我们把水治好，4000 年后就应该只会改善才对。"

尊尼道:"我不想多说了,讨论来讨论去,始终在'干'还是'不干'上面兜圈子,我建议讨论怎样干,这不更实际吗?"

瑞典学者摇头晃脑地说:"还是老美说话干脆。善哉,我想不必再犹豫不决了,让我们首先治好水,弄回钥匙好脱险,那才实际。"

宋无忌咬咬嘴唇,点头道:"既然大家都这么说,我也就不反对干了,反正不弄回钥匙我们就永远困在这里,一发大水,我们也一样会被淹死的,与其等死,不如行动,总比坐以待毙强些。"

夏若愚诚恳地望着方道彰,对他说:"方兄,我相信你也赞同无忌兄的意见吧,只是讲到治水,我希望你能积极想想办法。"

方道彰笑道:"若愚兄,你放心好了,我一定帮你治水的。本来我们回 4000 年前来就是为看大禹治水的,我曾研究过一番大禹治水的资料,做过一番准备。我这人是不打无准备的仗的,幸好已画了些草图,可以根据古书的原始材料来做个行动计划。"

江菲拍拍他的肩头道:"这样讲才像话嘛!"

方道彰笑道:"难道我还会说什么别的吗? 坦白说,这些日子以来,若愚兄自担任队长后尽心尽责的表现是有目共睹的,假如说过去我和他有什么争论,也只是学术上的不同见解罢了,断不会因此影响我对一个人的判断的。我钦佩若愚兄的为人,现在已不是争论治黄方案的时代,我会尽自己最大努力去帮助他扮演好大禹这个角色的。"

钱百益问:"你已有一个计划吗?"

"不,"方道彰说,"我并不会未卜先知,怎么料到要我们去治水呢,不过给我一些时间,我可以提出个方案来。"

冯修道:"那么,我们明天要见舜帝,总得谈到治水的问题吧,怎样应付呢?"

钱岚哈的一笑:"想不到夏叔叔还会演戏,我倒要看看你演得及不及格。别背错了台词。"

冯迟推一推她:"你少说两句吧,岚岚,在这戏里你也要扮一个角色的。"

一行人跟随皋陶,进入蒲坂。舜的都城其实只相当于现代的一个小城镇的规模。

一路上，人们以好奇的目光，注视着这群衣着奇怪的人，他们不明白皋陶为什么带领他们进城来。

所谓城，其实是一道并不很高的泥墙，是用干打垒的办法筑成的。钱百益和他的两个研究生对这城墙特别有兴趣，他们丈量了一下，墙厚有1米，城门不太宽，是方形的门框。

钱百益对他们解释说："建造城墙，是夏后族的鲧发明的，他们用木板夹住墙根，里面填土，然后在上面用木棰使劲捶实，就打出这厚厚的城墙。所谓'约之格格，椓之橐橐'就是指这种筑墙方法，现在中国农村有些地方，尤其是北方，建房子仍用干打垒的办法，这就是从几千年前传下来的土方法。"

舜的居室位于城中央，其实也颇简陋，墙壁也是用木板夹住墙根，中间填土捶实的方法筑成，不过墙壁抹上黏土，可以抵挡风雨，比起部落茅屋的泥壁，是先进了不少，不必怕风寒雨露了。只是屋顶依然是以茅草作顶，仍未使用砖瓦，这是令人奇怪的，要知道这时已有烧陶的方法，为什么不烧砖瓦呢？

舜的宫室，只是较一般人的居室稍大，四周有围墙围住，房子建在台基上，台基高出地面一米，分三级，阶梯是土阶，砌上碎石。

钱百益对两个学生解释道："舜的宫室是由宗工董建造的，墙壁仍是板堵之筑，用五板为一堵，中间填土拍实，你们看他这号称'总章'的宫室，是建在一个正方形的台基上面，在草屋顶下，是田字形四间房间，对角两间有墙壁的叫室，没有墙壁的叫堂，室没有窗子，只有两个门，分别通到两个堂。《诗经》里面说：'捄之陾陾，度之薨薨，筑之登登，削屡冯冯'，就是描写建造总章宫室的情形。"

皋陶吩咐大家在门前止步，他自己先走进去向舜帝报告。几个持斧钺的大汉站在屋前，虎视眈眈地望着他们。

夏若愚向总章宫望去，只见宫前的道旁竖着一个木桩，上面有短短的横木，活像一个变形的十字架。在横木的一端挂着几条木简。他低声问身旁的钱百益："你看到屋旁的十字架吗？那是什么东西？按理说基督耶稣要2000年后才诞生，中国这时是不会有基督教的十字架的。"

钱百益笑道："那不是什么十字架，应该说这是后来的华表的前身，

称为诽谤木，百姓可以站在这木下讨论政事，横的那条叫交午木，一边挂着的是百姓批评政事的简册。这原是尧帝所设，立于卫室门口，以示王者纳谏。"

"那么说来，倒是顶民主作风了。"

钱百益一讲开了头，就收不住口，他那讲课教学的瘾头发作起来："你以为设诽谤木就很民主了？依我看，设此木有两大目的，根据考工典载：程雅问曰：'尧设诽谤木何也？'答曰：'今之华表，以横木交柱头状，如华形，似桔槔，大路交衢施马。'照此说来，它的作用是指衢道可以通往何处去，犹如今日马路上的路名指示牌，此其一也。另外也有下听于民之批评为政得失，所谓王者纳谏，此其二也。至于民主不民主，那就难说了，让你发表自己见解，可以说是民主，但接不接纳你的批评，那又是另一码事了。历代帝王都标榜自己是明君，愿意纳谏的，所以天安门前至今仍竖立着石刻的华表，不过为王称帝的人，又怎么会听你老百姓的意见呢？莫说是老百姓，就是当官的一句话皇帝觉得不中听，轻则发配边疆流放，重则推出午门斩首。那华表不过是一种象征性的虚设罢了……"

他的话还未说完，只见皋陶已走近来，招手要大家跟他走上前去。

走近总章宫前，夏若愚抬头一看，见三级台阶上那个像半边亭子的堂上，有几个人正席地而坐。在中间的一个，一膝竖起一膝屈地坐着，肘撑在膝盖上，正在支颐沉思。他并未注意走近来的一行人，眼睛却望着前方流露着迷茫的神色。

夏若愚特意注视了一下他的眼睛，过去古书都说舜的眼睛是重瞳，每只眼睛该有两个黑睛。但夏若愚发现舜的眼睛跟其他人一样，并非重瞳。舜也不过跟普通人一样，并非长有三头六臂，相反，他显得有点过于肥胖了。他的腹部突起，有着重叠的过剩的脂肪。

当夏若愚等人走到台阶前，舜帝才留意到他们。他站起来，表示欢迎，但没有说话。

夏若愚向他行了个礼，站立一旁。皋陶对舜帝道："他是夏后氏有熊族的禹，是修己的儿子，修己是鲧的女人。听说他能治水，相信会比鲧能干些。"

舜望了夏若愚一眼，开口讲话了。使夏若愚惊讶的是，肥胖的舜讲的

话声音高而尖，不似男人的声音，更像女人在讲话：

"鲧是个大逆不道的人，他竟敢领着一些诸侯谋反，已被我殛死于羽山。这人同鲧的关系这样亲密，我能信任他吗？"

他环顾了一下坐在他四周的几个人，看他们有什么话说。那几个人沉默着不出声。皋陶道："除了他之外，再找不出第二个人，试试看吧。再说，当年鲧治水失败，你不让他分辩就下令处死他，他才被迫联合一些诸侯反叛你，治水他是失败的，但他却是辛苦了九年，没有功劳也有苦劳，而且罪不至死的……"

"你是说我迫他造反了？"舜的目光闪过一点星火，但立即隐忍下来。

皋陶理直气壮地回答："我身为司法，只是按法理直说。"

舜帝的脸色变幻不定，他冷笑一声："这话我已听过不只一次了，鲧已殛杀，还说干什么？难道要我认错不成？"

"不，我不是要你认错，"皋陶答道，"而是要求你使用禹去治水，以救苍生万民。"

舜帝回过头来，对身边的几个诸侯说："尧帝的功业千秋，传交于我，我担此重任，深感德薄才微，特别是近些年来，天时不济，一到雨季，连降大雨，江河四溢，房屋冲毁，田园淹没，百姓不能安居，加上共工族在上游放下洪水，使土地变成泽国，我深感不安，谁来治水，责任十分重大，现在皋陶举这人治水，你们说，可以吗？"

各诸侯低声商量了一阵，其中有一个站起来说："我们找不出另一个人来，就委派他吧。"

舜帝点了点头道："既然大家都这么看，那么就委派他去治水好了。"他对夏若愚道，"你肯担当这个大任吗？"

夏若愚回答："洪水为患，百姓受灾，我自当勤奋治水，只是……"

"只是什么？"舜帝用不信任的目光凝视着夏若愚，"你有什么要求吗？"

"不错，"夏若愚道，"要把水治好，非我一个人的能力所及，得要各个部落支持，要知道这是关系众人的大事，人人都得出力，否则我是很难把水治好的。"

舜帝点了点头："还有什么？"

"我要先把各地的形势察看清楚，才能根治，鲧用九年治水，尚未成功，难道我能在很短的时间内就把水治好？我要先审度各处江河，才能进行根治，头一年我不保证没有水患。"

"唔，"舜帝再问，"还有吗？"

"要把水治好，我需要一物，请你赐予。"

"什么东西？"

"就是你挂在胸口的元珪。"

舜帝的眼睛掠过一丝狡猾的闪光："你要元珪干什么？"

"若没有你的信符，我又怎能号令各部族动员大家起来治水？"

舜帝冷笑一声说："你要信符，这有何难，我可以给你一道信符，足以支令各部族，至于这元珪，我可不能赐给你，等你把水治平，我再赐予你不迟。"

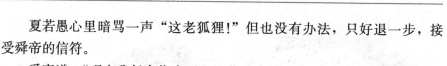

夏若愚心里暗骂一声"这老狐狸!"但也没有办法,只好退一步,接受舜帝的信符。

舜帝道:"现在我任命你当司空,你要去平定水土,完成治水的大事。好,你去吧,到该去的地方去做该做的事,我派益、后稷协助你,还有扶风,这三人将助你治水。"

夏若愚和众人退出总章宫,回到昨晚留宿的部落,当晚召开一个会议,商量怎么办。

冯修指出:"看来这舜是个老狐狸,相当狡猾,不易对付。"

夏若愚说:"他一听我要元珪,立即就悟出它的重要,不肯给我,只怕即使治好了水,他也不肯给我们呢。"

钱百益道:"他脑筋转得很快,竟派他的亲信扶风协助你,看来是要他来监视我们的活动呢。"

方道彰道:"看来,我们真的要认真干一场了,我已拟出了一个初步的方案,就演好这场大禹治水的戏吧。"

夏若愚点头道:"方兄说得对,我们非得好好干不行了。这一方面是要取信于舜帝,另一方面也要为老百姓搞好水利,到雨季来时,发起洪水,可不是闹着玩的。为民除害,这是我们应做的事。"

钱百益皱起眉头道:"我看这水灾有两种情况,一种是自然灾害,这并非是鲧那样单纯修筑堤防可以防止的,得另想办法去治理;但另一种则是人为的,这倒要先想办法对付呢!"

夏若愚问道:"这话怎么说,难道这水灾竟是人为的?"

钱百益道:"是啊,我们现在是在黄河中游河套,这一带土地是孕育中华文化的地域,但华夏氏族是由很多部族融合而成的,古代传说有共工触倒不周山之说,因为共工族是对水颇有研究的。共工族的历史源远流长,而且氏族强大,当黄帝族打败了炎帝族之后,共工继续领导炎帝族部落与黄帝族对抗,尧舜是黄帝族位处中原,而共工族则被迫迁往不周山。不周山就是祁连山脉,他们则利用祁连山居高临下,筑堤把那雪水围住,待春夏之交雪水融化,汇积而成大水库,他们就以水作为同黄帝族斗争的武器,当矛盾冲突激化时,就把堤掘开,让洪水向东南猛冲而下,淹没黄帝族的大片土地。《淮南子》中说'昔共工之力,触不周山,使地东南倾,

与高辛争为帝，遂潜于渊，宗族残灭，继嗣绝祀。'那是指共工挖开堤坝，用洪水淹没敌方大片土地，但同时也使共工氏本族居于山下平川的农耕族人遭殃，几乎弄到两败俱伤，可知斗争之激烈，这也可以算是世界上最早利用大型水攻方法来为战争服务的典例。这说明了共工族是深知水性的部族，壅防百川，筑堤蓄水，造成天柱崩、地维缺的惊天动地的大水灾，这不是人为的灾难是什么？"

方道彰点头道："钱老这一说很有道理，所谓不周山的祁连山，海拔有 5934 米，山颠终年积雪不化，雪线以下，每逢春夏之际，冰雪骤然融化为水，汹涌澎湃，汇成大小数百条溪河，从高山上直冲而下，这古代的祁连山的洪水，既影响了黄河上游，也涉及渭水上游。这种人为的洪水危害严重，极具破坏性。所以，要解决这问题，决不是像鲧那样修堤堵截可以生效的，得解决那些制造水灾的人才行。"

钱百益接着说："在尧统治时期，共工和鲧都是重要官员，《尧典》中说：'八伯，惟驩兜、共工、放齐、鲧四人而已。'可见在部族联盟中占重要地位，颇有势力。共工和鲧之所以受到诛伐，同舜有很大的关系，《韩非子》里说过：尧欲传天下于舜，鲧谏曰：'不祥哉！孰以天下而传之于匹夫乎！'共工又谏曰：'孰以天下而传之于匹夫乎！'尧不听，又举兵而诛共工于幽州之都。其实尧是被舜夺位的，是被迫下野的，鲧和共工反对由舜称帝，所以舜对他们加以杀绝，这是出于政治理由。鲧自然是以治水不力而加以流放到羽山，最后被杀害；共工氏族也被当作四凶之一，其中一部分顽固分子就被流放到幽州，其中一支后来在周初随箕子东迁至朝鲜，再迁日本，据说今天日本有共田氏，说不定是共工族的后代呢。"

夏若愚问："那么，舜将共工族消灭了吗？"

"消灭？哈哈，消灭一个大部族谈何容易，舜掌权后，共工族一直同他对抗，有时跟他妥协，有时斗争又激化。有记载说：'舜之时，共工振滔洪水，以薄空桑。'过去有人把空桑当成山东省曲阜鲁国的地方，其实没那么远，只是甘肃省天水市西的古卤城罢了。周朝鲁侯东征，便率领了一部分共工氏穷曲人前往山东，于是把穷曲的地名也从天水迁到鲁国，命名曲阜穷桑。舜时代共工一族除一部分留在原居地共池外，大部分东迁到今日河南灵宝县一带了。共工一族之所以被迫东迁是由于他们不服从东夷

族首领舜的领导而遭诛伐的。目前共工族最有势力的人物是相柳,他是最精于水战之术的人,若能制服他,就可以消灭人为的水灾了。"

唐辰插口道:"这么看来,古书中说:'天乃赐禹洪范、九畴。'这洪范应是共工氏所做治洪水的规范,在洪水退后据以测量计算九畴疆界面积,以恢复农田界线,避免各族争界纠纷。"

"如果古书说过天赐洪范给禹,那我一定能得到这洪范的,但到哪儿去找它呢?"夏若愚满有信心地问。

方道彰耸耸肩答道:"准是在共工族那儿,而现在共工族被舜帝打败后,分散到各地,既然目前最有势力的酋长是相柳,就必须找到他。"

钱百益道:"《山海经·大荒北经》里记载有'禹杀共工之相繇'。相繇就是相柳。他在昆仑山北柔利国之东。我相信找到柔利国东门之山,就可以找到他了。"

"可是,我为什么要杀他?只为了夺取洪范吗?我跟他无冤无仇,为什么要杀他?"夏若愚摇着头说,"不,不行,我宁愿没有洪范了。难道我们自己以 20 世纪的科学知识不可以治水,非要按共工族的方法?"

冯修道:"我很同意夏若愚的见解,如果能不打仗,就应尽量避免战争。不战而胜,才是上策。再说洪范固然是共工族的,但它并不一定就在相柳手上,我们为了夺取洪范而杀他,在道义上是说不过去的。"

方道彰点头道:"我关心的是治水,首先要弄清形势,目前已是夏末初秋,天气干燥,不是雨季,趁这时机做好治水的考察不是更好?"

夏若愚道:"舜帝已派我们治水,有信符在手,我们要组织人力物力,也需要时间的,也许我比较保守,我宁愿多做准备工作,计划周全才动手。"

钱岚摇摇头:"夏叔叔,不,队长,我以为应该立即行动,不要再多谈了,谈也没用,反正现在已经骑虎难下,治也得治,不治也得治,只好死马当活马医了。我对水利一窍不通,可不知道该干什么?"

不大讲话的顾大章这时说:"我刚才在总章宫观察,有一种感觉,舜并不信任我们,让我们治水也是极其勉强的,我担心的是他另有打算呢。"

夏若愚被舜帝委任为司空,负责治水并安抚各地部族,在他准备动身的前夕,皋陶带了他的儿子益和负责农耕的后稷,到他们居住的村落来访。

皋陶对夏若愚说："我儿子益年纪轻，请你多加指点，他对山岳的事比较了解，相信对你们去治水会有点帮助。后稷是管理各部落耕种事宜的人，深感水对于农作庄稼的重要，他很乐意助你把水治理好的。"

夏若愚问："舜帝不是说还有一位扶风吗？他也跟我们一起动身吗？"

皋陶摇摇头，叹息一声，说道："扶风不会跟你们一起动身的，不过

他随时都会赶上你们。对于这人，我可要提醒诸位，多加小心。"

钱百益点头："大人可以放心，我知道是什么回事了。"

皋陶眉毛一扬，问道："贤者可不要掉以轻心啊，你知道扶风的为人吗？"

"他是个监军，是舜帝派来监督我们行动的，随时向舜帝报告我们的情况，皋陶大人，我们说得没错吧？"

皋陶点点头，不再说话。

夏若愚道："这没什么可怕的，我们坐得直行得正，不怕人打小报告的。只要他不干涉我们行动就行了。"

皋陶吩咐儿子道："益，你要好好协助司空去治水，你年纪轻，不可自作主张，应多听大家意见。"他转过头对后稷道，"帝都的事，我自会打点，你放心去好了。最重要的是一路上要教人们种植庄稼，若把灌溉水道搞好，就能多打粮食，人们就不必挨饿了。"

皋陶道："明天一早你们就要出发，我不再送行了，祝你们一路平安，治水顺利。我就此告辞了。"

夏若愚送走皋陶后，不禁沉思，他对于历史的知识有限，根本不了解舜的朝廷有多少官员，担任些什么职务，于是问钱百益："到底司空这官职是干什么的？权限有多大？我们能号令诸侯和各部落吗？能把民众动员起来治水吗？"

钱百益道："你为什么不问问益和稷呢？他们在舜帝手下当官，比我更能讲得清楚。"

益于是说："禹爷，司空这职就是负责治理水患、安抚百姓的官。在朝廷每个人都各有分工：我是负责管理山林，为山泽之官，所有采伐之事都得料理；稷是农官，负责掌握四时变化和五谷播种；我父亲皋陶为司法，负责刑法实施；契是司徒，负责对民众教化；垂为百工之官，主管冶炼制陶等手工事宜；伯夷任秩宗，负责祭告天地鬼神并制定礼仪；夔为乐官，专门制定音律，陶冶人们情操；龙为纳言，负责向众人传达舜帝命令，也转呈臣民奏章。"

夏若愚问："那么扶风是什么职务？"

稷道："他是四岳之一，在朝内并不担任什么官职，但在部族联盟中，他是其中一个大部族的首领，正是他支持舜帝，舜帝才能将尧帝赶下台来，故此舜帝极信任他。"

夏若愚问："听说过去共工族在祁连山一带筑坝蓄水，利用大水淹没平原，造成极大祸患。过去鲧治水时，定有族人协力，可知这些族人在鲧死后的下落吗？"

益道："唉，说来话长，舜称帝后，诛杀异类，首先是鲧，由于他反对舜取代尧帝，故被流放到羽山，最后被杀死了。鲧的部落原来跟着他去治水的，也遭到了厄运。相柳趁机攻打夏后部族，将他们的首领启抓去当了奴隶。"

夏若愚问："那么这部族现在被赶到哪儿去了呢？"

鲧道："听说散居于平原地区，情况颇为悲惨。"

他们正在谈论，听见处边传来一阵人声，只见女娇走进来，她低声对夏若愚说："外边有一群人，说是夏后氏族人，要求见你。"

"夏后氏？"

"就是鲧爷原来的部族。"

"他们为什么要找我？"

"他们找到跟鲧相好过的熊族的女人修己，听她说你是鲧的后代，因此他们连夜赶来此地寻找你呢，说不定他们能帮你治水的。"

夏若愚于是走出去见那一群人。他们有几十个人，其中一个胡子花白的老人，显然是带头的，站出来说："禹爷，我们总算找到你了。过去鲧爷一生辛劳，带领我们大家去治水，结果落得这样一个下场，鲧爷被杀，而我们选出的族长启，又被相柳掳去，现在舜帝又让禹爷去治水，弄不好可要身首异处，步鲧爷后尘的，请禹爷三思。"

夏若愚向大家说："这位长者，是要我不去治水吗？我自知德薄才微，难担此重任，可是如果不去把水治理好，一遇上连降大雨，江河四溢，房屋冲毁，田园被淹，百姓万民定遭殃害，治水之事关系实在重大，我自己可以舍生忘死，尽力去做。但要是治不好水，我个人性命事小，关系普天下万民性命事大，请各位多给指教，帮助我完成治水这大事吧。"

那老者叹息道："我们当然愿意追随禹爷完成鲧爷未竟的大业，可是舜帝杀害鲧爷，这仇可怎么算？启又被相柳掳去，禹爷若能救出启，我们

夏后氏一族就是死也追随你的。"

稷站出来说："这位长者，话可不能这么说。依我看来，舜帝让禹爷治水，正是对夏后氏一族的信任。禹爷是有熊族修己的儿子，修己是鲧爷的女人，禹爷自然是夏后氏一族的人，挑起治水重任是当然的，舜帝杀鲧爷，弄得大家四散奔逃，现在有禹爷同大家一起，你们不必再四处逃亡了。"

老者摇摇头道："稷爷说得有理，只怕舜帝将来食言，谁敢担保他不会像对付鲧爷一样对待禹爷？"

益道："我父亲皋陶执法，一定能保证不会出现这等事的。至于舜帝杀害鲧爷，是因鲧爷反对尧帝逊位于舜帝，与治水无关。鲧爷治水栉风沐雨，不辞劳苦，但事实上没有把水治好，治他罪也是应该的，只是罪不至死。"

长者长长地叹了口气，说道："鲧爷确实太过自信，太过固执了。我们老早就提醒他那种用堤坝挡水的办法是行不通的，只会给大家带来祸害，可是他不听，一意孤行，这又能怪谁呢？"

"这有什么不对？"一个中年汉子反驳道，"治水当然要修堤，不挡难道让水到处流吗？不挡，还算治水吗？"看来，他是鲧的忠实追随者。

老者垂下头来，叹息道："我跟随鲧爷治了九年的水，就是用的筑堤坝高墙的方法，这是从共工族那儿学来的窍门，可是把水围起来，就像将一只凶猛的野兽关在大门里一样，被困起来的野兽难道会不吃人吗？九年来多少人被吃掉了？鲧爷就会用堵堙的办法来挡，挡呀挡，多少人的命被挡掉了？"

那中年人不服气地反问："不挡，又有什么法子？"

老者指着益说："益爷是山泽官，他用火烧林子，把狼虎猛兽赶进深山野岭去，让我们把土地开出来耕种，我看，我们应该把洪水像猛兽一样赶走才对。"

"赶到哪儿去？"

"当然是赶进大海去嘛。"

"怎么个赶法？"

老者哑了，无法回答。他望着夏若愚。

夏若愚点点头道："洪水是赶不走的，只能引，只能疏导，我们要用疏导的方法来治水，一定能制服洪水这只猛兽的。"

老者听了，先是默然，继而惊悟，欢声叫起来："对，说得对极啦！疏导河道，导水下流！这样就把猛兽引走了。禹爷这主意太好了，定能把水治好，洗雪我们夏后氏的耻辱，解除天下的水患，把洪水猛兽制服！"

大家七嘴八舌地议论了一番，都认为这是个好主意。他们很多人都参与过治水，追随鲧多年，是有经验的人，他们对过去治过的河道都很熟悉，于是纷纷议论哪儿该加固堤防，哪儿该挖通河道，哪儿该修建堤坝，出了不少主意。但是，大家一谈到共工族在祁连山一带搞的堵水，都感到疑虑，相柳盘踞在那一带，筑了不少水坝，储着大量的水，要是去攻打他们，他们就挖开堤坝，放水淹没平原地域。

说起来夏后氏一族对于相柳恨极了。共工族掳去了族长夏启，也抓了不少妇女，这对于夏后氏来说，是奇耻大辱。大家一谈到相柳就恨得咬牙

切齿，只恨自己没有了族长，弄得全族人四处流浪，没法子报仇雪恨，也没法把夏启救出来。

从大家的谈论中，夏若愚听出夏后氏族人对于被杀的鲧和被虏的启，是十分敬爱的。他问："你们来找我，答应帮忙我治水，我想先把相柳打垮，你们认为可行吗？"

老者站起来，庄重地说："禹爷，你也是我们夏后氏的人，你的姆妈修己是鲧爷的女人，虽然过去我没见过你，但我相信你跟我们夏后氏一族是血肉相连的，鲧爷的女人生的儿子自然也是鲧爷的儿子，你有资格当我们夏后氏的族长，领导我们一族去治水，去战胜共工族，去把启救出来。"他转过头来问大家，"我说得对吗？只要禹爷肯带我们，就是对我们最大的信任。"

众人都齐声说："对，禹爷当我们族长吧！带领我们去跟共工族拼。"

老者带头，众人跟着在夏若愚面前跪倒，夏若愚连忙把大家扶起，他对众人说："既然大家看得起我夏若愚，我一定尽心尽力带领大家去治水，我一定要战胜相柳，把夏启救出来，我感谢大家推举我当族长，在夏启未回来时，我暂时当族长，一旦他回来，我就把族长还给他当，大家同意吗？"

众人听了，都十分感动，哪有不同意之理。当下夏若愚吩咐众人，去把分散到各地的族人设法召集起来。并且，约好了汇集的地点，众人于是纷纷离去。

夜已深了，益和稷都去休息了，夏若愚没法入睡，他把冯修和钱百益找来，一起合算下一步该怎么办。

钱百益说："史书中的确有夏禹杀相柳的记载，可是只有简单几句，既然没有说是什么时候将相柳杀掉的，也没有说是怎样战胜他的，不过却有这样的讲法，在《山海经》里说：'共工之臣曰相柳，九首蛇身自环，食于九土。其所饮所居，即为源泽，不辛乃苦，百兽莫能处。禹理洪水，杀相柳，其血腥臭，不可生谷，其地多水，不可居也。禹淹之，三仞三沮。乃以为池，群帝因以为台，在昆仑之北。'地点倒是有了，在昆仑之北，实际上应在祁连山一带，这个相柳，书上说是'九首人面，蛇身而青'，但他并不是真的有三头六臂，人不可能长九个头的，应该理解为他当九个部族的共同首领，所以才会是'食于九土'。可以说，他是共工族九个部落联盟的酋长。蛇身自环大概是某种纹身吧?"

冯修道："如果史书上有所记载，我们就是杀了他，也不会改变历史了。至于怎样攻打这个凶恶的部族，那倒要从长计议。"

夏若愚说："我们必须把各部族联合起来，动员起来，才能够战胜共工族，单靠我们和夏后氏一族，力量太单薄了。"

第二天一早，他们召开了一个紧急会议，夏若愚向探险队全体报告了情况，并把他们三个队长研究的结果告诉大家。在听取了大家意见后，决定把探险队暂时分成两队人马。

夏若愚、冯修、尊尼、江菲、顾大章、唐辰和女娇，为第一分队，向西进发去，对付共工族，解除人为的水患。益跟随这一队。

钱百益、方道彰、钱岚、冯迟，向东进发，负责察明地势，探清河道，制定治水蓝图。这分队在历史方面有钱百益的丰富知识，在河流水利研究方面有方道彰这专家，自然能胜任。稷跟他们一块，负责动员各部族人众支援作战。他们为治理天然水患做好准备。

当天下午，两队人马分头出发了。

话分两头，单说夏若愚带着往西去的一队人，经过漫长路程，到达和夏后氏一族人约定会合的黑山峡，在山下扎营。

半个月后，在山下已汇集了几百名各部族的战士，他们都带了长矛弓箭，还扛着耒耜，挑了簸箕，既来参加战斗，也来进行治水。他们还带了干粮，做好进攻共工族的准备。

冯修很重视情报的收集，他派了尊尼和顾大章，带了几个年轻的夏后族人，到前边去开路，他自己则找了一些曾在过去同共工族作战过的战士细谈，了解相柳的情况。

一天晚上，冯修找到夏若愚，把打听到的情报告诉他："根据老人们说，夏后氏的一族同共工一族都是来自同一个祖先的，所以鲧治水的方法，同共工族是相同的，都是修筑堤坝，防止洪水，但洪水若冲垮了堤坝，水灾就更加严重。鲧从治水的方法发展出城廓的建筑，城廓并不是为了治水，而是战争中的防御工事，是部落兼并战争的产物。共工族则利用水作战争武器，用水来淹没敌对一方的田园。"

冯修的话还未说完，无线电话响了，那是尊尼打来的。

尊尼的声音有点焦急："冯队长吗？我是尊尼，我现在是在祁连山的山上，从上面可以看到山中的动静。共工族有九个部落，估计每个部落有两三百人，有男有女也有孩子。他们在山峡筑了堤坝，搞了五个蓄水湖，要是把水放下来，附近一带就会变成泽国。我看他们防备相当森严，顾大章昨天去侦察，至今还未回来，估计很可能被他们抓了起来，我该怎么办？"

冯修考虑了一下，答道："沉住气，留在原处按兵不动，不要暴露，我们保持联络。"

夏若愚担心地问："大章会有危险吗？"

冯修皱皱眉头："这小伙子一定是探险心切，想多拍几幅照片，结果被发现了。希望他能逢凶化吉吧。照尊尼说，山上有五个巨大的蓄水湖，这是共工族的水战武器，我们若是强攻，他们很可能把水放下来淹我们，得用智取才行。"

夏若愚道："我们的人聚集在这儿，既显眼又集中，对方从山上一目了然，我们的处境是很危险的，得立即分散，登上山去。"

冯修道："我想，该分成三队，我带一队人登上山背，从山背进行攻击，你带另一队同尊尼会合，另一队由唐辰带领，守住山口，不让他们逃下山来，我发信号弹，开始突袭，你们配合攻击。"

夏若愚道："打仗这事，我一窍不通，由你指挥吧。你立刻把人召集起来，采取行动，事不宜迟。大章若被抓去，他们一定会提高警惕的。我们不能让相柳占了先机。"

冯修道："目前的形势对我们是不利的，我们在明，他们在暗，他们在上，我们在下，如果他们放水下来，那就会把我们全淹死。现在我立即布署，把人撤到山上去，希望能走前一步，否则就坏事了。"

大章为了拍摄共工族在山上部落的情景，离开了尊尼，越走越远。当他发现共工各部的人纷纷走向中央的大部落时，记者的好奇心使他忘了危险，想把共工的情形拍摄下来，找个接近一点的地方进行摄影。

他爬到岩石后，举起照相机，咔嚓咔嚓地按下快门，竟忘记了隐蔽自己。他拍完了一卷胶卷，正想从口袋里掏出另一卷胶卷换进照相机时，突然觉得背后有人，他回过头来，发现自己身后站着几个手持长矛的黑衣大汉，尖锐的铜矛正对着他的心窝。

他知道反抗只会吃亏，于是扔下相机，把双手高高举起来，不敢动弹。可是那个人根本不懂得他举起双手是表示投降，还以为他是有所行动，竟大叫着，向他扑过来。

他完全没料到举手投降会引起这样的反应，仅仅来得及转过身来，后脑勺早已着了铜矛头一记重击，顿时眼冒金星，整个人瘫软倒地，昏迷过去了。

当他清醒过来时，发觉自己躺在地上。这是一间土牢，从窗口外透进斜阳，相信已近黄昏，他估计自己至少不省人事了几个钟头。他睁大双眼，想看清周围的环境，于是撑着身子坐起来。他感到后脑勺一阵刺痛，伸手一摸，原来肿了一块。那一铜矛打得相当重，幸好没有把他脑袋敲破。

在黑暗的牢房里，他看出关着他的并不只是他一个，在土牢的另一

头，还有一个人，那人被绑在一根木柱上。

他慢慢向那人走去，只见那人身上一丝不挂，手脚反绑，头垂在胸前，身上满是鞭痕。

当他走过去，那人抬起头来，顾大章吃惊叫了一声：

"夏队长，你怎么会在这儿！"

他扑上前去，设法解开那人的绳索。

那人用困惑的神情望着顾大章，顾大章的目光一跟他的目光接触，不由得往后倒退了一步。他不明白为什么那人用这样的神情望着他，于是说："你……你怎么了？认不出我了？我是顾大章。"

"顾大章？"那人迷茫地反问。

"你是患了失忆症？夏队长，你怎么了。"

"失忆症？"那人显得更加迷惑不解了。

"算了，先给你把绳子解开，有话慢慢说。"顾大章花了九牛二虎之力，好不容易才把那些捆绑的绳索解开。

那人揉着麻木的双手，仍用怀疑的眼神望着他，声音沙哑地问："你为什么解开我？你要放我走吗？"

顾大章耸耸肩头，向土牢四周望一眼："我放你？我也是被抓来的，我刚醒过来，连这是什么地方都弄不清呢，你被他们关了多久？"

那人答道："一年啦！"

"一年？不对，我前几天才跟你分手上山的，这是怎么回事？"

他再仔细看那人，那人长得跟夏若愚一模一样，只是头发很长，满身伤痕。他摇摇头，困惑地问："你不是夏队长吗？你连自己什么时候被抓都记不起来了？"

"我叫夏启，是夏后氏一族的族长，你为什么叫我夏队长？我不是告诉过你，我被抓起来一整年了？"

"夏启？"顾大章仔细地望着那人，他揉了揉自己的眼睛，简直无法相信，"你就是夏后氏一族的族长吗？为什么你的长相跟我们的探险队的队长长得一模一样？我简直被弄糊涂了。"

"什么队长？你们到底是什么人？"夏启问道。

顾大章不知该如何回答，他没办法说明白自己是从 4000 年后来的历史

探险队员。

顾大章对夏启说："你先别管我是什么人，可以告诉你，我不是你的敌人，否则我就不会被关进这土牢。我刚才把你错认成我们的队长，他也是你们夏后氏一族的人，现在由你们族人推举为族长，正率领队伍来救你。我们的队长叫夏若愚，也就是夏禹，你大概没听说这个人吧，他的相貌长得跟你很相像呢！"

夏启沉默了一会，他的脑筋转得很快："你们的那个夏禹成了族长，还率领队伍来救我？他既然当了族长，还救我干什么？"

顾大章道："他只是在你不在的时候，暂时当夏后氏的族长，把你救出去后，就把族长的位置还给你。他现在是舜帝的司空，主管治水的工作。相柳在这山上筑坝蓄水，要淹没山下的平原，我们是来讨伐他的。"

夏启点点头："原来你们是来攻打相柳的。一年前，相柳带领共工族，袭击我们部族，杀了我们很多人，我也被俘。他们把我当做奴隶，驱使我做各种贱事，我反抗就被他们捆起来鞭打。前几天他们说发现了山下有大批人马，就硬说是我不知用什么方法通知人来攻打他们，迫我供出同谋，我什么也不知道，结果平白换了他们一顿鞭子。"他说着抚摸着身上的伤痕，咬牙切齿继续说，"要是我真的有办法通知山下那些人就好了。我这一年来，在山上当奴隶，挑土修坝，已探知了他们共工族防守的秘密，要是能通知山下的人，攻击其要害，一定能将相柳打败的。只可惜现在我被囚在这土牢，无法脱身，要是能逃出去，我会带领人去捣毁共工族的巢穴。"

顾大章道："是啊，要能逃走，那该多好。这儿守卫严吗？你试过逃走吗？"

夏启道："我试过，不过被他们发现，追了回来，不过我已摸清了下山的路。只是现在守得很紧，不易脱身。"

顾大章悄悄走到窗前，向外张望了一阵，又跑到牢门边，仔细倾听了一会儿，然后回到夏启身边，低声对他说："门外有两个人持着矛枪守着，没看到其他的人了。"

夏启说："今天是他们共工族祭天拜神的日子，他们白天都集中在中央村子活动。"

"晚上？他们晚上还会祭神吗？"顾大章问道，"如果晚上也只有两人守这土牢，我们只需要把他们打晕，趁黑夜逃下山去，估计不易被发觉吧？"

"把他们打晕？那谈何容易？我们赤手空拳，连一件武器都没有，可他们有铜矛铜刀，再说，我的衣衫全被他们扒光了，没有衣服蔽体，很容易被发觉的。"

顾大章思索了一会儿，蛮有把握地说："趁太阳落山后，一片漆黑，在黑暗里就不易被发觉了。喂，你身体行吗？能不能打斗？"

夏启站起来，活动了一下手脚，答道："脚还有点麻，绑得太久了。身上的伤算不了什么，只是皮外伤，没伤筋骨。"

"那好极了。"顾大章一边帮夏启揉搓四肢，使血液运行顺畅，一边说道："等天黑了，我们就设法把那两个人诱进土牢来，把他们打晕。你看有法子把他们引进来吗？"

夏启道："今晚他们在祭天后，一定大吃大喝，不会理我们的，除非……"

"除非什么？"

"除非他们拿我们去祭神。"

顾大章的心扑通一跳，惊问道："拿我们去祭神，我们是活人呀，难道他们拿活人去祭神吗？"

夏启点点头，有点悲哀地说："他们用活人祭神通常是在夜里举行，我担心的是，很可能今晚作为祭品的，会是我或者你呢。"

顾大章听了，毛骨悚然。

顾大章惴惴地问："他们怎样拿活人祭神？是什么神？准定是个恶神。"

夏启道："共工族把黑蛇当做他们的祖先，所以他们常爱穿黑色的衣服。在这山上有一个山洞，里面有一条大蛇，每个月他们就拿一个活人去祭那蛇。他们把人手脚捆住，推进山洞去，那人被蛇咬的时候，惨叫声直达洞外，但很快就被蛇吞吃掉了。"

"这太残忍了，简直是野蛮！"

顾大章气愤地说，但他一想到很可能今晚被拿去供蛇吞食的会是自己或是夏启，不由得打了个寒颤。

夏启继续讲下去："他们是拿俘虏或奴隶来喂大蛇的，我估计今晚会拿我去作祭品。一入夜，他们就敲响大鼓，大蛇每逢听见鼓声就会从洞的深处出来吃活人。"

"别再说了！"顾大章道，"我们得设法逃！"

夏启走到窗边张望了一下，回来低声说："现在天色渐黑，再过一个时辰，守卫会换班，他们会进来看看，我们得趁他们走进土牢时，出其不意把他们干掉，如果错过了这机会，怕再没有机会逃走了。"

顾大章有点口吃地说："我……我从……从来未杀过人呢！"

夏启皱了皱眉头，沉着气答道："你不杀他，他就杀你。我看得出，你不惯打架，不过，现在是拼命的时刻，心软不得。"

他说完，把曾用来捆绑他的绳索捡起来，理好放在一边。顾大章想到要杀人，紧张得浑身哆嗦。他是个年轻的摄影记者，确实从来未曾杀过人，怎不令他胆战心惊呢？这使他心里感到极度不安。

夜色渐浓，土牢外传来远处共工族狂欢吃喝的声音，顾大章抬起头来，望着在黑暗中的夏启，低声问："该怎样动手？"

"嘘！别做声。"夏启捂了捂他的嘴，低声说，"他们要换班了。"

这时，土牢外传来了一阵嘻嘻哈哈的笑闹声，两个来换班的汉子，一边说笑一边走来。

"喂，我们来换你们啦，快去吃个饱吧！"其中一个叫道。

"别走那么快，急什么？赶着回去抱女人？"另一个笑着向换下来跑掉的人喊。

这两个新来的守卫，在土牢门口站了一会，其中一个抱怨道："又要站一整晚，让我回家去就好了，连一个好觉也不让睡！"

"你还没睡够吗？"另一个笑着说，"今晚可别想打瞌睡了，等一下祭神鼓声一响起，就把你的睡意全赶跑啦！"

"哦，今晚是拿牢里那个奴隶去活祭吗？"

"唔，怎么一点声响都没有，他奶奶的，进去看看，要是把他揍死了，就没得活祭啦。来，把门拴拉开，我们进去看看。"

夏启听见他们拉开门栓，连忙躲到门背后。顾大章瞪大双眼，看见门咔啦一声，打了开来，两个汉子一手提着矛枪一手提着火把，走进土牢。

"咦？绑着的人呢？"其中一个汉子叫起来。他的话还未说完，就被门后跳出来的夏启从背后用绳索勒住脖子，只听见他喉头发出窒息的咯咯声，身子瘫痪下来，手中的火把和矛枪都扔掉了。

另一个转过身来，立即举起矛枪，向夏启刺去。

顾大章不能再站着不动了，他再不行动，夏启就会被刺死。他猛扑过去，一把拉住那人的脚，那人没料到他会突然出手，失去了平衡，跌倒在地上。但他很快就爬起来，反扑掐住顾大章的脖子，顾大章挣扎着，被他压倒在地上。

顾大章觉得眼前发黑，那汉子的双手像铁钳一样，紧紧掐住他的脖子，他已没有力气挣扎了。当他快要失去知觉的当儿，那掐住他脖子的双手却突然松了开来。

他才回过气来，只听见扑通一声，那压在他身上的人，身子一歪，倒

在他身边。他慢慢爬起来，看见夏启用矛枪捅透了那人的胸脯。

夏启问道："你没事吧？"

顾大章用手揉着被掐得火烧火燎的咽喉，咳嗽着点点头。夏启一把将他拉起来，低声说："没事就好，快，把他们的黑衣服脱下来穿上，动作快点！"

顾大章扒下了那死了的汉子身上染了血的黑衣，穿在自己身上。他回过头来，见夏启已穿上衣服，捡起地上的矛枪递给他："接住！"

夏启用脚踩在那尸体上，用力把贯穿胸背的矛枪倒拔出来。

这时，传来了咚咚的鼓声。

"这是什么？"顾大章有点晕头转向地问。

"鼓声！祭神要开始了，用不了多久，他们就会到这儿来把我们抓去喂蛇，快走吧！"

他说着，捡起地上的火把，把它插在门外，回头一把拉了顾大章出门，把门栓栓上。

"喂，别发呆了，快跟我走，再迟就逃不了啦！"夏启焦急地推了推顾大章的肩膀。

鼓声越来越急，也越来越近。

顾大章突然清醒过来，跟着夏启，绕到土牢后边，向山里没命地跑去。

他们一口气奔跑了半个钟头，不敢放慢脚步，头也不回地向前狂奔。顾大章觉得那催命的鼓声像追着他似的。他的肺好像要炸开来一样刺疼，但夏启拉着他不肯停步。

最后，鼓声越来越远，他们一口气跑出了好远一段路。夏启才停住脚步，顾大章就跌倒在地上，不住地喘着大气。

他们两个身上的黑衣，全湿透了。夜风吹来，湿黏黏地贴在身上很不舒服。

夏启喘着大气对顾大章说："现在他们一定已发现我们逃走了，幸好今晚没有月光，我们又穿着黑衫，不易被发现。我们得在天亮之前跑下山去，这段路很不好走，你要紧跟着我，可别跑失了。"

看来夏启对这一带的山路相当熟悉，摸黑也如履平地，只苦了顾大

章，虽然他这记者往日到处奔走探访，对城市里的街道了如指掌，闭上眼睛走也不会迷路，可是在这荒山野岭里走夜路，他就像个瞎子一样，只有紧紧拉着夏启的手，亦步亦趋。他不时踏空一脚，摔个狗吃屎！痛得龇牙咧嘴，却又不敢叫痛。

走了一段路后，夏启停住脚步，拉着顾大章走到一块巨大的岩石旁，指着岩石下边对他说："你看到吗？那边有火光的地方，就是我们逃出来的部落，你仔细倾听，仍可以隐隐若若听得到咚咚的催命鼓声。"

顾大章往岩下张望了一阵，问道："为什么火光摇曳？"

"看来他们已发现我们逃跑了，正擎着火把到处搜索。他们绝对想不到我们会逃到这儿来的，放心吧，他们找不到我们，仍要祭神，你听，那催命鼓声还没有停下来呢，不知他们又抓了个什么人去喂蛇了。"

"他们为什么一定得抓人去喂蛇？"

夏启道："每月一次他们打鼓，那蛇一听到鼓声就出来吃人，已经习以为常了。要是他们打响了鼓，又不拿祭品去喂它，说不定蛇会从洞里出来吃人，会降灾给他们部落呢。"

顾大章喘息道："好险，我们差点成了大黑蛇的点心了！我们还是快点走吧，离开这魔窟越远越好。"

于是，他们又继续摸黑走路下山去。

天蒙蒙发亮的时候，两个黑衣人已脱离了险境，走到祁连山腰。他们又饿又累，差点走不动了。

他们在山边坐下来歇息，夏启眼尖，看到林边有人在走动，他连忙把顾大章按倒在地上，低声说："前边有人，不知是不是相柳的追兵，不要出声，不要动弹。"

顾大章悄悄地抬起头来，向林边里望去。他看到了远处的那个人长着一头金发，知道是尊尼，于是爬了起来对夏启说："不用担心，是自己人！"他拉了夏启一把，向尊尼走去，一边大声喊叫："尊尼，尊尼！"

尊尼也已经发现了这两个黑衣人，还以为是共工族派来的探子，跟着听见喊叫他的名字，他听出是顾大章的声音，才放胆向他们迎来。

"大章，你怎么搞的？失踪了一夜，跑到哪里去了？我已向队长报告了，还担心你碰上什么危险呢……"他看到了顾大章身边的夏启，不觉愣

了一下："队长？你……怎么这样打扮，我差点认不出来了。"

顾大章见尊尼那个模样，忍不住笑了起来："你也认错了，尊尼，他不是我们的夏队长，他是夏后氏的族长夏启，我们一块从山上的魔窟里逃出来的。"

尊尼仔细端详了夏启一番，搔了搔金头发，笑道："长得倒挺像，我还以为夏若愚化了装呢。那么说，他就是被相柳抓去的夏启了？那太好了，夏队长正带了一队人马赶到这儿来呢。"

夏启拉了拉顾大章问道："喂，这金头发的大汉是你的朋友吗？"

顾大章道："对，他叫尊尼，跟我一块出来侦察的，他是个老美。"

"老美？老美是什么部族？"夏启侧着头望着尊尼，"为什么他金头发蓝眼珠，这样古怪？"

顾大章拍拍自己额头道："这叫我怎么说好呢？老美嘛，就是美国人，糟了，尊尼，这叫我怎么解释好呢？美国还不存在呀！"

尊尼笑着为他解围："你越讲就越糊涂了，让我自己介绍一下自己吧。我是生在很远很远的地方，离这儿很远，隔着一个大海的另一个大陆，我那种族生来就是长金头发蓝眼珠的，跟你们都是长黑头发黑眼珠不一样。我从老远来这儿学习历史的……糟了，什么叫学习历史？大章，怎么解释好呢？越讲越复杂了。"

夏启笑道："算了，不要讲啦，我听不懂你们讲的东西，我越听越糊涂了。我想问一句，你们都是来攻打山上的共工族的吗？"

尊尼道："对呀，我们是来救你，同时攻打共工族，不让他们放水淹没山下的田地的。"

夏启道："相柳是我的仇敌，他攻打我们夏后氏一族，杀了我们很多人，如果你来攻打他们，那我们是朋友，因为我们共同的敌人是相柳。"

尊尼道："你说你是夏后氏一族的族长，那么我叫几个你们族的人来，看你认不认识吧。"他说完用两只手指插进嘴里，发出一声尖锐的嗯哨。过了一阵，从林子里走出三个年轻人，他们一见夏启，都蹦跳着大叫起来。

夏启一眼就认出他们，全是他少年时一块长大的同伴："喂，应龙、巴牯、黑牛！"

他们互相拥抱着，又笑又跳，好不高兴。

顾大章愁眉苦脸地对尊尼诉苦道："我照相机给弄丢了，我被共工族人打晕，照相机不知扔到哪儿去啦，真可惜，我本希望能多拍摄些照片，现在照相机没了，我这记者被缴械了！没有照片作证物，将来谁信我们到过4000年前呢？"

尊尼拍拍他肩头，安慰道："我们能不能返回20世纪还成问题呢，要证物又有何用？"

这时夏若愚带领的队伍来到这里同尊尼会合，听说顾大章不只从共工族那儿逃了出来，连夏启也逃出来了，就带了夏后氏的几个长者一块去找夏启。

当他看见夏启时，心里也着实吃了一惊，因为他发现夏启跟他20出头时长得一模一样，如果两个人站在一起，自然很难分辨得出来，夏启是年轻的夏若愚，夏若愚是年长了的夏启。说他们是父子吧？夏若愚则显得太年轻；若说他们是孪生兄弟，夏若愚又年长了十多岁。

夏若愚对夏启道："你回来了，这太好啦。我代你当了一段日子夏后氏的族长，现在把族长这担子还给你来挑了。"

夏启道："禹爷，你是舜帝的司空，我听你的命令，我们夏后氏一族

将追随你去治水。我被相柳抓走这一段日子，在山上当奴隶，被迫去修堤筑坝，我熟悉山上的密道，让我带你去攻打他们吧。"

夏若愚道："那太好啦，我正因为不熟悉山区的情况而头疼，有你带路，我们可以省了很多麻烦。据说山上有五个湖，九个部落，尊尼已画了一幅草图，你看看画得对不对。"他说着将草图打开给夏启看。

夏启看了一阵说道："这图上的五个湖都画得很准确，但那九个部落分布的地方却不对，在五个湖边上有六个部落，在山上有三个，其中相柳的那个在最上边，我就是被关在这个部落，从那儿可以看到五个湖。在左边的山上有一条密道，直通山下，如果我们从这密道登上山去，可以从左边一直插进中心去攻打相柳的部落，若能打下这部落，其他部落就没有了头，立刻就会垮下来了。"

夏若愚觉得这计划很好，立即用无线电话同冯修和唐辰联络，决定从左边发起突袭，首先抢登山头，等冯修抄到山背，就发动进攻。

这时，顾大章走来，说道："夏启，快去洗个澡，江菲大姐煮了一锅热水，要你洗干净身体，好给你上药。"

夏若愚问："上药？他受了伤吗？"

夏启道："不要紧的，我采些草药敷一下就会好的。"

顾大章摇摇头："我看你关在土牢里，大概好久没洗澡了，浑身污泥汗水，再不洗净敷药，伤口会发炎的。"

他拉着夏启，强迫他去洗澡。

夏若愚对身边的一位夏后氏长者说："现在夏启回来了，夏后族人又有了原来的族长，我认为他一定能把你们带领好的，看来他十分精明。你们为他准备一套衣服，他总不能再穿共工族的黑衣。"老者听了立即去办理。

女娇这时走到夏若愚身边，低声对他说："禹，你有注意到夏启很像你吗？我刚一见他就觉得面熟，想了好一会，才明白原来他很像你呢，这真吓了我一跳，世间怎么有人长得那么相似的？"

夏若愚道："他就跟我十多年前的样子一个样，很可能我和他是同一条根子长出来的呢。"

女娇道："我在想，将来为你养一个儿子，也跟你长得一个样，那该多好。"

夏若愚道："那当然好。"

事后，夏若愚心里感到很困惑，他曾随口说，很可能跟夏启同一根子长出来的，但如果这是真的话，他自己应该是夏启在 4000 年后的后代，而现在自己的年纪足可以当夏启的大哥呢。

不过，夏禹既然只是传说中的人物，事实上并不存在，才要他这个 4000 年后的人来扮演，这个夏启才是历史的真实人物，是夏朝的真正开国之君，当然也是自己 4000 年前的祖先了。

他们当天出发，夏启带路，由密道登山，天黑后继续前进。

登上祁连山左峰，可以看到下面五个湖，那是共工族将祁连山的雪水储成的。夏末秋初，湖的水位不高，接近枯水期，所以威胁性并不太大，若是春夏之交，雪山的冰雪融化成水，五个湖的储水量就足以使平原地带淹成泽国了。夏若愚认为现在是攻击共工族最好的时机。九个部族分散在五湖四周，但根据夏启带来的情报，中央的部族是统治九部族的联盟盟主相柳的根据地。

在夏禹率队到达左峰时，冯修所带领的队伍也已抄到山背的主峰，约定在天亮后开始进攻。

共工族也发现了左峰有人活动，立即吹响号角，将九个部族的首领召集到中央的村落去。他们料不到会有人抢先占领左峰的，还把注意力集中对付山下的敌人，这时发现有人占了左峰，大为恐慌。相柳指示放弃五湖，向后山的主峰撤去，但却在山背碰上了冯修的队伍，这使他们有点手足无措。

天空闪亮了红色的信号弹，这是冯修发动进攻的信号，夏若愚立即带领队伍从左峰下去，直插中央的村落。

共工族腹背受敌，但仍顽强反抗，于是在中央村落四周，展开了一场短兵相接的激烈肉搏战。

共工族的战士虽然在数量上占了优势，但由于是受到突然袭击，尤其是水攻的武器完全失效，敌人已上了山，而且占领了制高点，他们处于被动挨打的局势，所以未战已经怯了三分。夏后氏的战士却斗志高昂，为了报仇雪恨，个个都奋勇争先，虽然人数较少，但以一当十，在斗志上已较

共工族胜了一筹。

　　呐喊声、惨叫声、骨折声，响遍了清晨的山麓，人们纠缠在一起，用矛枪、铜刀、木棒和拳头，拼死搏斗。

　　夏若愚和相柳在战斗中相遇了，他们互相并不认识，但都意识到对方是个头面人物，所以一碰在一起，就立即认定必须战胜对方。

　　相柳穿着一身黑色的衣服，拿着一支狼牙大棒，指着夏若愚骂道："死逃奴，我要你的命，你竟敢杀了我两个守卫，我要把你一棒打成肉饼！"

　　夏若愚觉得好笑，退了一步，握着一柄锋利的钢刀，他好整以暇地说："你认错人了，我从来就没有当过任何人的奴隶，你以为我是夏启吗？错了，我是舜帝的司空夏禹，你以为拿着根搅屎棍就能打得倒我吗？你又错了。我想你就是共工族的头子相柳吧？相柳，我奉劝你立即下令你的族人，放下武器，停止抵抗。我不想杀你，如果你投降，我可以免你一死。"

　　相柳怒睁双目，脸上现出极端憎恨的神色，呸的吐了一口口水，骂道："舜这狗娘养的，我才不买他的账呢，我共工族绝不会投降给舜这个家伙。来吧，有本事就跟我拼个高低，我不信你这个舜的走狗有多大能耐。"

　　他说着就抡起狼牙棒，兜头向夏若愚砸下来。这根狼牙棒少说也有一百斤重，让它砸中准会脑袋开花。夏若愚在棒子击下来时，已往旁一闪，同时一跃而起，跳上半空。狼牙棒重重地击在他原先站着的地方，把一块岩石打成碎块。相柳来不及把棒子收回，夏若愚已在半空蹬出一脚，踢向他的面门。

　　"哎哟！"相柳被踢得向后倒退了几步，他并未把大棒弃掉，也拖着向后倒退。

　　夏若愚落到地下，刚站稳，相柳的大棒又攻过来了，但这时夏若愚已迫近到他身边，他抡棒却转不过来，夏若愚的钢刀已砍在他的手臂上，往旁一拉。

　　这一刀把相柳的手臂割得鲜血直流，痛得他龇牙咧嘴，失去了再举棒的气力。

　　相柳是绝不肯认输的，尽管武器已无法挥动，但他身手仍很灵活，转身就逃。夏若愚连忙追赶，只见相柳走到一个巨大的岩洞口，停住脚步，突然回过身来向他猛扑。

　　夏若愚没料到相柳会突然反扑，一下子未能收住脚步，反而中了招，被相柳撞倒。他急忙爬起来，却被相柳当面用力一推，他脚步没站稳，连连向后跟跄了两步，只觉得脚下的沙土松软，身子往后倒去。

　　"哈哈，送你见我们的黑神爷吧，你这舜的走狗去当大蛇的点心啦！"相柳狂笑着，双掌往前推来，将夏若愚推下岩洞。

　　夏若愚还未弄清是什么回事，就已跌进黑洞，连跌带滚，一直落下好几丈，消失在黑暗中了。

　　相柳以为奸计得逞，却没料到才一转身，就看见另一个跟刚才他推下蛇洞去的人一模一样的人，手执一柄利刀，挺立在他面前。

　　他的狂笑声，在一怔之间哑了，像见了鬼似地愣在那儿。

　　夏启大叫一声："相柳，你死吧！"

利刀一挥，把相柳的头整个齐脖子砍得飞了起来。那头在地上滚出几尺远，相柳的身躯才砰然倒地。

夏启捡起相柳的头，高高举起，大声叫喊："相柳的头已被我砍下来啦！"

正在互相砍杀的人，全都停住了战斗，整个战场上变成一片死寂。所有人的目光全集中在高举着相柳人头的夏启身上。

共工族的人全失去了斗志，一个接一个抛下武器，跪了下来，脸上显出绝望的悲哀。

冯修打量了一下战场，想找夏若愚，他还以为夏启就是夏若愚，快步走到他跟前。夏启脸上那股复仇后快感的神色，使他觉得惊诧。

"若愚，够了，我们打赢了，快把人头放下来吧！"冯修低声说。

夏启望了他一眼，困惑地问："你是谁？"

冯修感到愕然。

这时，女娇跑前来，大声问："夏启，禹爷呢？"

夏启这时才从胜利的狂热中清醒过来，他把相柳的人头往地上一扔，向洞口跑去，一边大声叫道："他跌进蛇洞里去了！"

女娇走到洞口，向黑暗的蛇洞望了一眼，又转过头来，用困惑的目光望着夏启，问道："他人呢？哪儿去了？"

夏启指着黑洞说："禹爷被相柳推下去了。"

女娇惊叫一声，双手捂住自己的嘴，跌坐在洞口的地上。

冯修问："这洞有多深？"

夏启摇摇头，答道："不知道，洞里有一条黑色的大蛇，是共工族的蛇神。昨晚他们才用活人祭过它。"

冯修用手托着腮帮，沉思了片刻，说道："找根长点的绳来，我要下去！"

夏启有点吃惊，但他立即醒悟到冯修是具有权威的人物，他的命令必须立即执行。他赶紧去找绳索。

这时候，夏后氏的战士已将共工族的人缴了械，圈进牲口圈里。江菲忙着给受伤的人包扎。

尊尼走上前来，忙从腰带解下无线电话对讲机，开始呼叫："夏队长，

夏队长，请答话！"

冯修拍拍自己的额头，怪责自己："我一急，连对讲机都忘了！"

可是尊尼喊了好一阵，却听不到夏若愚答话，他有点担心地摇了摇对讲机，生怕对讲机在战斗时打坏了。他又喊了一会，才失望地望望冯修："没有反应，怎么办？"

冯修将夏启拿来的绳索，捆住自己的腰，又检查了自己身上的武器，拿了手电筒挂在腰间，把对讲机挂在胸前，吩咐尊尼和夏启道："我下去后，把无线电对讲机打开，我们保持联络。尽量把绳子放下去，我到洞底时会告诉你们下边的情况，找到夏队长，我会让他先吊上来的。"他安慰女娇道："你不要担心，夏队长不会有事的，我一定会还你一个活生生的男人。"

洞口的沙土很松散，冯修差点滑跌一跤，但由于腰间绑有绳索，他不会一下子滑跌进洞去。尊尼力气大，他和夏启两个人一尺一尺地把绳子放松将冯修慢慢吊下蛇洞。

从洞口进去，45°倾斜的洞，像一条光滑的隧道，一直通进山里。冯修用手电照射了一下黑暗的洞道，对着对讲机说："尊尼，听到我讲话吗？把绳子放快一点。"

现在往下滑的速度加快了，过了几分钟，冯修到了洞道的尽头了。他用手电筒向尽头照射，却看不见夏若愚。出了洞道，是一个巨大的地下岩洞，他站立起来，估量了一下岩洞有多大。

手电筒的光束，照向顶部，可以看到10多尺上边的岩顶，往前边照去，却看不到尽头，可以想像这洞相当深大。使冯修吃惊的是，在岩洞的洞壁旁，可以看到一排石级，这肯定是人工开凿出来的。这些石级通往洞壁上方的一个洞穴。

他不知道这岩洞里会碰到什么，如果夏启所说属实，他可能会碰到黑蛇，但看到人工开凿的石级，他担心会碰到隐藏在这里面的共工族人。他拔出手枪，拉开了保险栓，一边小心翼翼地向前走，一边向对讲机讲述见到的情景。

"尊尼，我仍未发现夏队长的踪迹，我会继续往前找。"

他继续向前走了大约50步，开始闻到一阵腥臭的气味。他把手电的光

束向前照去，看到夏若愚站在一块突出的岩石上，一动不动。

"夏队长，喂，夏队长！"他叫了两声，但是夏若愚像一座石像一样，头也不回，身体毫无动静。

冯修加快了脚步走上前去，才走了10多步，他就明白为什么夏若愚站着不动了。他看到夏若愚的手握着钢刀，眼睛注视着前方，身体的每一寸肌肉都绷得紧紧的，像引满待发的弓弦。在夏若愚前方约三米远的地方，躺着一条黑色的大蛇。

这蛇可真的配称大蛇，冯修从未见过这样一条大蛇。它身粗尺许，头比簸箕还要大，张大了口，黄色的利牙锋利无比，开叉的舌头在一伸一缩地吞吐着，一双相对来说小得出奇的蛇眼，在手电光束中闪着死灰色的反光。

冯修奇怪为什么大蛇躺着不动，同夏若愚在紧张地对峙。原来昨晚相柳才用活人祭它，它把那人活生生地吞下去，还未能消化掉，肚子鼓起来像一个大缸，又像吹胀了的皮球，这使它不能随意活动。要不是这样，它早已吞食夏若愚了。

它的眼睛一直死死盯着夏若愚，但冯修的出现，扰乱了它的注意力，手电筒的光束使它感觉出危险的迫近，它把头微微向光的来源处转过来。

冯修对准蛇头一连开了几枪，子弹在蛇头开了花，把一只蛇眼打瞎了，黑蛇被袭后痛得向前直扑。

在枪声响后，夏若愚大喝一声，整个人像弹簧一样飞起，双手握着尺长的钢刀，直插向黑蛇的蛇头。尖锐的刀尖刺进了黑蛇另一只蛇眼。当夏若愚双脚一落地，立即拔出刀，这时大蛇的尾巴已呼的一声卷将过来。

若是被受伤的大蛇用尾扫中，必定会受重伤，因此当夏若愚感觉出身后蛇尾扫来的风声后，立即向上腾跃。他在半空中刚把双足缩起，蛇尾就在他脚下不到几寸的空间扫过。

他从半空中落下来时，顺势把刀插进蛇头。

听到冯修大声喊："快走开！小心！"夏若愚连忙向旁跳开，跑到冯修身边。

这时大蛇瞎了眼，受了重伤，又不知道杀伤它的敌人在什么地方，只好在地上翻来滚去，将尾巴扫卷着。冯修和夏若愚早已退到安全的地方躲起来了。

冯修抹了一把额头的冷汗道："刚才好险啊，你跟它对峙了很久了？"

夏若愚喘息着答道："我落进洞里就发现了它，它大概是吃饱了，还不急吃我，只是盯着我不放，你扰乱了它的注意力，给了我攻击的机会。老冯，谢谢你，如果不是你下来，我迟早会被它吞掉的。你看它多么可怕，蛇头已被你的枪弹打得开花，我又补上了几刀，但它还在翻来滚去，不易对付呢！"

冯修道："它快死了，它折腾得那么凶，只是临死时的挣扎。"

果然，正如冯修说时，那大蛇的搅动渐渐缓慢下来，最后终于瘫直不动了。

冯修说："它死了，共工相柳养这么一条大蛇干什么？"

夏若愚道："他们自认是黑蛇的后代，这是他们的图腾，只不过是活的图腾，以活人来祭它，实在太残忍可怕了。"

冯修道："你注意到洞壁有石级通到上面一个洞穴吗？那肯定是人凿出来的，说不定共工族的人会走进这洞中，而蛇却和他们相安无事，这不是很奇怪吗？"

夏若愚道："那洞穴是通向什么地方的？你知道吗？我跌进时可来不及留意到这些呢。"

冯修仔细地观察了一番大蛇，捡起一块石头，扔中蛇头，但蛇已一动不动，毫无反应了。他走近去，用脚踢了踢它，说："真的死了。"

夏若愚走上去，把插在蛇头的钢刀拔出来。突然，冯修大叫一声："哗，它还活着！"

只见蛇尾又一次摆动起来，他们两个赶紧躲到远处。但这次摆动只是大蛇死而不僵的尾部的神经活动罢了。

冯修说道："走吧，我不想再留在这洞里了，这条蛇死了还叫人心惊胆战。"

冯修拿起对讲机："尊尼，你听到了吗？夏队长活着，没有受伤，我让他先上来。"

夏若愚接过对讲机道："等一等，我还想看一看洞里的石级通向哪里去呢。"

冯修把他带到洞壁的附近，和他登上石级，一直走到接近洞顶的地。这儿有一个洞穴，入口处不大，仅可容身，但进到洞中，发现却相当宽敞。在这洞中央是一座土台，上面放着一块平滑的石板。

冯修用手电筒光照亮这石板，只见上面刻着一些蝌蚪文字，他问夏若愚："这是什么文字符号？你看得懂？"

夏若愚摇摇头："我对古文字一窍不通，唐辰才是这方面的专家，弄上去让他来研究吧。"

冯修道："为什么他们把这石板收藏在蛇洞里面呢？这有什么秘密呢？"

接着，他们两个都悟出其中的奥妙了，不约而同地说："它是洪范！"

冯修把石板抱起，和夏若愚一起从洞穴出来，走下石级。冯修道："你先上去吧，大家都惦记着你，尤其是女娇，听说你跌进蛇洞，吓得差点晕过去呢！"他把绳索绑住夏若愚的腰，对着对讲机说："尊尼，开始拉

绳，夏队长要上来了！好，拉吧！"

他拍拍夏若愚的肩头道："别忘了放绳子下来接我啊！"

平定了共工族，解除了背后的隐患，夏若愚带领第一分队到茅山去和第二分队会合，在这儿召开了一次会议。各族的首领也根据夏若愚藉着舜帝的信符召唤，前来商议治水大计。

他们首先要解决的是怎样迁徙共工族的人。相柳曾统治九个部落，现在要分别将他们迁徙到几个地方去，让他们同其他部族一起生活。对其中有经验的男人，夏若愚打算把他们大多数留下来参加治水的队伍，要他们戴罪立功，使这些族人不至沦为奴隶。

这件事并不是人人都同意的，有些部族的头人认为应将共工族的人全部分给各部族当奴隶。支持这意见的是扶风。

扶风没有参与征服相柳的战斗，他是事后才匆匆赶到茅山来会合的。他提出："共工族既然被征服，他们的人就得分给各族当奴隶，各族得益，才会出力治水。"

夏若愚反对这种主张。他认为共工族的族人是由于相柳领导错误而做错事，他们作为族人必须得听从相柳，因此罪应归相柳一人负责，不应将罪责归到每一个人，如果分给各族为奴，这样大批有治水经验的人就分散开来，使治水的力量受到损失。他说："现在舜帝要我们治水，是关系到每一个部族的事，治水是头等重要的大计，对我们每一个人都有利害关系，我们不应只看眼前的小利，而使大计受到损失。相柳已经被杀掉，受他摆布的族人若因此变成奴隶就太可惜了，这些有治水经验的人分给各族，只是使各族多几个奴隶干活罢了，若把他们赦免，要他们立功赎罪，把他们的能力好好使用，治水的队伍就有很多力量去把水治好，能使各族不再担忧洪水为患了。征服相柳，出力的是我们夏后氏一族，我们都宽宏大量，没有出力的部族理应听从我们的意见。人谁都会犯错，若犯了错不给予机会去悔改，一犯错就沦为奴隶，这是讲不过去的。"

扶风冷笑一声，指着夏若愚道："你这话是什么意思？难道你一族打了仗就有权说话吗？"

夏启站起来反问："请问扶风大人，作战的时候你在什么地方？为什么那时你不来打仗，现在又来分享战功？我作为夏后氏族长，听从禹爷的意见。虽然作战中，我们族人流血牺牲，如果按过去的规矩，我们战胜，共工一族就是我们的俘虏，成为我们一族的奴隶，现在禹爷要把他们迁徙几处，是使他们九个部族不再联合造反，还给他们机会改过自新，是够宽大的。我曾沦为奴隶，知道为奴之苦，我个人当然也想报复，让他们也尝尝当奴隶的滋味。可是禹爷教导我，不可冤冤相报，这只会导致各族仇杀。大家只有一心一意联合起来，才有力量治平大水，所以我放弃了报仇的念头，同意给他们机会赎罪立功。"

扶风气得脸色发青，他跳起来道："舜帝派我来协助治水，不是来听你这黄毛小子教训的！我要报告舜帝，看他有什么话说。"

后稷说道："扶风大人何必动气？说到协助治水，舜帝派我和益，还有你扶风大人，是来协助禹爷的，治水的一切都应由禹爷作主。我们是来协助，不是来拆台，我认为禹爷的主意是为了各部族的共同利益，故不按老规矩办事，望扶风大人冷静。"

夏若愚笑道："算了，大家不要动气，商量大计，为的是治水，只要把水治好，以后就不会受淹，各族就能安居乐业，所以我们应放弃小利，服从大利，把眼光放长远些。"

扶风离席道："那你就好自为之吧，我可要听舜帝的主意。"说完大步走掉。

他这一走，使会议乱了起来，有几个部族的头头也跟着要走。夏若愚大声说："要走的可以走，我奉舜帝信符召开此会，是为了商量治水大计，不是为了争意气吵架的。"

那几个要跟扶风走的人，看见大多数酋长都留下开会，他们犹豫了。结果，全都静静地坐回原席。

扶风见没有人跟他走，恨恨地说："好啊，走着瞧吧，总有一天你们会后悔的，我一定要给点颜色你们看！"

会议并没有因扶风一走就中断，夏若愚接着就带引大家商量治水的事。他把治水的重要性讲了一番，动员各族人派出人丁参与治水，而且在口粮上分担负责。后稷在前一段日子已做了不少工作，说服了几乎所有的大部落，所以没有人反对舜帝治水的决定，都肯派人派粮。

接着夏若愚请方道彰讲述治水的计划。方道彰站起来，清了清嗓子，说道："治水是一件宏伟的工程，我们根据过去一段日子到各地视察调查的情况，制定了一个计划，分三步走：第一步是把河水理通，第二步是过河去治理江水，第三步是按照洪范整理分配土地。详细的计划是第一步，将河流上游的积水排掉，我们已查出上游那儿有座大山，恰好挡住河水的去路，河水流到那里就被阻住，无路可走，只好回流，形成了一片泽国，把上游高高的孟门山都淹没了，连河两岸大片土地也被水淹，这是首先要解决的问题。"

有一个酋长大声说："对，淹没孟门山的大水如果不解决，我们的大块地都不能住人，无法种粮。"

另一个酋长也大声叫道："难道我们那儿就没有水患吗？我们那儿也淹了很多地方，为什么不先治我们那儿？"

夏若愚胸有成竹地答道："都会治的，不过要有先有后，先近后远，先急后缓。这次治水先从冀州开始，然后是济水和黄河之间的兖州，大海之滨的青州，大海、泰山与淮水之间的徐州，淮水对外的扬州，荆山到衡山之南的荆州，荆山与黄河之间的豫州，华山与黑水之间的梁州，最后是从黑水到河西的雍州。各州都要治理，但首先解决孟门山，把上游的积水疏走。"

夏若愚才一说完，就有酋长站起来说："这样说就对头啦，很合理，先近后远，那是当然的，难道先去治远的地方，既然孟门山积水威胁下游各地，我赞成禹爷大计，先疏通积水。不过，这工程宏大，需要很多人工，我们族人抽调一半男丁参加。"

于是，大家合计，每族出多少人力，出多少粮食，一直谈到深夜，最后大家同意并决定，治水的地区部族出五成族人参加，其他各族出五成人力。每一人工要带足一年粮食，各族互通有无，支援治水。

天亮之后，会议也告结束，夏若愚等人送各族酋长离去。他们站在山上，望着山下的大地，只见山峦起伏，江河穿贯，不少地方可见水光冲天。

夏若愚拍拍方道彰肩头说道："方兄，看来我们这次任务十分艰巨，并非三几个月可以把水治好的，现在是骑虎难下，只好硬着头皮干了。"

方道彰点点头："若愚兄，如果我们不治水，又根本没有大禹此人，

那么洪水就继续为患，4000年后的中国将会是另一个样子，很可能是一个文化落后的蛮方，各小国仍割据，历史上不会出现夏朝，更没有商代，那么历史就慢了不知多少年了。我这计划，其实是根据神话传说，再参照唐辰兄译出的洪范，按先后次序把工程设计出来的。"

夏若愚道："古书上说夏禹治水治了13年，难道我们真要被困在这古代13年吗？若是以我们的科学技术可否缩短时间？"

钱百益走前来，低声对夏若愚说："你应问问宋无忌，这些日子他躲起来，不知又设计出什么机器，连江树声也和他一样，神神秘秘，不知在搞什么东西。"

夏若愚说："老怪还能搞什么？他一定正在想法子再造一柄电脑钥匙，想早点回20世纪去。不过，现在我倒又不想那么快回去了，这治水的工程很吸引人呢。"

方道彰拍拍他的肩头道："好，我们两个志同道合，大可一展身手。"

钱岚冷笑一声："夏叔叔……不，夏队长，我看你是乐不思蜀才是真

的，何必讲得那么好听，说什么治水工程吸引人，说老实话吧，是女娇吸引着你才是真的。我说得对吗？"

夏若愚笑笑不答。

钱岚又说："大家知道大禹治水，是三过其门而不入，夏队长能办得到吗？我看离开一天也不行呢！"

夏若愚耸耸肩头，笑着回答："我才不上你的当呢，我没有必要当苦行僧，假使你是大禹，你能做到三过其门而不入吗？这太不近人情了，我看你连离开冯迟一刻都受不了呢！"

"谁说的？"钱岚急了。

"可不是吗？如果上次攻打不周山时，把冯迟分到我那一队，把别人分到你那一队，准会有人哭鼻子啦！"

大家听了都笑起来。钱岚顿脚道："我不干啦！夏叔叔尽在捉弄我！"

夏若愚道："是你先开火，我只是自卫还击罢了。"

钱百益道："好了，不要闹着玩了，还是做正经事吧。若愚，你去看看宋无忌，弄清他在搞什么吧。"

这时，从他身后传来了宋无忌的声音："在背后议论我什么呢？我并没有搞什么嘛！"

夏若愚道："老怪，我们不是在议论你，只是不知道你这几天和江树声两个神神秘秘在研究什么罢了。"

"我们在为治水制造工具，现在已把设计搞出来了。我们准备回时间机器去，那儿有足够的工具和材料，可以制造一部镭射机，用激光来开山劈岩，不就事半功倍了吗？"

方道彰拍手道："如果宋兄能制成这样一部镭射机，那么我们就不必用13年来治水，可以极大地缩短时间了。"

钱百益摇头晃脑地说道："我认为无忌此举必定成功的。何以见得呢？古书说有应龙帮助大禹治水，这应龙一摆尾，就开出一条河道来，这当然是神话传说，我们用现代科技来开山劈岩，这镭射机不就是应龙了吗？"

宋无忌得意自豪地答道："不错，有了这镭射激光，我们开河道，劈山岩，可以省掉很多人力，也省很多时间。我相信，只要用大禹十分之一的时间，就可以完成他的工程大计了。"

　　钱岚道："那就好了，若真的如宋伯伯所讲，13 年的十分之一时间，那么就可以在一年半的时间内完成治水啦。我们也好快点离开这个可怕的地方……"

　　她父亲打断她的话："你怎么一讲话就总是错误百出，也不在讲话前先动一动脑筋？你想快点离开这地方，你是想到什么地方去？去美洲、欧洲还是非洲？你只从 20 世纪回到 4000 年前，是时间不同，地方还是在中国。难道中国这个地方很可怕吗？真是胡言乱语了！"

　　钱岚伸了伸舌头，她从来未曾被父亲这样教训过，吓得不敢吭声，只是望望夏若愚求援。

　　夏若愚道："岚岚，这地方并不可怕的，可怕的是我们自己的心，如果我们把心敞开拥抱这时代，什么可怕都会变得不可怕，反而可爱了。"

　　治水的队伍首先到达孟门山，这支队伍浩浩荡荡，各部族的民工加起来有上万人。那孟门山是在现今的陕西省宜川东北、山西省吉梁之西，绵亘黄河两岸，由于大山阻挡，滔滔河水没有出路，回流淹没大片土地。方道彰找出应开凿的地点，夏若愚指挥民工搬沙运石，宋无忌搬来了镭射劈山机，不用一个月，就将孟门山劈开了一个大豁口，滔滔河水直泻而下，激流澎湃，声震数里，但两岸民工的欢呼声更是震天动地。豁口两边，被镭射劈山机切割得犹如两扇大门，这个豁口就是按照方道彰记忆中的龙门来开凿的，它就是今日的龙门了。那座孟门山也被定名为龙门山。人们为了纪念夏禹治水的功绩，把龙门又称为禹门，他们根本不知道这个领导民工开凿豁口的人，是 20 世纪的科学家夏若愚，而真的把他当做成神话时代的大禹了。

　　开凿龙门之后，他们立即转移阵地，沿河下行，来到今日山西省芮城县东南的一个古柏参天的山谷。在这儿，夏若愚吩咐大家扎营，稍作休整，因为他看到不少民工已走得相当疲劳了。休息一天之后，他们才扎木筏渡河，后来人们把这山谷叫做神柏谷，而夏若愚扎营的那株巨柏，就称为神柏，这当然是后来的事了。

　　方道彰取出他画的一卷地图，把夏若愚拉到一边，开玩笑地对他说："夏老弟，你可知道刚才你靠着休息的那株高大巨柏，将来会变成一处名胜古迹吗？"

夏若愚搔了搔头问:"什么古迹?这古柏有百尺高,树围近 4 米,一定是十分古老的一棵大树。"

方道彰指着那巨柏说:"将来在这柏树周围,会有人建造一间神庙,把那柏树围在庙中。这庙现在你当然看不见,因为那是很多很多年后,你变成了神话人物之后,人们为了追念我们这次治水的功绩,才把这儿当做圣地。人们在这儿相继定居,世代相传,说你这个大禹曾倚过柏树休息,而这地方将来会成为一个村镇,叫大禹渡呢。我们现在渡过黄河宿夜之地,就是后来的禹店村了,这些地方我都曾去过,当然在 20 世纪的样子跟现在不一样,但地点却是一点也不错的。"

夏若愚叹了口气道:"那么说,我们现在是在炮制古代神话传说了?方兄,幸好有你,你对中国水利如此熟悉,又专门研究过大禹治水的记载,订出计划,要不,我这个冒牌货夏禹,可真是千头万绪,不知从何处入手呢。"

钱百益和唐辰走近来,他们正为洪范中的某个古字的意思在争个不休,冯修父子正忙着帮宋无忌运载镭射机。江菲和女娇忙着为大家洗涤衣服,钱岚则在晾衫。

夏若愚走到在晾衫的钱岚身边,问道:"岚岚,你有看见尊尼吗?我觉得好像从昨晚渡河后就没有见过他了。"

钱岚噗的掩嘴笑了一声。

"你笑什么?"

"我笑你太官僚主义了,难道你不知道尊尼驾了吉普在山边游玩吗?这美国佬可会享受人生,这也不能怪他,老美嘛,总是这样的。"

"他一个人驾吉普去山边游逛?这是什么意思?"夏若愚不以为然地摇摇头。

钱岚忍不住哈哈大笑,用拳头捶捶夏若愚的肩膀:"怎么没有意思?你有女娇陪着,当然不在乎了,但人家一个年轻的男子,又是美国人,离乡背井到中国来,难道不会寂寞吗?"

"哦?原来如此,那么说,他不是一个人去玩了?"

"那还用说吗?他那么高大英俊,有形有款,还怕没有女孩喜欢他吗?这儿又没有 20 世纪那么多法律和道德限制,性风俗那么开放,你管得那么多?"

夏若愚忍不住大笑起来:"哈,尊尼,乱吾种矣!将来那些女孩子生出黄发蓝眼的孩子来,怎么办?"

钱岚反驳道:"你以为你的种就那么纯吗?华夏子孙也是由很多不同部族融合而成,有东夷、有西狄,还有南方三苗,本来就是不同种族,但几千年下来,都结合成中华民族,难道你是纯种吗?"

夏若愚被驳得哑口了。他耸耸肩头,过了一阵,他微笑着说:"对于我们队员的私生活,我作为队长,是不会加以干预的,只要不影响工作,能快点把水治好,早点回到 20 世纪去,我就心满意足了。要是一年半载后,尊尼弄出一大群黄毛蓝眼的婴儿来,他带不带回 20 世纪呢?要是那些女孩子要跟着他回去,时间机器载得了吗?"

钱岚立即反问:"那么你打不打算把女娇也带回 20 世纪去?"

夏若愚皱了皱眉头,他从来也没想到过这问题,钱岚说得很对,该不该把女娇带回 20 世纪去?她肯去吗?去了能适应吗?要是她不肯去,那自己能同她分离吗?也许,他该留下来不再回 20 世纪吧?他不禁心中涌起了无限烦恼。

队伍继续沿河下行,沿途只见河水畅通,大家都非常高兴,可是走了六七天,突然发现河水流速缓慢起来。夏若愚叫尊尼和他驾吉普往前去一看,竟是一片汪洋,不由得大吃一惊。

"为什么会这样?"尊尼惊讶地问。

"很简单,下面又有地方把水堵住,流不出去啦。"夏若愚道,"小心往前开,看看为什么堵住呢。"

尊尼叹了口气道:"想不到那么多地方把河水堵住,真不知要疏导到什么时候才能把这洪水猛兽引入大海去。"

夏若愚调侃道:"那还不更好吗?你可以多些日子过自由自在的生活,每天到一个地方换一个姑娘。"

"你怎么知道?"尊尼扬起眉毛,笑了笑,"这里比我们 20 世纪的美国更开放呢!"

"见你的大头鬼!尊尼,你这种性开放我可不敢恭维呢!"

尊尼吹了吹嘴唇道:"要是在美国,我可不敢这样开放,单是艾滋病

这世纪绝症就已叫人望而却步了，这儿连性病都没有，大可以放心。而且，这儿的妞儿挺热情呢！"

"哈哈，你可别太放肆了，小心惹上麻烦，将来一大群女孩子为你生下一大群孩子，你怎么办？带回美国去吗？"

"这点你可以放心，我是绝不会留下手尾的，我每次都换一个妞，绝不会让她缠上。"

"难道你没有爱上任何一个吗？"

"我可是博爱主义者，个个都真心地爱，绝不会省力气的。但要我爱上一个，那我可就难于抉择了，因为她们每个都是那么充满青春活力、健康、美丽，我没办法定一个。"

夏若愚拍拍他肩头，大笑不止："尊尼，我真服了你啦！年轻人，我没法反对你的生活方式，但你可要小心别惹上麻烦！"

吉普车在一个山头停下，可以看到河水是被一道山挡住了。夏若愚打开方道彰画的地图，对照这儿地形，然后指指点点对尊尼说："这儿应该是三门峡，在未来这儿应有三个豁口，形成鬼门、神门、人门这三道水

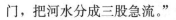

门，把河水分成三股急流。"

一个月后，他们的队伍已来到这儿，在河边扎营，准备动工开劈三门。但是，当天晚上，江菲急冲冲地走进营帐来，对夏若愚说："糟了，很多民工都因为喝了河水，在拉肚子，这么多人病倒，到那儿去找药给大家吃？"

夏若愚大惊，立刻把大家召集起来商量。江菲提出，很多人因为喝下河水拉肚子，首先得解决饮水问题。

冯修道："要食好的水，只有立刻打井，喝井水不喝河水。这工作交给我负责吧。"

宋无忌道："我可以用镭射机为你开井，但要有人探出水源，而且会建筑井壁。"

冯修道："好，我们去找各部族的人，看谁会凿井壁和找水源，一定会想出办法来的。"

钱百益道："在李时珍的《本草纲目》里，有一种药，叫'禹馀粮'，很可能是能治这种不服水土拉肚子的病，书上是这样说的：'禹馀粮，乃石中黄粉，生于池泽，其生小谷者，为太乙馀粮。'任方《述异记》中也说过：'今药中有禹馀粮者，世传昔禹治水，弃其所馀于江中，生为药也。'我估计这种传说中的药，一定就是治这病的药，后世把它附会到大禹治水上面，才叫做禹馀粮的。"

江菲道："那么我们立刻派人去找寻这药，如果真能治病，那可就好了。"

女娇道："江姐姐，你放心好了，如果你们说的药是在池泽的石中黄粉，我知道到什么地方去找。"

于是，江菲和女娇，带了钱百益父女一起去寻药。

如果说疾病使治水的工作受到阻碍，那还可以通过凿井寻药设法加以解决，更困难的是人为造成的障碍，使工程的进行几乎成为不可能。夏若愚是万万也想不到这种阻碍是来自帝都的。正当大家一心寻药打井的时候，从蒲阪来了一队人马，带队的是一个年轻人，他样子英俊高大，背着弓箭，一双眼睛精明敏锐，惟一的缺点是嘴唇生得薄了点儿，使他的样子变得有点邪气。

益低声对夏若愚说:"禹爷,这是舜帝的儿子商均。不知道为什么他突然到来,可要小心应付呢。"

夏若愚当下迎接商均进营帐里,商均大大咧咧地坐下,开口就问:"夏禹,帝父命令你治水,治得怎样了?"

夏若愚连忙报告道:"我们劈开了孟门山,把那一带的积水疏通了,目前正准备在这一带把山劈开疏导积水,只是民工都患了病,暂时停顿下来。等民工康复,工程就会继续进行下去。"

商均用鼻子冷哼了一声,问道:"真牙尖嘴利。夏禹,你知道吗?你胆敢违背规矩,拒绝将共工族的战俘分给各部族当奴隶,而用他们来治水,还未得到我帝父的同意,就胡说什么把他们迁置到各地去,帝父听了这消息很不高兴呢!"

夏若愚皱了皱眉头,但抑制住自己的愤怒,和颜悦色地答道:"我并非自作主张,那是在茅山开会时,各部族首领都同意了的。"

"胡说,还有不同意的人!"

"不错,只有一个人反对,他就是扶风大人,但他的意见是错误的……"

商均打断了他的话:"你可知道帝父对这事十分生气吗?夏禹,我这次是奉帝父之命,前来押你回去受审的,你被逮捕了!"

夏若愚抬起头来,望着商均,他的眼中冒出怒火,这使商均感到心头发怵,他想不到夏禹这个人竟然是那么难于对付。不过,他既然已讲出了要逮捕他的话,就再也不能退缩了。他抬了一抬手,外边走进来几个武士,站在夏若愚两边。

夏若愚沉住气,缓声说道:"既然舜帝下命令逮捕我,我绝不会反抗,我跟你们去蒲阪好了,用不着动手动脚。"

他把手交叠在胸前,挺立不动。

后稷和益走上前来说:"舜帝命令我们协助禹爷治水,现在刚刚开始,才疏导了几百里的河道,初见成效,舜帝就要逮捕禹爷,我们认为禹爷没有错。请问如果把禹爷押回帝都受审,这儿的治水工作谁能领导,还要不要继续下去?要是不立即疏导积水,洪水发起来,我们担心连帝都也会受淹,那时三苗趁机北上入侵,我们就会吃大亏了。"

商均没料到两个重臣会讲出这样的话，这使他感到左右为难了。为了维护自己的面子，他沉声说道："既然两位大人这么说，我只好不执行帝父的命令。不过，夏禹一定得回去受审的，治水的工作只有停止下来。"

　　益摇摇头道："停不得，把时机拖后，到春天一发大水，就不可收拾了。"

　　夏若愚打断了他的话："不用担心，我不在，治水仍会继续，两位大人请留下来，按照原来计划继续干下去得了。现在只希望能找到治病的灵药，把井打好，首先解救患病的民工。至于我，愿意随帝子返都，我正需要向舜帝报告治水的情况呢。"

　　这时，商均的目光越过夏若愚，望向他身后，他的目光突然出现惊奇的神色，嘴里喃喃自语道："真漂亮，没想到在这种地方会见到这样漂亮的女人，她是什么人？"

　　夏若愚顺着商均的目光，回过头一看，原来是女娇在向营帐跑来，后面跟着的是江菲和钱岚、钱百益，尊尼和冯迟在最后。

　　女娇冲进来，兴高采烈地叫着："我找到啦！我们找到治病的药了……"

　　她突然看到帐篷内所有人的脸色肃穆，连忙把脚步打住，叫喊的话也在半途断了。

　　她站住，问道："怎么回事？"目光探问地望着夏若愚。

　　夏若愚道："寻到药，那太好了，立刻去给生病的人服用吧。"他把目光射向商均，继续说道："舜帝命令我到帝都去接受审问，你们留下来在这儿，首先把众人的病治好，然后继续治水……"

　　商均从座椅上站了起来，色迷迷地望着女娇，打断了夏若愚的话，大声问："你是谁？"

　　女娇有点愕然地把目光望向商均，她对他那种充满贪欲的神情感到厌恶，女性的直觉使她觉察出一只豺狼的迫近。她冷冷地回答："我是谁？我是禹爷的女人，涂山氏一族的女娇。"

　　"嗯……"商均慑于女娇的逼视，往后退了一步，这时江菲等人也走进帐篷来了。

　　夏若愚对其他人说："我要到蒲阪走一遭，这儿的事，请钱冯两位队

长负责。尊尼呢？来了吗？请把吉普备好，跟我一起去。"

尊尼点点头，夏若愚向他使了个眼色，拍了拍后腰部，尊尼立刻会意，他立即退出去，收拾行装。

他把枪取出来检了一番，上足弹药，另外在腰间的武装带里塞了好几梭子弹，他也没忘记带上无线电话，以便随时同冯修、钱百益联系。

夏若愚回过头来对商均说："请，我们立即动身吧。"

商均愕然，"怎么？现在就动身？急什么？"

夏若愚道："你准备慢吞吞地走路到蒲阪去吗？我可没有那么多时间陪你玩，我已备好了车子，可以上路了。"

"车子？"商均跟着他走出帐篷，来到吉普车旁。他仔细地看了又看这四轮的怪物。

夏若愚耐心地说："这是一辆水陆两用的吉普，可以载七个人，比马匹跑得还快。"

他说着坐上车，拍拍身边的坐位，示意叫商均上车，商均却在犹豫不决。他身边的一个卫士低声说："别上去，也不知道这是什么东西，小心些！"

商均连忙向后倒退了两步，离车子远点。

夏若愚笑道："怕什么！我都敢坐上来了，你还怕吗？"

商均的脸涨红了，他怎么受得了别人说他害怕？"谁说我怕？"他说着，坐到夏若愚身旁。

尊尼坐在驾驶座上，挥手招呼其他几个士兵上车，那几个士兵怯生生地也坐到车上。

这时冯修赶到了，他在车旁问清是什么回事，拍拍夏若愚的肩膀道："行，放心去吧，我们会照应一切的了。有什么情况就通知我，我一接到消息就尽快赶到。"他回过头把冯迟招来，推他坐在尊尼的驾驶座旁，吩咐说："你们轮流驾驶，有什么情况向我报告，保护队长安全！"

尊尼猛一踩油门，车子一跃就向前奔驰起来，眨眼间已经离了营地。商均在车上哆嗦着，他从来没有坐过这种快车呢！但他又怕在其他人面前失去面子，只好打肿面孔充胖子，硬撑下去。尊尼是故意作弄他，把吉普开得越来越快，四个轮子像离开地面在飞似的。商均只觉得自己裤子湿

了，他惊得撒了尿，但又不敢吭声。

夏若愚觉得尊尼闹得够了，就说："尊尼，别开得太快了，再快有人会头晕啦。"

商均虽然在车上吓得脸青唇白，但他心里却恨得咬牙切齿，暗想要找个机会露一手，给夏若愚显点威风。

这时吉普正越过一处草原湿地，河边水草茂密，突然有一只犀牛横着挡住去路，尊尼连忙放慢车速，他知道犀牛的力气很大，被它撞到吉普，很可能吉普也会被撞坏。

商均道："快停下车，我要猎那犀牛！"

尊尼回头望了他一眼，有点怀疑。

夏若愚道："尊尼，你就听从他的意见，把车停住吧。"

车停之后，商均带了几个卫士，立即跳下吉普。他们分散在四周，拿出弓箭长矛，准备猎犀牛。

夏若愚坐在车上，低声说："我担心他们的武器对付不了这犀牛，尊尼，冯迟，快把来福枪准备好，以防不测。"

那犀牛已发觉有人在它四周活动，它眨动着像铃铛般又大又灵活的眼睛，煽动着鼻子，把头垂下，紧张地注意着四方声响。

商均挥了挥手，他手下一个武士跳出来，现身在犀牛的视野内，大声叫喊。犀牛被这叫声和动作激怒，发出低沉的咆哮，顿着前肢，把头垂得更低，将鼻头上的尖角对准那武士，突然像一阵风似地冲过来。

那卫士见状，立即往一旁闪开，躲到一株大树后。犀牛奔跑了一阵，发觉失去了攻击的目标，就停下了步伐，用前肢刨着泥，鼻子一煽一煽。这时在它左边又出现了另一个又叫又喊的武士吸引它的注意。它怒吼一声，向左边的冲去，但那武士一闪又藏身不见了。

在犀牛被前后左右引得四处狂奔了一阵之后，它发现了停在远处的吉普，这使它犹豫了片刻。它从未见过这样巨大的怪物，但它是不怕的，一低头就向吉普猛冲过来。

商均这时站在高处，拉满了弓弦，连发三箭。箭射得很准，全射中了犀牛的背脊。

犀牛负痛，但并没有减慢速度，它仍继续向前冲，只是方向改变了，不是冲向吉普，而是向用箭射中它的商均冲去。

商均没料到它会改变方向，有点吃惊，但他仍拉满弓弦，又向犀牛射出一箭。这支箭失去了准头，在犀牛的头上飞过，没有射中。眼看犀牛的步伐跑得更快，离自己不到 20 米，商均有点胆怯了，连忙回身就走。

但由于他回身得太急，没有看到地上的草根盘结，才走了几步，就被绊倒，他连忙爬起来再跑，但已耽误了时间，犀牛距离它只有 10 多米了。

四周的士兵都惊叫起来。

夏若愚拔出手枪，喊叫着："开火，射它的头！"

尊尼和冯迟举起来福枪，瞄准了犀牛的头部，"砰砰砰砰！"

一连四发子弹，弹无虚发，射中了犀牛的头部，而夏若愚手枪的子弹击中了犀牛的眼睛。犀牛整个弹跳了一下，但它的步伐并没有减速，依然向在它前边奔逃的商均追去。

"砰……砰……砰!"

这一排枪声使四周响起嗡嗡的回响,震撼耳膜。

犀牛再次被击中,其中一发子弹射伤了它的前肢。这使它的前肢一拐,但它向前冲的惯性力度仍未减弱,随着前肢弯下,它整个身体重心失去了平衡,轰然一声,滚倒在离商均身后不到三米的地方,不再动弹了。

商均还继续向前跑了10多米,才停住了脚步,腿一软,蹲跪下来。

夏若愚从车上跳下来,跑到他身边,把他扶起,问道:"你受伤了没有?"

商均拍拍身上的泥土,站起来说:"没事,不用你扶。"

他走到犀牛倒下的地方,拔出那三支射进犀牛背的箭,昂起头来向夏若愚说:"我的箭法怎样?"

夏若愚点点头:"我早听说你射箭功夫一流,的确名不虚传。"

商均仔细地检查了犀牛头部的弹洞,眉毛耸动地问:"你们用雷电来击杀它,是那些棍棒发出雷电的吗?"

夏若愚点点头:"是的,那是我们的枪。"

这时躲在树后的几个武士都纷纷跑到犀牛旁边,拔出刀子,动手剥下犀牛的皮。

商均大步向吉普走去,夏若愚连忙跟着,他还来不及阻拦,商均已从冯迟的手中将来福枪一把夺过,拿在手中仔细观看。

冯迟生气地要去夺回,夏若愚摇头示意叫他不要去夺,冯迟强忍怒气,横眉怒视着商均。

商均摆弄着来福枪,说道:"这支怪怪的棍棒怎么会发出雷电来的?是扣这个机关吗?"

冯迟叫道:"快放下,你不会使用,会伤人的。"他这叫声是很有道理的。

商均把枪对准了夏若愚的眉心,慢慢用手指扣着枪机。

夏若愚一动不动地站在他面前,紧张地望着那乌黑的枪口。商均随时都可能扣下枪机,他不由得手心冒汗了。

商均的目光有着一种令人吃惊的神情，是憎恶、仇视、妒嫉的综合。

"砰！"

子弹要出膛的刹那，冯迟的手腕已同时把枪杆往旁推出。子弹在夏若愚的鬓角擦过，他感到热辣辣的烧灼。来福枪的后坐力已将商均撞得跌倒在地上。

冯迟一把将枪夺回，指着倒在地上的商均怒道："你这王八蛋，想谋杀夏队长吗？你这卑鄙无耻的家伙，如果不是我们击毙犀牛，你早就被犀牛撞死了，你竟恩将仇报，向夏队长开枪，看我揍你一顿，给你个教训！"他抡起枪，用枪托狠狠向商均打去。

夏若愚一把将冯迟拉住，喝道："别胡来！住手！冯迟，千万别轻举妄动。"

冯迟气鼓鼓地说："难道就这样放过他吗？"

夏若愚沉着气道："他到底是舜帝的儿子，少不更事，给他留下面子吧，不看僧面看佛面，我现在还是在他押送之下到帝都去受审的呢，要是你把他揍伤了，我岂不是无法交代了？"

冯迟哼了一声，把枪托收住。

夏若愚摸摸自己鬓角，发现头发被烧焦了一片，不过没有伤到皮肉，但他已出了一身冷汗，心中暗叫好险。

他拍拍冯迟肩头，道："我没受伤，还好，谢谢你救了我一命。以后小心点，枪不离身，不要再让他碰枪了。"

他伸手一把将商均拉起来，低声说："这次饶过你了，但没有下一次。你好自为之吧。"

商均的脸一阵红一阵青，他被来福枪的后坐力一击，把肩头打得麻木了。他木然地望望夏若愚，又望望冯迟，跟着蹒跚地向他的卫士走去。

尊尼等他走开后，像不经意地说："我看他是真的想杀你呢，他看上了女娇。"

夏若愚点了点头。

尊尼继续说："我还以为你没看出来呢，他望着女娇的那个模样，简直像是用眼睛在剥她的衣服。我老早就想揍他的了，可别落在我手里，我下手会很重的，管他是谁的儿子，照样饱以老拳！"

夏若愚不由得苦笑起来。

猎犀牛的事件之后，在赶往蒲阪的一路上没有再发生什么意外了。他们在蒲阪外的村落停住了车，夏若愚吩咐冯迟留下守住吉普，自己和尊尼只带手枪，跟随商均进入蒲阪。

舜帝没料到他们这么快就赶到，他估计商均要半月才能把夏若愚押回来的。

夏若愚走到舜帝跟前，行了个礼，站在一旁，他看到几个大臣都坐在舜帝身边，其中皋陶板着脸，目光直视着前方。

舜帝说道："这次把你找回来，是因为有人指控你不按规矩办事，擅

自将战俘派去治水，不肯分给各部族为奴，可是事实吗？"

夏若愚道："确是事实。"

"这规矩是尧帝就已定下的，你怎么胆敢违背？"

夏若愚道："任何规矩都是人按当时的需要定下来的，如果情况变了，就应改变。共工族人治水多年，一直以水作为攻击我们的武器，在不周山蓄水为湖，随时可以水淹平原，现在征服了相柳，并已诛杀，其他族人若分到各族为奴，每族不过增加几个奴隶，但让他们参与治水，发挥他们的作用，成效就会大得多，为什么不化敌对的力量为有利于我们的力量？共工族人得以免为奴隶，定然心甘情愿为我们工作，故此在茅山大会上，经绝大多数酋长商量同意，我就这样办了。我认为这样做，并不会使各族受损失，反而大大有利。"

舜帝的脸色渐渐柔和下来，他回头望了一眼皋陶，发现皋陶仍然板着面孔，于是又问道："那么，你现在在干些什么？水治理得怎样？"

夏若愚道："哦，帝在上位，有皋陶陈谋在下，我现在还能干什么呢？我每日只想孜孜不懈地去干分派给我的工作罢了。"

皋陶听了，故意皱起眉头，大声问道："你说的话是什么意思？什么是孜孜呢？"

夏若愚道："孜孜者也，就是不敢懈怠以进行治水的工作。洪水漫天，无边无际，围绕着大山，淹没了丘陵，人民大众都深被水患危害。我平定相柳，解除了五湖之患，使帝都免于水淹，开凿龙门，使河水得以疏导下流。为了治水，陆行乘车，水行乘船，遇到泥泞沼泽，就用船形的橇子行走，碰上高山大岭，就穿上鞋子登山。行走于山中，槎木为标志，与伯益施予众民稻根鸟兽，使他们免于饥饿，疏通河川之壅塞，浚深田间之水道，与后稷教众民栽种各种粮食，以获丰收。对于那些由于水灾缺少粮食的地方，就从丰收的地域调拨口粮，加以调节，使有馀补不足，同时迁徙众民到可居住的地方，于是大众才安定下来，日子也就太平了。"

皋陶点点头道："原来是这个意思，那么说来，你行使的这个方法，对人有好处。"

夏若愚道："我在外治水，也只是执行舜帝的命令，辅助舜帝巩固天下罢了。后稷与益协助我工作，十分得力，只是扶风，除了在茅山大会开会见过一面，而且半途走掉，根本不曾助我半点，可是他却反对我处理事务，到处造谣生事，实在是成事不足，败事有余。"

舜帝的脸色涨红，他想不到夏若愚会反控扶风，于是，他问："你这话是想说我不该听信他的话吗？"

夏若愚抬起头来，严肃地说："唉，如果要我说实话，那我就坦诚相告吧。你身在帝位，处事应该公正谨慎，要安于所止，不应轻举妄动，要用有德之人来辅佐你，不可听信谗言。处事若公正，那么天下之民，必定归心顺应，上天自然会不断赐你幸福祥瑞的。帝如果不这样做，善恶不分，只爱听中听的话，那些谄媚邪僻之臣，就有机会得逞所欲，天下之心就会渐渐失去，远离你了。"

舜眯缝着眼睛，心里像火燎一样，但他的脸上却露出一种令人难以捉摸的笑容。

"说得很好，说得很对。"他突然大声对众大臣叫道："我如有什么不当的行为，你们要匡正、辅弼我，你们不要当面恭维我，在私下里说我坏话，我会尊重前后左右辅佐我的大臣，远离谄媚之辈的。"

皋陶说道："是啊，要是帝能如此做，那么天下一定太平了。现在国土五千里见方，每州有十二个师，九州以外到达四海，每五国建立一个酋长，所以他们都能顺利地完成事功。只有三苗之人愚顽不化，乃是心腹大患，舜帝啊，你应当时刻想着这问题。"

舜帝站起来，挥了挥手，说道："禹，你可以回去继续治水，三苗的事，你要小心留意。你们大家应学禹一样忠心于我，那就天下太平了。"

说完，他转身走进室内去了。皋陶也起来，走到夏若愚面前，领着他退出宫去。

舜帝一回到内室，就变了面孔，他恨恨地望望跟着皋陶离去的夏若愚，阴沉地自语道："这个人很会笼络民心，他会是我的敌人，而不会是我的朋友，我必得防着他。"

商均走到他身边，低声说："帝父，我看夏禹此人非比寻常，得把他去掉，才能免去心腹之患。"

舜帝摇摇头答道："不用着急，现在他对我们还有用处，等他把水治平后，我就会好好收拾他的。"

"是，帝父，我会时刻留意他的动静。"商均道："你打算让他去同三苗作战吗？还是让我带兵去征讨三苗吧，让他作战会使他坐大的。"

舜点了点头，低声嘱咐道："告诉扶风，要做好准备，等我命令，到时给他一个突然袭击，打他个措手不及，那时嘛……哈哈哈！"

父子俩相视而笑起来。

皋陶和夏若愚走出蒲阪，尊尼跟在后面护卫。皋陶低声道："禹爷，你可知今天的风云险恶吗？扶风告了你一状，舜帝本准备将你囚禁起来的，他没料到你来得那么快，反令他措手不及，他还未做好准备，故不敢动手。你以后要加倍小心啊。"

夏若愚诚恳地问："大人，那我该怎么办？"

皋陶道："诚信是由道德所产生的，诚如是，则可以使谋略成功而弼辅和谐。你此去，要谨慎修身，处事往长远想，要厚待九族人众，这样大家就会乐于助你，众贤明必能辅助，由近推远，道理全在于此了。"

夏若愚点头言谢。

皋陶握住他的手，语重心长地说："喔！最重要的是在于知人，在于安民。知人要靠明智，明智才能用人得当；能安民，百姓才会怀德。能做到这样，还怕什么三苗？能知人善用，就不畏惧什么巧言谄佞之徒！"

夏若愚感慨地说："要是舜帝能听从你的话去做，那就好了，可他却信任那些巧言谄佞之徒。"

皋陶摇头叹息："我担心他们不以天下苍生为重，还会干出什么坏事来呢。好了，我就送你到此，望保重吧！"

夏若愚行了个礼道："望大人保重，我去了！希望下次见面时，能报告你好消息。"

他和尊尼回到村落，冯迟驾车，日夜兼程，赶回工地去。

当他们到达河边时，只见民工正热火朝天，在搬运石头，方道彰和冯修正在根据设计，指挥民工将挖下的沙石搬走。宋无忌和江树声用镭射机，已将堵塞河水的山崖，劈出三门，把那座山破成几段，河水分流，围绕着山经过，从三门分流而下，波涛奔涌，好不壮观。

"好雄伟！"夏若愚不禁赞叹一声。

他们站在黄河岸边的陡崖上，俯瞰河谷，只见大河从上游浩浩荡荡奔

流而来，越往东水势越急，刚刚流进三门峡，便被河中心的两座石岛迎面劈开，形成三股惊心动魄的急流。这三股急流又被两岸突出的岩石紧紧卡住，瞬息间三股急流又拧成一股，一起从40米宽的小豁口硬冲出去，哗哗的水声直震得满峡一片如雷巨响。这就是鬼门、人门、神门组成的三门峡。

当天夜里，大家都睡下了。夏若愚心情难以平静，就踱步到崖边去，坐在那儿沉思默想。他知道前边还有很多艰巨的治水任务，可是他担心的倒不是这些艰苦的工作，而是背后的暗箭，教人防不胜防。他也看出舜帝只不过在利用他去治水，一旦把水治好，很可能就会集合各种势力来对付他的。

他想起了扶风在茅山大会上那嚣张的气焰。扶风是四岳之一，有很大的势力，舜就是靠着他的支持夺得帝位的，他又想起了商均用来福枪射击他时那种充满嫉妒憎恨的眼神。商均是舜的儿子，当然也不会放过他的。商均拥有兵权，这不能不加以提防。

突然，一双手轻轻地搭在他的肩头，他回头一看，原来是女娇。

女娇默默地坐到他旁边，不出声，向他微微一笑。

夏若愚伸手把她搂过来，她依偎在他胸脯，满足地闭上双眼。

"你怎么不去睡？"他问。

"等你嘛，你也该休息了，这些日子你也够累了，看，瘦了好多，真叫人心疼！"

夏若愚低下头，深情地吻了吻她，把她往怀里抱紧，多日来的烦恼也就随风而逝了。

"你不累吗？"她说着，把他的头搂过来，两个人在星空之下合二为一。

三门峡把积水导走后，往下游的工程就顺利得多了，根据方道彰的设计，在治理黄河流域之后，就要转战江淮。夏若愚教导后稷进行农田水利的修建，加筑了很多沟道，将水引进农田灌溉，对于中原一带的农耕起了很大作用。冬天过去了，很快又是春暖花开的日子。

此时，舜帝征服三苗的战争，也跟着开始了。由商均率领的一支5000人的队伍，渡过了黄河，向江淮进发。

　　夏若愚最初对于这场部族争地盘的战争并未多加注意，他全副精神都放在治水上面，可是冯修却对这场战争很关注。

　　他把钱百益找来，一块去跟夏若愚商量。

　　他说："商均这次带了5000士兵过河，打算同三苗作战，对我们下一步治水，是关系重大。三苗盘踞长江中游，而下游正是洪水为患之地，要将三苗逐走，我们才能顺利治理江淮一带。但我看商均这人不是个将才，如果这一仗打得不好，我们下一步就会增加不少麻烦和困难。"

　　钱百益道："据历史传说来看，舜是没法子赶走三苗的，他曾不止一次征三苗，因为尧帝的儿子丹朱嫁到三苗那儿去了，是他心腹之患。我担心商均这次可能会损兵折将，劳而无功呢。在禹治水的传说中，有征三苗的讲法，看来我们很有可能同三苗有一场仗要打。还是做好准备吧，免得到时措手不及。"

　　夏若愚摇头叹气："我对打仗可是外行，比起商均来更不是将才，要打仗带兵，还得靠冯兄呢。"

　　冯修笑道："我也没有打过4000年前的仗啊，不过我倒发现了一个人，他既有惹愚兄的相貌，又有指挥人众的组织力，我相信他比我更会指挥这些古代人打仗，只要稍加指点，定会成为一个将帅之才，你们知道我说的是谁了吧？"

　　夏若愚的眼睛一亮，问道："是夏启吗？"

　　冯修点点头。

　　钱百益道："我最初几天，差点分不出你和他呢，如果你打扮成他那模样，那我就更认不出来了。冯兄说得对，夏启是个人才。本来历史上，大禹应有一个儿子，叫启，传说里是女娇变成石头，石头裂开生出启。当然这是无稽之谈，那传说只暗示了从母系社会变成父系社会的转变。"

　　夏若愚颇感兴趣："女娇真的为我生了儿子吗？传说是怎么讲的？"

　　钱百益道："这故事见载于《淮南子》：禹治洪水，通轘辕山，化为熊，谓涂山氏曰：'欲饷，闻鼓声乃来。'禹跳石，误中鼓，涂山氏往，见禹方作熊，惭而去，至嵩高山下，方生启。禹曰：'归我子！'石破北方而启生。这种传说只象征着涂山氏坚持母系意识，不肯接受父系观念，因而逃避夏禹，夏禹化熊只是有熊氏出身的变形。他想向她解释，但她却不肯接

受，变成石头也拒绝理会他。结果禹大叫一声'还我儿子来!'，石头屈服了，向北方裂开而生出儿子，名叫启，启就是开启之意。母系意识最后被父系意识代替，启就成了夏朝的开启者。你们从这故事得到什么启示吗?"他的眼睛闪烁着一种狡黠的智慧火花。

夏若愚道："那么说，夏启应该是夏禹的儿子，现在根本没有夏禹，而夏启也不是夏禹和涂山氏女娇生的儿子，这传说是后人胡编出来的。不过在我扮演夏禹的戏终场时，倒是应该让夏启登场来演开启夏朝的角色了。冯兄，你打算怎样培养他?"

冯修道："在目前这种时代，是两个因素决定一个人的地位，一是他的魅力，看他是否真正能领导作战；二是能否得到各族民众拥戴，我打算从这两方面培养他。"

夏若愚笑道："我这个假夏禹可不懂得怎样培训启这个'儿子'呢，

叫我带一个博士研究生还容易些，把一个古代人培养成军事领袖，我实在无能为力。"

冯修道："打仗这方面，我自问会比 4000 年前的人高明，因为我可以从历代的战争范例中借鉴，又读过《孙子兵法》，再加上我有现代战争，包括游击战争的实际经验，我有把握把他在短期内培养成一个能在古代战场取胜的指挥官。只是如何使他能得到各族民众拥护，那我就没有办法了。"

钱百益道："放心，这点若愚可以胜任。"

"钱老，你在说什么？"夏若愚吃惊道，"我可不懂政治这套权术玩意儿的，你可别开玩笑！"

钱百益道："我没有说你会政治权术，也没有要你教他这种玩弄阴谋诡计的手段，而是你现在领导大家，全心全意地去治水，给大家树立的一个榜样。身教胜于言传，只要你坚持不懈，好好工作，自然会深得民心。从处理共工族的事中，已使你威信大增，现在各族酋长都听你的话，是因为你真心实意为他们的利益着想，眼光看得比他们远，比他们全面，他们

还能不拥戴你吗？你只需身体力行，不必说教，就已经为夏启树立榜样了。我早就留意到他看你的目光，是极崇拜和羡慕的呢，他正在暗暗学着你的一言一行呢！"

夏若愚拍拍自己的脑袋，脸涨得像猪肝一样的枣红色，摇着头苦笑道："那太可怕了，我这个人是个典型的个人主义者，一生就怕纪律约束，追求个性，现在岂不是一言一行都得谨小慎微，那可就苦了。"

冯修道："其实你已干得不错，一如过去那样就行了，不必刻意去追求的。每个人都有自己的个性，谁也不会十全十美，有个性的不完美比没个性的完美更能吸引人。若愚，我们大家都尽自己能力去干吧。"

冯修对培训军事人才可真有一手，他以夏后族的战士为基本队伍，很快就组织起一支军队，夏启被任命为这支军队的队长。每天冯修亲自带了这队人马，抽时间到山头去加以训练。虽然使用的武器只是矛枪刀斧，但他首先要求每个人有军人的责任感，学习服从指挥，同时还训练每一个武士如何有效地使用武器。冯修对于武器是很在行的，他教会每一人如何刺枪舞刀，对每一个动作都反复检查，要求做到十分准确，发挥最大力度。他对夏启的要求特别严格。除了一般军训外，他还给大家讲解了列阵、侦察、战术等军事知识。

在很短的时间内，冯修已有了一支很精悍的队伍了。他又把夏启派到各族去，游说一些青年来参加这支战斗队伍。夏若愚在这方面也帮了很大的忙，他把各族酋长找来，向大家讲明目前要到江淮治水很可能会同三苗作战，为了战胜三苗，希望各族把青壮人丁派来受训，组织队伍准备作战。

经过三个月的训练，治水的队伍变成了一支颇有作战能力的大军。冯修和夏启陪同夏若愚检阅过这支新组成的队伍。

夏若愚悄悄对冯修说："想不到我们不仅要治水，而且还要训练人呢。有了一支能作战的队伍，我们治水就能有保障了，不怕三苗啦。"

当他们检阅了队伍之后，正要离开队伍返回工地去，突然看见在草原远处有一队车马飞快驰过，夏若愚眼尖，一下就认出那是商均的队伍。他拉住冯修，指着急驰远去的车马说："那是舜帝的儿子商均，他不是带兵去征三苗吗？为什么向北奔逃？"

冯修皱起眉头："他的军队呢？他不是带了 5000 人去作战吗？怎么只有一队车马，其他的人哪儿去了？"他转过身对夏启道，"你快派人去打探到底是什么回事。"

夏启立即带了几个人，走到前边去打探。不到半天光景，他们就回来了，还带了几个人回来。夏启报告说："我们碰上了这几个人，他们是商均带领的士兵。据说被三苗打败了，死伤甚众，商均自己抛下队伍走掉，留下的战士，不是战死，就是被俘，这几个是死里逃生，逃回来的。"他回过头指着那几个人说："他们一见我就叫我大哥，我也不明白他们干吗这样，现在带来，请你们发落吧。"

夏若愚走出帐篷，只见那几个逃回来的败兵，蹲在外边的地上。他们一见夏若愚走来，立刻跳了起来。其中一个大声叫："阿鱼大哥，阿鱼大哥！"

夏若愚一看，立刻就认出来了，那叫喊的黑大汉不是犟牛吗？在他后边的是朱虎等几个老兄弟。他惊叫起来："犟牛，是你吗？"

犟牛向前扑过来，想拥抱夏若愚，但夏启一步跳上前，把他拦住："你想干什么？不得对禹爷无礼！"

犟牛愣住了，望望夏启，又望望夏若愚，脸上先是露出一种莫名其妙的惊愕，接着恍然大悟地点了点头，叫道："哦，我明白了！"接着他豪放地大笑起来。

他拍拍自己的脑袋，"难怪，我真给弄糊涂了，前一阵我遇到这位军爷，"他指着夏启，"我还以为他是阿鱼大哥，他却不搭理我，我还生气，原来是我认错人了。阿鱼大哥，你跟他长得好相似啊。我心里在嘀咕，怎么才不见几个月，阿鱼大哥就翻脸不认人了。这位军爷可别生气，都怪我犟牛鲁莽，把你当做阿鱼大哥了，请别见怪。"

夏启喝道："住口，你口口声声叫我阿鱼大哥，现在又叫禹爷阿鱼大哥，实在无礼。"

夏若愚拍拍夏启肩头说："这是误会，别认真，我的确是他们的阿鱼大哥呢。"

夏启摇摇头："这是怎么回事？我也给弄糊涂了。"

夏若愚把夏启拉到自己身边并肩站着，笑着说道："因为我们两个太

相似了，他们认错了，把你当成是我。他们是我在熊族部落的老兄弟呢，不要责怪他们。"他对犟牛他们说："现在认清楚了吧？我才是你们的阿鱼，往后可别再认错了。这位是夏启，他是夏后族的族长，现在是我们这里的军事首领，你们以后得听从他指挥。夏启，你对他们不用客气，虽然他是我熊族兄弟，但也要严格要求他们，把他们训练成好战士。"

夏启问："禹爷，为什么他们叫你阿鱼大哥呢？"

夏若愚笑道："这说来话长，我在熊族的时候，我姆妈修己叫我夏禹，他们却叫我阿鱼，还挨我姆妈一顿臭骂呢。"

犟牛道："对，我就是转不过口来，叫惯了阿鱼大哥，可现在该怎么叫才对？"

夏若愚笑道："叫什么有什么相干？名字不过是个代号罢了，难得的是你们还记得我呢！"

夏启摇头道："禹爷，这可不行，你是舜帝任命来领导咱们各族人治水的大官，你是我们的头，得有个尊卑之分，总得称你为禹爷的。"他对犟牛他们说："以后在大家面前你们不准叫什么阿鱼大哥，得称禹爷！"

犟牛点点头。

夏若愚笑道："好，行了，犟牛，你们是怎么回事，打了败仗？"

犟牛苦着脸说："我们参加了商均的军队去同三苗作战，谁知道商均这家伙是一个不中用的孱头，才一开战，他就败下阵来，不理我们自己逃跑了，可怜5000弟兄，战死的战死，被俘的被俘，我们几个也被抓去了，半路上把押送的三苗人打死，才逃了出来。"

冯修插口问道："三苗的人是怎样的？很难对付吗？为什么一开战商均就败下阵来？"

犟牛答道："三苗的人都穿红衫，头上插鸟毛，很是凶猛，打起仗来相当难缠，他们很服从他们的首领，因为他们的首领很会作战。商均之所以会败阵，主要是太过轻敌，才一到达，还未把营扎好，就向三苗挑战。他自恃能射，驾了车马直冲到敌人阵前，想一箭将敌军的首领射死，可是敌军的首领早有防备，等商均的车子一驰近，就乱箭齐发，商均还未来得及射出一箭，就已被敌箭射伤，转身往回就跑，敌军立即冲杀过来，我们阵地还未站稳，就被冲得四散。大家一见主将逃走，顿时失去了主意，自

己乱了阵脚，结果被三苗杀得四处奔逃。这一仗败得可惨了。"

冯修道："商均太过轻敌了，怎么能不站稳脚跟就去挑战呢？夏启，你认为该怎样对付三苗？"

夏启皱起眉头思索了一阵子答道："不打无准备的仗，不查清敌人实力，决不可贸然出战，我认为应先打探清楚敌人虚实才可同敌人作战。如果要我去打，我会把阵脚站稳，找个进可攻退可守的地方扎营，不急于出战，等查清了敌人的虚实，选择对方最弱的地方进攻。要是不了解敌人，我决不贸然进击。"

冯修点点头道："对，应该这样。不过刚才犟牛已提供了一个重要的情报，敌人对其首领十分服从。擒贼先擒王，若能先把对方的首领除掉，自然会令敌方胆怯而自乱。商均想一箭射死敌军首领这一点是对的，不过他却没有选好时机，自己还未站稳就出击，结果就败下阵来，5000 军士白白牺牲了。这个教训要好好吸取。"

夏启道："我看，现在我们就要去打探三苗的虚实，选好作战的地点，找寻扎营的阵地了。"

商均的战败使治水的进程受到阻碍。三苗的大军由于打了胜仗，气焰高涨，不只阻挡治水的队伍南下，而且开始进迫，这使治水的工程无法进展。

夏若愚感到忧虑，要是到春夏来临，长江淮河水涨，将增加治水的困难。但是三苗的大军日益迫近，如果不把这障碍除去，治水将无法进行下去。

钱百益陪后稷来到营里，对夏若愚说："看来得跟三苗打一仗了，这事得向舜帝作个请示，否则出师无名。"

夏若愚点点头："对，看来得跑一次蒲阪，但舜帝会肯让我们同三苗打这一仗吗？商均新败，他会肯再次出兵南征？"

后稷道："三苗是个祸患，要是不把他们赶走，让他们的势力坐大，很可能他们会入侵中原，我相信舜帝会发兵的。"

钱百益道："这倒很难说，商均 5000 士兵被俘被杀，元气大损，只怕舜帝不肯冒险呢！"

夏若愚道："那总得试一下，若是他不发兵，那我们就主动请战吧，

总不能让三苗挡住我们治水的道路。"

经过商量，夏若愚带了后稷，连夜动身赶到蒲阪去，冯迟为他们驾驶吉普。他驾驶的技术很好，尽管根本没有路，全是在人踩出来的路上行驶，但由于商均的队伍走过，倒还可以顺利赶路。

他们到达蒲阪后，首先找到皋陶，将情况报告了他。皋陶听后，皱着眉头，沉思了好一会，才说："商均新败，帝爷现在不想再次出征，我怕事不谐矣。只是，要是三苗渡河，那将危及中原，这真是叫人左右为难了。"

夏若愚诚恳地望着他说："我相信要打败三苗，以我们目前的力量，是不容易的，要是想制服他们，那就得智取，不能力敌。"

皋陶皱起眉头，担忧地说："扶风正调动人马，我也猜不清他的动向，是要干什么。他这几天连连和商均躲起来商量，我担心他们在耍什么诡计呢。"

后稷道："我想还是向舜帝报告，只请求他许可让我们治水的队伍抵挡住三苗进侵，相信他会答应的。"

夏若愚道："我们没有多少兵力，但自卫倒是可以办得到，要是舜帝能给以后援，那我们就尽力去把三苗赶走，否则没法进行治水了。"

他们估计舜帝不会轻易答应的，但事实却出乎他们意料之外。在听了他们报告之后，舜帝眯缝着双眼，一边点着头，一边微笑着说："我早就料到你们会来提出派兵征三苗了，不过目前三苗气焰正盛，商均新败受挫，我正想着要派兵去攻打他们。既然你们说能阻住他们进侵，那么就事不宜迟，赶快去跟他们作战吧。我已派扶风调集了一支军队，不日就会出发，但调动人马需要时日，很难及时赶赴战场，你们若能以治水的队伍挡住三苗进犯，那扶风将在后边跟上，作为你们的后援。"

夏若愚得到了舜帝这样许诺，大喜过望，连夜赶回去。临去时，皋陶嘱咐他道："我担心事情不会那么简单，你们可要小心。"

夏若愚听了吃惊问道："大人何出此言？难道帝爷说的不是真话？"

皋陶把他拉到一旁，低声说："舜帝从来就没有一句话是说了算的，他出尔反尔，这次他轻易就答应了你们的要求，未免太过爽快了，这可不是他一贯的作风，我怕他会另有打算呢。"

"另有打算？难道他不想挡住三苗？"

"禹爷，舜帝最怕的不是三苗，怕的是你啊！你治水有成绩，各部落的人都称许你，他怕你威胁他的帝位呢。"

夏若愚拍拍自己的额头，叹息道："我可从来没有想到会这样的，我根本没有心思想坐这个帝位，只一心想把水治好。唉，帝爷未免太小心眼了。"

皋陶苦笑道："我担心扶风的军队不是作你们的后援，可能会使你们同三苗作战时，受到前后夹击，那就危险了。你一心想治水，可是功高盖主，只怕你完成治水之日，就是你的死期呢。"

夏若愚不觉毛骨悚然，打了个寒颤。他是个科学家，根本不懂政治那一套，听了皋陶这番话，心里着实吃惊。他想不到舜帝会这样对付他的。他摇摇头道："我看不会吧？我根本就威胁不到他的地位，我只是一个只懂治水的人，不会玩弄权术，我才没兴趣坐他那帝位呢！"

皋陶道："你要知道，他的帝位是从尧帝手里抢夺过来的，他怕别人也像他一样，从他手里把他的帝位抢走呢。禹爷，你心地光明磊落，可是，却不能不提防着，否则会吃大亏的。你好自为之吧。千万保重啊！"

夏若愚上了吉普，一路上闷闷不乐，一声不吭。后稷和冯迟几次跟他讲话，他都没有回答。他思想一片混乱，一时理不出个头绪来。皋陶的话在他的脑子里引起了千万个疑虑，这都是他从来没有想到过的。

他觉得很好笑，自己是 20 世纪的科学家，才不稀罕当 4000 年前的土皇帝呢，如果不是考察治水，也不会回到 4000 年前来，被迫冒充夏禹了。可是现在却骑虎难下，弄不回钥匙，开不动时间机器，就无法回 20 世纪去，要弄回钥匙，就只好硬着头皮去把水治好。但治好了水，又威胁到舜的帝位，反而受到舜的嫉恨，弄不好会死在这神话传说的古代，回不了 20 世纪去。不跟三苗作战，就无法治水，要作战又没有后援，说不定还会被扶风夹击。

这复杂的情况，并不是夏若愚习惯应付的。在大学里教书，在科学院里搞研究工作，虽然也要处理人际关系，有时也碰到一些难缠的人事，但他却从来没有落入过这样进退两难的局面。

他不是个历史学者，对于历史也只有一般的知识。就自己所知，中国

从禹开始，建立起第一家天下的帝国，启将是夏朝第一个皇帝。难道自己真的会卷进 4000 年前的权力斗争中吗？对于夏若愚来说，这实在是他所不愿意的事。他对于这种勾心斗角的政治斗争一点兴趣也没有，但是，却被推上了这种险境，为什么自己要喝这样一杯苦酒呢？

他对政治斗争既没有兴趣，也没有经验，他从心底里就厌恶这种权力的斗争，他也没有当土皇帝的欲求，现在却被迫上了这个斗争的舞台，实在很不甘愿的。他是在一个民主的时代长大，受民主思想熏陶，对于为王称帝根本没有兴趣，而且他作为一个相当超然的科学家，并不在乎所谓的名利。在 20 世纪自己就不卷进政治权力的斗争，难道还要卷进 4000 年前的一场争权夺利之中去吗？这对于某些人来说，可能是很有趣的事，但对于夏若愚，却是十分痛苦的。

这杯苦酒是他不愿意喝下去的，但却不得不硬着头皮咽下去。前面是三苗的进犯，后面没有外援，很可能还受到扶风的攻击。被三苗打败，那当然会死，就是打胜了，也会被扶风击败；治水失败，难逃鲧的命运，治水成功，却会被嫉恨的舜谋害。

怎么办好呢？

夏若愚觉得自己有如过河卒子，只得向前，无路可退。这是象棋的规则，也是生活的规则，在无路可退时，唯一的办法就只有向前冲了。

在回到营地之后，夏若愚的心情反而平静下来，他已下了决心，不论有多么困难，也要在困境中闯出一条路来。

他把历史探险队的队员召集起来，开了一次紧急会议，把这次赴蒲阪的情况告诉大家，还转达了皋陶的忧虑。最后他说："现在看来，这一仗是非打不可的了，但局势是相当险恶的，我们可能将受到前后夹攻。对于打仗，我是外行人，怎样打这一仗，还得请冯修兄出主意呢。"

钱百益抢先发言："夏队长的话已说得很清楚了，我们看来是要打这场仗的。跟三苗打这一仗，我倒不担心，因为历史书上有所记载，我们是可以战胜强敌的。我担心的是历史上没有记载的情况，那就是扶风的背后进攻的可能性。正因为史书上没有记载，那就有两种可能，一种可能是他们没有进攻，所以没有记载，另一种是史书上没有记载这样一次偷袭。"

宋无忌道："钱老的担心是有道理的，现在我们的处境，根本不是史书上所记载了的，换句话说，我们是在创造历史，而这历史又会因很多偶然性而变幻莫测。"

冯修道："不管有什么变化，我们只要以不变应万变，作好准备，就不怕它变了。夏队长说的情况很重要，我们很可能会受到背后的突袭，如果事先不知道，那是很危险的。现在皋陶大人提供了这重要的情报，虽然这是他的一种推测，但这推测是有事实作根据的，我们知道了有这种危险的存在，那反而不用害怕，作好应变准备，那倒可以渡过难关。目前，我们已有一支 5000 人的战斗队伍，必要时，把几万个民工也组织起来，那么我们的战斗力就会增加好几倍。只要下了决心打这一仗，我会在最短时间作出战斗的方案。"

夏若愚点点头："好，那我们就下决心吧！"

最初的战斗，只是些零星的遭遇战，双方都是在意想不到的时间和地点碰上，稍一接触就都退却。这也许是由于双方都摸不透对方的底，不敢真正冲突，但是磨擦是在所难免的。

冯修将夏启率领的军队，分成了五队，每队 1000 人，其中一支人马守在工地，其他四支人马驻守东南西北四面。这方阵既有利于进攻，也有利于防守，特别是在不知道敌方会在什么时候和什么地方发动突然袭击的情况下，该方阵可以随机应变。

夏若愚和方道彰领导的治水工程，几乎停顿下来了，除了教后稷修水利外，根本无法进行大规模的治水工程。大家都在为战争作准备，动员的工作做得相当深入。夏若愚把各个探险队员都分派到各部族中去，到部族去进行战斗的动员。各部族的老人小孩都参与制造武器，妇女都在做抢救伤员的准备。

冯修和夏启坐镇在中央的队伍，夏若愚和钱百益跟他们策划着整盘战斗。钱岚和江菲负责后勤，冯迟和唐辰两个负责守西面，尊尼和顾大章守南面，宋无忌和江树声负责守北面，方道彰带了犟牛等人守东面。

三苗的大军号称 50000 人，在人数上是十倍于夏若愚的队伍的。他们大都穿着红色的衣服，很易于分辨。

真正的大战是在一个月之后，双方的队伍都已摆开了阵势。三苗大军是由无数部落组成，差不多每一个部落就是一支队伍，但统率大军的则是

三苗部落酋长联盟的首领丹朱。其实丹朱本来是尧帝的儿子，舜夺位后，将他流放到江汉一带，他嫁进三苗部落当女婿，后来反而成了三苗的首领。

丹朱一直以来对舜帝统治是不服气的，所以这些年来，一直跟舜帝作对。自从打败了商均之后，他认为时机已到，率领三苗大军，向中原进击了。

夏若愚在听到三苗大军压境的消息后，找冯修研究。他说："听说领导三苗军队的人是尧的儿子丹朱，他本来是想继承父亲当权的，但舜夺了权，把他流放到三苗。现在他带领三苗造反，是要夺回失去的权。讲起来他倒理直气壮，所以军队气势很盛，我们同他们正面交战，有多大把握取胜？"

冯修道："他们的人数十倍于我们，若以人海战术攻打过来，我们是很可能被歼灭的。不过他们有一个很大的弱点，就是各部族之间并不团结，若我们能分化瓦解他们，就可以削弱他们力量。至于他们人多，也并不可怕，只要抓住他们最弱的环节，出其不意攻破，就可以以少胜多了。"

夏若愚问："怎样才能分化他们？"

冯修道："根据我收集到的情报，丹朱并不擅于作战，他只是三苗共同的领袖，真正能战的是他们的一员大将乌顼，他才是能打仗的人。丹朱和乌顼是貌合神离的，因为乌顼自恃善战，看不起丹朱；而丹朱实际上是个花花公子，骄奢淫逸，舜才找到藉口反对尧传位给他。但丹朱却自有一种说服人的本领，能团结三苗各部族，成为联盟首领。他利用乌顼作战，但心里明白乌顼看不起他，所以两人常有矛盾。"

夏若愚说："那么，怎样才能分化他们？"

"乌顼是三苗当中裸族的人，他们这族人经常是赤身露体的，若能到裸族去同他们表示友好，乌顼就不会为丹朱卖命了。"冯修答道。

夏若愚又问："哈，谁能做这工作？"

冯修说："我也想不出谁能去做这工作。"

"要是没有人去，倒不如让我去。"夏若愚说道。

冯修摇摇头："你去了，谁来领导？不行，你不能去。"

这时在他们身旁一直没有讲话的夏启讲话了："让我去吧。"

夏若愚和冯修回过头来，夏启接着说："我样子长得像禹爷，让我代禹爷去一趟，我会设法说服乌琐。只要他退出战斗，我们打垮三苗就有胜算了。"

夏若愚征询地望望冯修，只见冯修笑着点头："这倒是给阿启一个很好的锻炼机会。一个好将领不只应会带兵打仗，还得学会通过侦察，深入敌阵，进行间谍活动。我看让他去吧，我相信他是能胜任的。"

夏若愚拉住夏启的手，关切地嘱咐道："你可要事事小心，不可粗心大意，一步行错就会赔上性命的。"

夏启激动地答道："请禹爷放心，我一定小心办事。过几天就是"三月三"，"三月三"是苗人欢乐的日子，我相信他们不会在这期间进攻的，趁这机会潜进去正是时机。"

冯修拍拍夏启的肩膀，说道："好，你就去吧，我等着你的好消息。"

夏启站起来，点了点头，走出帐篷。

夏若愚望着夏启的背景，无限感慨地说："真是个好样的青年，假如他真的是我儿子就好了。"

冯修笑道："史书上说他是你的儿子啊，将来夏朝还是由他掌权呢！你何不就认他作义子，这不就符合历史了吗？"

夏若愚道："老冯，你真会开玩笑，我 30 多岁怎么能认个 20 多岁的人作儿子呢？"

"谁说不可以？又没有什么经典规定不准认比自己少 10 多岁的人作义子的。"

他们正在说笑，听见营外传来了一阵吆喝声。他们走出帐篷一看，只见一队人马驾车奔驰而来。

夏若愚的眼尖，一眼就认出来人是扶风。

"这家伙怎么跑来了？"他转过头来对冯修说，"治水时不见人影，这时跑来想干什么？"

扶风一下马车，就大模大样地钻进帐篷，也不跟谁打个招呼，一屁股就坐下来，扬声问道："人都到哪儿去了？"

冯修伸手要拔手枪，想趁机把这后患除掉，但夏若愚一把将他拉住，低声说："别乱来，让我应付他。"

他走上前去，低声下气地说："有失远迎，失礼了，请多多原谅。"

"夏禹！"扶风把眼睛望向帐篷顶，傲慢地说："不是说打仗吗？怎么按兵不动？"

"扶风大人，时近"三月三"，苗人过节，双方都没有接触。"

"他们过节，关我们什么事？趁这时节进攻他们才对，你按兵不动，是什么意图？"

"苗人习俗与我们不同，尽管是打仗双方，也要尊重风俗习惯，才免得被人笑话。"

"胡说！什么尊重风俗习惯，我看你是想勾结三苗，意图谋反！"

夏若愚见他咄咄逼人，知道跟他没法讲道理，于是板起脸孔反问道："既然大人认为这时应该进攻，那么为什么你结集了大军不去同三苗作战？"

扶风跳了起来，指着夏若愚的鼻子，厉声喝问："谁告诉你我结集人马？"

夏若愚冷哼一声："若要人不知，除非己莫为，扶风大人的兵马倒不知是打算何时出动？"

扶风的脸涨得通红，一时答不出话，过了一阵，才说："舜帝爷吩咐我，督促你们作战，你倒反过来要我去出战？哼，你这是作什么打算？结集大军，不同敌人作战，是打算叛变谋反吗？"

夏若愚顶回去："扶风大人，我的人马是用来对付进犯的三苗的，不是用来对付自己的人的。要说我谋反，那你得拿出真凭实据，否则，你还是免开尊口吧！"

扶风气得脸唰的变白了，他瞪视了夏若愚一阵，发出一阵阴恻恻的冷笑，头也不回走出帐篷。在跳上马车前，他回过头来说："走着瞧吧！"跟着一声吆喝，驾车离去。

夏若愚皱紧眉头，他后悔自己失去克制，竟然同扶风这只老狐狸冲突起来，失策的是暴露了自己有所防备。这固然使扶风不敢贸然进攻，但另一方面也让扶风知道了自己的意图。

他叹了口气说："我不该顶他，应该慢慢套他的话才对，由于一时气愤，反而上了当，被他套出了我的话了。"

冯修道："他是个老奸巨猾的家伙，你在这方面不是他的对手。不过，让他知道我们有所防备也不无好处，至少可以使他不敢偷袭。"

夏若愚道："他硬给我们安上个造反的罪名，迫我们作战，这一着棋相当阴险。如果我们被迫贸然进攻，敌军强大，那是以卵击石，让我们去送死；要是不进攻，就以舜帝的名义督战，栽个谋反罪名，好名正言顺出兵攻打我们了。"

冯修笑道："他临上车时，不是说走着瞧吗？看来他还会走下一步棋的，我们以不变应万变，千万不可轻举妄动，这老狐狸还不敢正面攻击我们的，我担心的是一旦同三苗打起来时，他在背后捅上一刀。兵来将挡，水来土掩，我会对付他的，我这就去布置一下，加强守卫。"

这时，益走进来说："禹爷，我父亲皋陶大人有信捎来。"

他递了一束木简给夏若愚，夏若愚接过，这可犯难了，他看不懂那些古文字。于是问道："益，皋陶大人信里说什么？"

益说："他说扶风和商均各带了10000人马，分两路出发，扶风东来督战，商均兵往西行，去处不明，要我们留意。信里的意思就是这么几句了。"

夏启一个人趁着黑夜的掩护，潜过敌军的阵地，走进一座森林，他得在天亮前，赶到裸族的部落去。他走的是没有人烟的捷径，穿过山林，就能进入裸国。

在天亮时分，他来到森林的尽头，在林边稍作休息，吃了点干粮。前边就是裸国的地界了，他把身上的衣服全脱下来，收藏在一个树洞里，在进入裸国后，要是穿衣服，立即就会被人认出是外来的人。

夏启的身体很结实，像钢浇铁铸似的，用我们现代的语言来形容，那是运动员的身材。可是，要他赤身露体地活动，他总觉得不习惯，倒不是他怕别人看到他健壮的身体，而是一丝不挂，连一块遮羞的布都没有，那是挺不自在的。

他却完全没有料到，才出了林子不远，就碰见人了，要是碰见的是个男人那还好些，谁料到的是碰到三个全身赤裸的姑娘呢！

夏启只是个20来岁的年轻人，当他看到迎面而来的三个漂亮的女人，心里又是吃惊又是好奇。他不是没有见过女人的身体，但却从来没有见过

在白天堂而皇之走着而不穿衣服的女人，而且这三个姑娘是那么健康美丽！

那三个姑娘只向他望了一眼，就当是看到一块石头一样，不理不睬，从他身边走过去了。

当他再站起来时，他记起自己来这儿不是为了泡妞的，还有更重要的事要办，他就清醒过来了。他摸摸自己发热的面颊，骂道："该死！"

"嘻嘻。"从他背后传来了几声娇笑，夏启吓了一跳，回过头来，看见一个赤裸的姑娘站在一株树下，望着他，掩嘴在笑。

"笑什么？有什么好笑？"夏启涨红了脸，生气地问。

回答他的是一阵爽朗的笑声，这笑声是那么开心，那么好听，倒使夏启无法再生气了。

那姑娘走近来，说道："我还未见过像你这样羞答答的男人呢，你不是我们裸国的人，对吧？"

她走到他跟前，从头到脚仔细打量了他一番，然后伸手捏捏他臂膀的肌肉，微笑着说："外乡人，你长得很结实，简直跟我哥哥乌顼一样健壮。喂，你叫什么名字？你从哪儿来的？你是来参加"三月三"的吗？"

一连串的问题，叫夏启难以对应。

夏启的眼睛从她娟秀的面孔往下望，停留在她那坚挺的乳房上，他不好意思再往下看了。

"喂，说话呀！你叫什么？我叫乌苑。"

夏启从未遇见过如此大胆的姑娘，反而怯怯地口吃起来："我……我叫夏启。"

"哈切！哈哈，怎么起这样可笑的名字。哈切，叫人想起打喷嚏，真可笑。"

"不是哈切，是夏启，我是夏后氏族人，叫阿启。"

"你是来参加"三月三"的?"

夏启不作正面回答，反过来问她："你们裸国的人为什么都不穿衣服？

为什么你们讲的话跟我们讲的一样？你们不是三苗吗？"

乌苑听了，笑得直不起腰来。

"我们裸族人是不穿衣服的，为什么要穿衣服掩盖住自己的身体呢？难道我们的身体有什么见不得人的地方吗？听你这么说，你们那儿是穿衣服的，那你为什么又不穿？"

夏启道："不错，我们那儿人人都穿衣服，我来这儿，入乡随俗，自然得跟你们一样，也不穿了。你说得对，我们生下来时也是赤条条的，根本没有衣服穿，其实一个人的身体生来就是这样，没有必要遮掩。我想，倒不是怕有什么地方见不得人，而是为了抵御寒冷，我那儿天气比这儿冷，不像这儿气候温暖。"

乌苑点点头："对了，你刚才问为什么我们讲的是同样的话，这我倒听老一辈的人说过，我们族人是从中原来的呢！"

"哦？怪不得口音一样了。"

"老人说，尧帝被舜帝赶下来，我们三苗的人反对，于是被舜帝追杀，往南逃走，就在这儿住了下来。我们裸国是三苗很多部族的一个，我们不兴文身，也不兴穿红衣，始终保持原来的习惯，所以自成一国。你又干吗老远跑到我们这儿来？"

夏启道："我是跟随禹爷治水来的，禹爷为了治平天下的水患，带领我们跋涉万水千山，见到有积水的地方就把水引走，遇到堤防低就垒高堤防，现在过河来，要治好江汉的水患，但却碰上三苗和舜帝打仗。"

乌苑专心听着，不住地点头："我也听我哥哥说过，是有很多人在治水，想要趁这机会占领我们的土地，所以三苗才起来打仗的。你告诉我，你们是想侵占我们的土地吗？"

夏启说："打仗和治水是两回事，据我所知，禹爷一心只想为大众把水患治平，他并不想占你们的土地，把水治好了，大家都得安乐。至于打仗，那是三苗挡住了治水的前路，如果三苗不阻拦禹爷治水，禹爷是不想打仗的。打仗要死人，何苦呢？"

"可是舜帝派了商均率领人马来打我们，想把我们赶尽杀绝，如果不

是我哥哥把他们打败，那我们就会被他们杀掉。"

夏启点点头："这我明白，舜帝要攻打你们，是因为他害怕尧帝的儿子丹朱回去抢夺帝位，丹朱不过是借用三苗的力量，来同舜帝争位罢了。"

"哼，丹朱这家伙！"乌苑有点气愤地说，"他是个既不干活，也不会打仗的懒汉，只不过因为他是尧帝的儿子，流放到三苗来，当了联盟酋长，就作威作福。如果我哥哥不帮他忙，舜帝早就把他抓去宰了。"

夏启道："谁想打仗？谁不想过安定太平的日子？要是天下太平，让每个人都生活得好好的，那该多好啊！禹爷一心治水，就是想让大家生活安稳，不被水淹，能种好地，过好日子，他并不想抢走你们的土地，他还教人怎样种庄稼呢！水治平了的地方，长出来的粮食足够吃一年呢。要是能不打仗，早点把水治好，那该多好啊。"

"你以为我们就想打仗吗？谁都想过太平日子，如果不是舜帝追杀我们，我们也不想打仗的，我哥哥并不想为丹朱去抢帝位，只是现在打起来，也就推脱不掉啦。"

夏启道："乌苑，要是你哥哥和禹爷都不愿打仗，何不让舜帝和丹朱自己去打个你死我活。你们不打，回家过日子，禹爷治他的水，那不是更好吗？"

乌苑笑道："你的嘴真会讲话，我要是能像你那么会讲，我早说服我哥哥了。哎，你何不去跟我哥哥谈谈，让他也听听你这番话？"

"那好，你带我去见你哥哥吧。"夏启好不高兴。

乌苑大大方方地拉住夏启的手，说："走，我和你去找我哥哥！"

夏启打心眼里喜欢乌苑这么开朗直爽的性格，她跟他过去接触的女孩子不同，自有种吸引人的魅力，更不用说她有多漂亮了。

乌苑拉着夏启，跑进裸族的部落。夏启看见那儿男男女女，个个都是赤裸着身体的，有一群壮汉正围在篝火旁，在喝着酒。

"哥哥！"乌苑喊叫了一声。

篝火旁的人群中，走出一个粗壮的大汉，他被太阳晒得乌黑强壮的身体，像一座铁塔。夏启知道这人就是三苗的战将乌顼。

乌顼看来很疼爱自己的妹妹，听见乌苑的叫声，咧着嘴笑着迎上来。可是，他一眼看见乌苑手拉着夏启，他的笑容在脸上僵住了。

"哥哥!"乌苑也看出乌项表情的突变。

"你走开!"乌项用低沉的嗓音对妹妹说，"这人是敌人的首领!"

夏启张开双手，镇定地说："我不是你的敌人，你看，我赤裸着身子，没有一点要隐瞒你的，我没有任何武器。"

乌项一把将乌苑从夏启身边拉开，乌苑焦急地对他说："他叫夏启，他会讲我们的话，他不是敌人!哥，你别伤害他!"

乌顼不理他妹妹的话，一步步走近夏启。

"不，他是夏禹，我认得他！"乌顼一边说一边走到夏启身边，对他说，"我见过你，你带着人马要攻打我们，我曾潜入你的营地，看见过你的。我绝不会认错，虽然你不穿那身西夷的服装，我仍旧认得出你！"

"错了！"夏启镇定地回答，"你见到的是禹爷并不是我，禹爷穿的衣服是很古怪的，我也不知道是西夷服装还是什么别的服装，但我是夏后氏族人夏启，我不是禹爷。我是夏后族的族长，我是奉禹爷的命令来见你的。"

乌顼怀疑地皱起眉头，摇摇头道："少说废话，我乌顼的记性很好，我才不信你不是夏禹呢！唔，就算你不是夏禹，你有胆子来见我，到底想干什么？想勾引我的妹妹吗？我不会把妹妹给你的，你是我们的敌人！"

"乌顼，我不是夏禹，我是夏启，你认错人了，虽然我长得跟禹爷很相似，但我比他年轻得多嘛，你再看清楚些，你见过的禹爷有我这么年轻吗？"

乌顼有点犹豫了，这人的确年轻得多。

"你说你不是夏禹，又说你是夏禹派来见我的，我和夏禹是对头，你来见我干什么？"

夏启抬起头，直望着乌顼的眼睛，说道："你看着我的眼睛，看看我是不是个说谎的人吧，我是奉禹爷的命令来找你的，想告诉你，禹爷并不是你的敌人，他并不想同你打仗。"

乌顼往后一仰，笑道："哈，他不想同我打仗，是害怕了？"

"不，禹爷并不害怕打仗，只是不想打罢了，若是非打不可，他会同你狠狠打一仗的。禹爷叫我跟你说，他一心想治好天下的水患，使人人都不必害怕被水淹死，能安居乐业种庄稼。他并不想侵占你们的土地，但是三苗在丹朱率领下，阻挡了他前去治水的路，要是三苗能让治水的人马去治水，禹爷不希望打仗。"

乌顼冷笑道："不希望打仗？那么摆起阵势来干什么？"

夏启坦诚地说："我，夏启，是禹爷率领下的人，我是负责指挥军队的，我讲的话是代表着禹爷的意思。禹爷和你又不是世仇宿敌，他没有理由非要同你打仗不可。舜帝流放丹朱，丹朱率领三苗造反，那是舜帝和丹

朱的过节，跟禹爷一点也没有关系，禹爷希望我们大家和解，他去治他的水，你过你的日子，大家和好。至于舜帝和丹朱，让他们自己去打好了，我们谁也不去为他们卖命。乌顼，我们何必为了别人争帝位而流血牺牲呢？只要你肯跟禹爷一样，退出这场战争，那么禹爷保证不会侵占你们的土地，而且，他会为你们把水患治平，让你们过太平日子。"

乌顼想了想，问道："这不会是骗人的话吧？我怎么能信得过你？"

夏启道："我从不说假话，不信的话，我可以发誓，要是我有半句不真，欺骗你乌顼，我夏启不得好死！"

乌顼倒吸了口气，说道："既然你说的是真话，我也不相瞒，我对打这场仗也并不感兴趣，是迫不得已才打的，若不是商均率军进犯，我倒宁愿大家互不相犯。至于丹朱这家伙，狂妄自大，只会泡女人喝酒，整天做帝梦，他不过是利用我们三苗去为他恢复帝位罢了。若是夏禹要通过这一带去治水，而不侵占我们土地，我倒乐得让他去把水治好，大家都有好处。"

"可不是？禹爷决不会要你们土地的，他一心只想把水治好，如果三苗能和禹爷大家讲和，只会对双方都有好处。更何况我们完全没必要去为别人争帝位卖命！"

乌顼的脸色变晴朗了，他点点了头道："这我赞成，不过，若是舜帝杀过来，我们三苗是一定跟他打一仗的。"

夏启道："实不相瞒，舜帝调集的大军并不一定光是为了对付丹朱的，很可能在禹爷把水治平后，会发兵将禹爷杀掉，他怕禹爷会威胁他的帝位呢！"

乌顼笑道："哦，怪不得你们要来讲和了，原来你们两头受敌。我虽然赞成双方和解，互不侵犯，但我只是裸族的酋长，三苗这么多部族，我虽身为统领，也做不了主的，得过了'三月三'，开部族联盟会议才能决定。"

"那我已经十分满足了，只要你乌顼赞成，那我就可以回复禹爷了。"夏启说着，转身要走，但是乌顼一把将他拉住。

"慢着，你既然来了，难道不参加'三月三'？过了节再回去不迟！"乌顼拉着夏启，向篝火走去，"来，喝一杯！我交你这朋友！"

夏启连饮了三杯，他的脸涨红了，这酒真猛。他把杯放下，对乌顼说："酒不过三，我该走了。"

"过了'三月三'才走嘛!"

"禹爷等着我回复呢。明年'三月三'我一定来，其实我也很想留下来，这儿的姑娘太漂亮了，可为了避免打仗，危机迫在眉睫，等不及了。"

乌顼点了点头。

乌苑幽怨地望了夏启一眼，低声说："我留你也不肯留吗?"

夏启低下头，他内心也很矛盾，但他实在不可能留下来。

他低声答道："我会回来的，你等我吗?"

乌苑嫣然一笑，点点头。

夏启离开了裸族部落，乌苑一直送他到林边，夏启拉着她的手，实在舍不得放开。

乌苑的眼睛像抹了蜜糖，甜美透了，盈着喜悦的汪汪泪水，她笑着说："阿启，我喜欢你，我会等着你的。"

夏启的心头，像千树万树梨花开了一般，他一把将她搂在怀里，把她紧紧地贴在自己身上，柔声地说："我忘不了你，我一定会回来的。"

两个健美的男女终于分了开来，夏启走了几步，又回过头来，乌苑仍站在林边。他陶醉得像喝了一杯浓浓的醇酒，比刚才乌顼给他喝的三杯更使他陶醉，他对自己说："除了她，我不会要任何一个女人，我喜欢她!"

当他穿上了衣服，越过山林时，他突然听见一阵车马声。这使他觉得奇怪，怎么在这地方会有车马，会不会是敌人?警觉使他连忙躲藏到一株大树后边。

他看到几架马车在向西驰去，当中的一辆马车上站着一个背着弓箭的人，他认出是商均。

夏启觉得奇怪，商均怎么突然会在这地方出现?难道自己到裸国半天，情况又有了变化吗?他望着那些车马西去，消失在远方，心头感到大惑不解。不过，他并没有把这事放在心上，他急着要赶回去向夏若愚和冯修报告和乌顼谈判的结果。

他一回到营地，立即就到中央帐篷去，向夏若愚等人报告。

夏若愚听了之后，高兴极了，大家经过一番商议，决定再派夏启到裸国去，约乌项到一个地点会面。

夏若愚说："我得亲自去会见他，互相交换信物，这样才能表示我们的诚意。只要三苗中最强的将领不同我们作对，那么我们就可以回过头来对付扶风和商均。至于丹朱这个野心家，只要三苗不出全力去助他，我们是容易对付他的。"

他对夏启说："阿启，又要你再去一次了。事情越来越紧迫，得趁乌项开三苗联盟会议之前，和他交换信物。"

夏启道："可是人家要过'三月三'节了。"

冯修点点头："对，所以才急于要你跑这一趟，'三月三'是苗人的大节，在过节之后，他们将会有行动的。"

"那么我岂不是要在那儿过'三月三'了？"夏启想确认一下。

冯修拍了一下他的肩头："那当然，入乡随俗，阿启，可别顾着泡妞误了大事啊！"

夏启笑道："放心吧，我阿启不会那么没有定力的。"他从心里喜欢，因为他想起了乌苑。

夏若愚道："就这么决定了，快去吧！"

夏启站起身，正想离去，却和急匆匆跑进来的钱岚撞了个正着，她像开机关枪似地对着大家说："不好了，江菲和女娇失踪了！怎么办？你们得想个办法！"

夏若愚听了，跳了起来："什么？她们失踪了，怎么回事？"

冯修倒了一杯茶给钱岚："先喝口茶，镇定一些，慢慢讲讲"。

钱岚把冯修递过的茶推开，声音带着哭腔地说："都怪我不好，是我扔下她们，才弄出这乱子来的！"

夏若愚道："你别慌乱，不要急，急了就讲不清了，把情况由头到尾讲出来吧。"

钱岚一屁股坐在地上，哭了起来，她断断续续地说："今天早上，我们三个人一块去采药。到了山边，江菲阿姨教我们怎样辨认山草药，女娇说她知道在山脚有很多这种治伤的草药。我……我不喜欢跟她一块去采，就说我要自己到山上去寻找。江菲阿姨批评我，说我不该看不起女娇，应向女娇学习，还说女娇认得的草药比她还多。我不服气，就离开了她们，

独自跑到山上去了。"

钱百益说道："岚岚，江菲批评得对，你那种知识分子的优越是要不得的，女娇有很多知识正是我们缺乏的呢。"

钱岚叫起来："爸爸，你别打岔，让我把话说完嘛。过了晌午，我下山来，在山脚找不见她们，最初我还以为她们采药走开了，就坐在那儿等，可左等右等，还不见她们回来，我不耐烦了，这才去找她们。我突然看到她们采药的篮子扔在地上，采好的草药撒满一地，我吃了一惊，这是怎么搞的，扔下药篮子走了？我开始觉得不对劲了，仔细一看，才发现四周的地上有很多杂乱的脚印，这不是她们踩出来的，像是发生过一场搏斗。我想，她们一定出事了，这才发慌。她们失踪了，我找了好久也寻找不到她们，她们像是在空气中蒸发了一般，消失掉了。我想，她们准是遇上了敌人，被敌人抓走啦。"

夏若愚皱起眉头，沉思道："被敌人潜进来将她们掠走了，会是什么人？"

冯修道："现在，我们是三面受敌，南边是三苗，北边是扶风，西边是商均，商均的行踪不明，会是哪方面的人干这种勾当？"

夏启拍一拍自己额头，叫道："我猜到是谁了！"

"是谁？"大家不约而同问。

"很简单，我刚从三苗的裸国回来，乌顼对我很友好，他是个说一不二的汉子，断不会一面同我们讲和，一面又干这种勾当的。扶风的人马在北边，等着我们同三苗开战，准备从背后攻击我们，要是他抢走她们，岂不是自找麻烦吗？我估计是商均的所为，他带兵西去，行踪鬼祟，这是可疑之处。记得上次他到营里来时，盯着女娇，一副色迷迷的丑相，舜帝这个儿子跟尧帝的儿子丹朱一样差劲，很可能是他把女娇抢走的。最紧要的是，我从裸国回来的路上，发现了几架马车向西驰去，我认出商均在其中一辆车上，可以肯定是他将她们抓走了。"

冯修站起来，沉重地说："哦？这可是新情况！商均向西驰去，这一定是他潜进来抓走她们了。"

夏若愚道："我们现在去追，也许还追得上，不能让他跑掉。"

夏启道："追不上了，他早已走了多时。"

夏若愚气愤地捶了一下大腿："真气人！这个家伙！难道我们就眼巴巴让他逃掉吗？老冯，你看该怎么办？"

冯修沉思了一阵，说："不要激动，这事让我去处理。夏启，你现在就动身，一切按原计划进行。若愚，你留下来，你还得同乌顼会面。尊尼，冯迟，你们召集 500 人，我同你们去对付商均！"

冯修按照夏启指出的商均逃去的方向，带上尊尼，驾驶吉普车追了过去，冯迟则带了 500 人马随后赶去。冯修要求尊尼把车开到最快，尽管道路崎岖不平，尊尼的驾驶技术很好，两个钟头不到，就发现了商均的营地了。

尊尼主张闯进营地去，但冯修不同意，他说："尊尼，不要意气用事，营地里有 5000 兵马，我们只有两个人，硬闯进去是会吃亏的，还是等我们的人马赶来，再设法把他们引出来打一仗吧。"

尊尼摇摇头道："我认为这样太迟了，等到冯迟带人马赶到，商均这家伙早有准备，我们反而不易得手。我想还是设法潜进去，把人救出来为上策。"

冯修道："你看詹姆士·邦德电影太多了，你以为自己是铁金刚吗？"

"不，要是趁黑夜潜进去救人质，那是行得通的，让我试一试吧。"

冯修想了想道："那么好吧，等天黑了，如果冯迟仍未赶到，我们就试着潜进去。不过，你可不要逞强，潜进去可要速战速决，千万不要惊动他们的人马。"

尊尼焦急地等着天黑，他摩拳擦掌，跃跃欲试，恨不得天快点黑。冯修坐在吉普上，检查弹药武器。

"尊尼，天一黑我们就行动，你打前站，我掩护你。"冯修把手枪和钢刀递给尊尼，继续说："先用刀，在万不得已时，才用手枪。枪声一响，就把整座营地闹炸了，明白吗？我们要尽力不动声息地把人质救出来。"

"好的。"尊尼兴奋地答应着。

这时，后边传来了一阵急促的脚步声，冯修回头一看，见冯迟奔跑着向他们走来。500 个士兵紧闭着嘴，不发出一点讲话声，正在后边跑步赶来。

冯迟走近来说："报告，人马来齐了。"

　　冯修道："布置大家隐蔽埋伏，我和尊尼准备趁夜晚潜进去救人，你们准备接应。"

　　冯迟道："让我和尊尼去吧，你留下来。我们年轻些，让我们去好了。"

　　冯修稍作考虑，就同意了儿子的意见。他们和其他士兵一起啃了干粮，准备好夜袭。

　　冯迟和尊尼在天黑之后，驾了吉普车，慢慢向前驶，不久就没入黑暗之中。

　　尊尼悄悄对冯迟说："我们潜进去后，先打探他们把人关在什么地方。我在前，你断后，要是失散了，我们回到吉普车集合。"

　　冯迟点头答应。

　　前边不远，大约100米的地方，就是敌营了。尊尼把吉普车停在一丛矮树旁，和冯迟悄悄下了车，在地上匍匐爬行，接近营地。

　　营地点着很多堆篝火，有好几个帐篷。冯迟把尊尼拉了一把，指着营地中央一个较大的帐篷说："我估计商均是在那大帐篷里。"

　　尊尼点了点头，潜进营里去。他们在火光照不到的黑影里躲起来。士兵有的围在篝火旁，有的在地上睡，有的在吃喝。这时，有一个士兵站了起来，向他们躲藏的地方走来。

　　尊尼低声骂了一声"糟！"只见那士兵走到他们身边，撒起尿来。

　　冯迟一跃而起，用很快的速度，跳到那士兵背后，一手捂住他的口，一手卡住的脖子，只用了三秒钟时间，就把他拖进黑暗的角落来了。

　　他压低嗓子说："不准叫，你一叫我就一刀子捅死你！"

　　他把刀子架在那士兵的脖子上，慢慢将捂住他口的手放开，用威严的声调吩咐那士兵道："我问你一句话，你低声答一句。不准乱说乱动！"

　　那士兵吓坏了，他不敢动弹，瞪大双眼，惊恐万分地望着前面的两个大汉，特别是看到尊尼黄发蓝眼，他以为碰见了鬼怪，浑身发抖，连解尿脱了的裤子也忘了拉起来。

　　"商均今天捉了两个女的回来，有这事吗？"

　　那士兵连忙点点头。

　　"现在她们关在哪儿？快说！"

　　那士兵咽了一口口水，哆嗦地说："她们不在了。"

　　"什么？她们到哪儿去了？"

　　"送回蒲阪去了。"

　　"为什么？"

　　"大爷，我怎么会知道？她们没有留在营里，早用马车载回蒲阪去了。"

　　"商均在营里吗？"

　　那士兵点点头。

　　冯迟向尊尼打了个眼色，尊尼立即领会他的意思。他俯过身来，把面孔靠近那士兵，吓得那士兵张大了口，想惊叫又不敢叫出声来。

　　尊尼只问了一句："他在哪儿？"

　　那士兵伸出发抖的手指，指了指中央的帐篷。他还未回过头来，尊尼已用刀背重重地在他后颈砍了一下，顿时把他打晕过去。尊尼这一下可用了十分力度，相信这士兵不会很快醒转过来。

　　冯迟指指那帐篷，尊尼悄悄站起来，轻手轻脚地潜到帐篷旁。冯迟跟着也一闪身，跑到他身边。

　　他们隔着帐篷，可以听到帐篷里有人在谈话。里面只有两个人，一个是商均，另一个是他的部下。

　　商均在发脾气："你说，你说，我爹他是怎么说的？"

　　另一个回答："我不敢说。"

　　"不，你一定得告诉我，我爹说了些什么？"

　　"舜帝爷说，要你不要轻举妄动。"

　　"废话！"商均骂道，"我们躲在这儿好多天了，还不准行动，真闷死人！你说，那两个娘们儿怎样了？"

　　"舜帝爷把她们关在土牢里，说等你回去时再处置。"

　　"这倒像话！当然得等我回去处置啦，是我抢回来的嘛！"

　　"可是你娘可不高兴了，她说……"

　　"说什么？你说！"

　　"她说你……说你……没出息。"

　　"呸！"商均用力一拍几案，骂道："什么没出息！将来我继承帝位，看我有没有出息吧！"

　　尊尼听到这儿，再也忍不住了，他拔出猎刀，吱的一声，把帐篷划了一道口，跳进帐篷里去。商均没料到突然跳进一个黄头发的大汉，吓得愣了一下。当他认出是尊尼时，尊尼已跳到他跟前，用猎刀抵住他的咽喉。

　　那另一个人，转身向帐篷外逃，可是冯迟堵在帐篷门口，一掌把他推得跌回帐篷里面来。那人张开口要喊叫，但冯迟已掐住了他的脖子，稍一用力，那人的脸涨红，眼珠也突出来了。商均僵住，不敢动弹。

　　尊尼说："你要是敢叫喊，我这刀子就割断你的喉咙！"

　　商均瞪着眼，望着那明晃晃的白刃，连话都讲不出来了。

　　尊尼回过头来，见冯迟站了起来。

　　"这家伙不经掐，一掐就断了气。"冯迟皱皱眉头。

　　尊尼把刀一紧，刀刃勒得商均脖子上冒了一道血痕，商均的嘴哆嗦地说："别杀我，饶命！"

　　冯迟道："别宰了他，他抓了我们两个人，我们也抓他回去当人质！"

尊尼用刀柄狠狠地在商均脑袋上敲了一下。

商均像条死狗似的，瘫倒在地上。

冯迟在商均身上的衣服撕下一块布，塞进他的嘴。尊尼已找到了一条麻绳，把他结结实实捆绑起来。

"怎样出去？"尊尼问。

冯迟想了想道："从哪儿来，就打哪儿走呗。你揪着他走，我给你殿后。"

尊尼点了点头，把商均提起来，往背上一搭，背了起来。

冯迟拔出手枪，说："走！"

尊尼从裂开的帐篷走出去，冯迟跟在后边。他们才走到营地边缘，就被两个巡逻的哨兵发现了，大声叱喝道：

"站住，什么人？"

冯迟向天开了枪。

"砰！"枪声划破了黑夜的静寂。

他向尊尼喊道："你快走，我掩护你！"

尊尼拔腿向吉普跑去，将商均猛地扔进吉普后座。他回过头来，只见冯迟又向追过来的哨兵开了一枪，其中一个哨兵应声倒了下来。

整座营像被捅了的马蜂窝一样，大乱起来，人们狂乱地叫喊，跃起来向四面八方奔出，他们根本不知道发生了什么事。

那另一个哨兵大叫："有人从这边跑出去了，快追！"

但他的话还未讲完，冯迟已一枪把他撂倒。趁着人们混乱，冯迟三脚两步跑到吉普旁，跳上车。尊尼已把车发动，猛一踩油门，吉普向前冲过去，把追来的几个士兵撞得飞得起来。

他把车子往旁一拐，绕了个弯，向黑暗驶去。他亮着车灯，让吉普像一只出闸猛虎似地冲向追来的人群。

人们像见了怪兽一样，向四处奔逃。尊尼一下下地按响了喇叭，更把那些未见过吉普车的士兵吓得没命似地逃走了。

天亮之后，商均5000士兵，已成了散兵游勇，他们失去了指挥，已溃不成军了。冯修率领的500壮士，很快就将这些散兵游勇追得落荒而逃。

太阳升起来时，冯修重新整顿军队，没有损失一个人，却俘虏了4000

个敌兵。这些士兵大多是各部族征调来的，根本无心同自己人打仗，很快就缴械投降了。

冯修对这结果相当满意。尊尼把商均从吉普车上揪起，往地上一扔，恨恨地说："这家伙把女娇和江菲送到蒲阪关进了土牢。可惜我们没能把她们救出来，临时灵机一动，将这只死狗给抓回来了。"

冯修道："这就很不错，我们拿他作人质，可以同舜帝谈判。"

"对，"尊尼乐了，"要是舜帝敢伤害她们，我就一刀把这死狗的狗鼻子割下来！"

冯迟笑道："慢着，别把他吓死了，吓死了我们就没有人质同舜谈判了。"

商均在地上哼哼地呻吟起来，他头发蓬乱，脸上被碰得一块红一块青，往日的威风一点也没有了。他望着冯修哀求道："饶命啊，别杀我，饶命啊！"

冯修走到他跟前，喝问道："你带这 5000 士兵屯在这儿干什么？"

商均说："我说，我说，是我父亲命令我守在这儿的，为的是截断你们的退路。"

"哦，那么扶风的队伍又是干什么的？"

"他奉命等你们同三苗开战后向你们进攻。"

"果然不出所料，那么说来，这一切都是你父亲的主意了？"

"是啊，我不过是执行命令罢了。这全不关我的事的。"

"是这样吗？"冯修冷笑道，"那你为什么抓去我们两个女人，也是你父亲出的主意？"

商均低下头，不敢吭声了。

冯修对尊尼说："好好看管着他，把他押回去，别让他逃跑掉。"

尊尼就等他这一句，走上前去，像老鹰捉小鸡般，一把将商均提起，喝道："站起来，我没心思侍候你这位大少爷！自己爬上车去！"

商均乖乖地爬上车，缩着头，不敢动，他害怕尊尼会揍他。

尊尼把拳头在他鼻子前晃晃，说道："你要敢乱说乱动，可别怪我这拳头，我饶你，我拳头可不饶你的！"

冯修坐到他身旁，吩咐冯迟道："你们押解俘虏，尽快赶回营地，可

不能出什么差错。"

"是,我会小心的,你们先走吧!"冯迟说道,转身走开。

冯修对尊尼道:"开车吧,我急着赶回去,不知道夏启把事办成了没有呢!"

其实,他不必担心,夏启已再次潜到裸国去了。乌苑见他又回来,自然高兴极了,乌顼听说禹爷要会见他,就带了10个亲信,跟夏启一起赶到约定的地点去。

夏若愚也带了几个人,来到那地点。乌顼一见夏若愚,惊讶得回过头来望望夏启。

"他……你……怎么回事?"他问道,"怎么你们两个人一个样子?"

夏启笑道:"当然不一样的,禹爷比我年纪大,我是比不上他的,他的智慧比我高得多。"

夏若愚走上前来,笑着对乌顼说:"我就是禹,负责治水。我想阿启已经将我的意见给你讲清楚了,我不希望和三苗打仗,一打仗双方都有伤亡,只要三苗族人跟我们合作,不阻挡我们去治水,我愿意同三苗结盟,大家合作治水,安居乐业。至于丹朱,希望能制止他鼓动三苗,他要反舜帝不关我的事,但若是他阻挡我们治水,那可是天怒人怨的罪行了。"

乌顼道:"舜帝对三苗各族,赶尽杀绝,如果攻打我们,为了保卫我们的土地,我们一定要抗争到底的。我们并不想打仗,只要保证不吞占我们的土地,让我们好好过日子,那我们绝不会同别人打仗的。"

夏若愚点头道:"说得很对,我夏禹只负责治水,绝不会侵占你们的土地。如果舜帝侵占你们的土地,我也不会答应。"

乌顼道:"那就好,我身为三苗军队的统领,愿意同你结盟,我们决不会阻挡你们去治水,治水对我们也有好处,我们会出力相助的。"

夏若愚向身后招了一下手,手下一个人捧来了一把钢刀,夏若愚接过,双手递给乌顼,说道:"这是我最好的刀,锋利无比,赛过任何铜刀,现在我把这好刀送给你,作为我们结盟的信物,愿我们互相信任,就像此刀一样坚不可摧。"

乌顼接过刀,十分喜欢,然后递给族人观看。大家对这钢刀都啧啧赞叹。乌顼对夏若愚说:"谢谢你的好刀,这是一件宝物。禹爷,我并没有

这样的好刀相赠，但我愿意把我最心疼的人送给你，那就是我的妹妹乌苑。"

夏若愚听了大吃一惊，他看出夏启的脸唰的一下变白了。

乌项接着说："我妹妹是我们族里最好的姑娘，我已看出你的儿子夏启喜欢她，就让她嫁给你的儿子吧。"

夏若愚没料到事情突然会演变成这样，他望着夏启，从夏启一阵红一

阵白的面孔表现出的渴望而又紧张的神色中，他已猜到了他的心意。于是他问道："阿启，你愿意娶乌顼的妹妹乌苑为妻吗?"

夏启一弯身单膝跪在他面前，急切地说："我愿意，禹爷，请你作主吧。"

夏启的举动，引得乌顼哈哈大笑起来。

夏若愚一把将启拉起来低声问："你怎么变成了我的儿子了。"

夏启说："我当你儿子绝不会给你丢脸的!"

夏若愚大笑道："好，那么我就认乌苑作儿媳妇了!"他转过头来问乌顼，"你把妹妹给阿启，可你妹妹肯嫁给他吗? 强扭的瓜可不甜的。"

乌顼笑道："你以为我是个瞎子吗? 我早就看出他们两个谁也离不了谁了，恨不得把对方含在口里吞进肚里呢!"他指着夏启说："他上次走时，答应过我妹子一定会回来，我妹子说要等他到明年'三月三'，看来今年'三月三'就可以让他们成亲，不必等到明年啦。"

夏若愚拉住乌顼的手说："那我就把阿启交给你，让他到你们那儿过"三月三"吧，等你同三苗各族开了会，就让阿启带好消息回来告诉我吧! 我这就告辞了。"

乌顼道："一有好消息，我就叫夏启带着你的儿媳妇一块回去见你!"

他说完，拉住夏启，同他的族人一起返回裸国去。

夏若愚看着他们走远，对在他身边的钱百益说："钱老，你看，我才30多岁，竟有了个20多岁的儿子，真是怪事。"

钱百益点点头道："夏启本应就是夏禹的儿子，古书中早有记载，所不同的是他并不是从石头裂开生出来的，你可别小看了他，夏启可是开启夏朝的国君呢!"

夏若愚无可奈何地摇摇头："真是拿你没办法，钱老，你这历史学家到底是怎么搞的，我们现在处境危险，舜帝、扶风随时会进攻我们，女娇、江菲又被商均抢去，虽说已同三苗乌顼结盟，但丹朱是个疯狂的野心家，随时会挑动三苗对我们进攻，你竟说什么夏启开启夏朝，我看我们是危在旦夕，一点也不可乐观呢! 要是打起仗来，我们的命都保不住了。"

乌顼并没有食言，他在'三月三'过后，召开了三苗各族酋长联盟会议，在会上他表示不同夏禹作战，酋长们立即分裂成两派。

他耐心地向各酋长讲明，夏禹是为了治水南下，绝不侵占三苗的土地。丹朱听了之后，暴跳如雷，指着乌顼的鼻子大骂："乌顼，你是个叛徒，你被夏禹收买了。我丹朱和那狗娘养的舜有不共戴天之仇，绝不会受舜的走狗夏禹收买的。你以为你不打，别人就跟着你不打了吗？我丹朱可要跟他们拼到底！"

乌顼站起来，挺起胸膛答道："我乌顼认为夏禹是条好汉，他答应不侵占我们土地，只为我们把水治平，这对三苗只有好处。丹朱，你要同舜帝争夺帝位，你就去争好了，我们三苗并不想去争这帝位。你嫁到我们三苗来，可别想利用我们去为你争位。"

"哼，你这怕死鬼，你不敢打仗，比个娘们儿都不如。"丹朱说。

乌顼大笑道："我怕打仗？在座谁敢说我乌顼是怕打仗的？谁要敢侵占我们三苗一寸土地，我就跟谁拼，我从来打仗就没落在谁后面，总是在最前边的。要是舜帝敢攻过来，我自然会打仗，但夏禹并没有攻打我们，不仅不攻打我们，他也不同意舜帝侵占我们的土地。"

丹朱怒叫一声："住口！我不要再听你这种浑话了。谁要跟我走的，站到我这边来，谁是怕死鬼，就跟乌顼跑吧！没有你们，我也会去攻打敌人的！"

酋长们嗡嗡地议论起来，分成了两边。乌顼那边占了多数，只有几个酋长站到丹朱一边，这把丹朱气疯了。

乌顼警告道："丹朱，你一定要一意孤行，那你就照你的意思做吧，我们决不会阻止的，但我们只会袖手旁观。我提醒你，你要是攻打夏禹，你会吃大亏的！"

丹朱像个疯子一般，又蹦又跳，大骂起来："好啊，你们这些忘恩负义的苗子，你们忘了我是尧帝的儿子？在紧要关头，你们竟出卖了我，有朝一日我得回帝位，绝不饶过你们，我一定要把你们赶尽杀绝！"

本来站在他一边的几个酋长，听见他这番话，都面面相觑，悄悄离开了他。

丹朱气得眼睛都发红了，他冲出会场，带了几十个亲信，跳上战车，大声叫喊："我丹朱要去攻打敌人，有种的就跟我去！"

酋长们都转过头去，望也不望他一眼。乌顼走到他的战车旁，再一次

劝告他："丹朱，你别发狂了，你把各族酋长都得罪了！我劝你还是冷静一点，不要去送死！"

丹朱抢过驾车的士兵手中的马鞭，向乌顼狠命地抽了一鞭。乌顼的脸上顿时冒出一条血痕。

"滚开！"丹朱狂叫着，驾着战车冲了出去。

各族酋长围住乌顼，乌顼冷静地说："不要紧，挨他一马鞭算得了什么，总比让我们三苗无数子弟白白为他送死好。你们看吧，丹朱去攻夏禹，他会遭到天谴的！"

大家看着丹朱带着一群亲信，向夏禹的阵地冲去，都不禁摇头叹息。

丹朱把战车驰到阵前，大声叫骂："夏禹，你这狗东西，快给我滚出来！"

夏若愚从阵地上站出来，大声答话："丹朱，你回去吧，我不想跟你打仗，像你这样疯疯癫癫，是不能打仗的。"

丹朱根本不听，抄起一支长矛，驰车向夏若愚冲过来。

夏若愚举起步枪，瞄准了丹朱的左腿，开了一枪。

丹朱从战车上滚了下来，在地上乱滚，像杀猪一样嗷嗷大叫不止。

夏若愚走到他跟前，严肃地说："丹朱，我本可以一枪把你打死，轰掉你的脑袋，但我跟你没有什么深仇大恨，我不想杀你，我只打断你的一条腿，让你变成一个瘸子，作为对你的惩罚！从此之后，要是我发现你不安分守己，再次挑动战争，我就绝不留情。唉，你太可耻了，为了争位，竟不惜生灵涂炭。我饶你一命，你好自为之吧！"

说完，他头也不回，返回自己的阵地去。

丹朱倒在地上，他不再嚎叫了，夏若愚的话，使他失去了自信。当他的亲信把他抬上车时，他喃喃地说："快逃，快逃！远远地逃，不要让这人找到我！"

三苗的酋长目睹这一切，他们都相信夏若愚是可以杀死丹朱的，但却饶了他一死。乌顼说："禹是个有分寸讲道义的人，他连丹朱都不杀，是不会攻打我们的，我们可以和他讲和啦！"

夏启带了他的妻子乌苑回来了，冯修也把商均抓了回来，现在三苗已经平伏，方道彰带了一队人马，通过三苗的地区，到江汉一带去治水，把长江的水引进三峡，经洞庭，由宜山入海。

现在，要对付的是驻扎在北边的扶风了。夏若愚和冯修带领众人赶到北方的阵地。北方的阵地是由宋无忌和江树声负责的，夏若愚问宋无忌："老怪，扶风有什么动静吗？"

宋无忌说："丹朱发动那场可笑的进攻，使扶风的如意算盘破产了。不过，连日来他调动频繁，看来是蠢蠢欲动呢。"

冯修道："我们可以抽调人马过来增援了，现在只剩下北方的敌人要应付，扶风已错过了偷袭我们的时机。"

宋无忌笑道："就是他来偷袭，也讨不到半点便宜的，我们早已布下了天罗地网。"

夏若愚举起望远镜，向敌人的阵地观察。扶风的人马众多，大都是北方粗悍的部族，密密麻麻地布满了平原，大有乌云压顶之势。

他担心地问："老怪，要是他们采取人海战术，铺天盖地压过来，我们能抵挡住吗？"

宋无忌向江树声打了个眼色，得意地说："就怕他们不出动，要是他们出动，我们就有办法使他们人仰马翻。"

"这么厉害？"夏若愚半信半疑，"你大概又搞了什么古灵精怪的新发明了吧？"

"不，这我可不敢说是我们的新发明，只不过是用 20 世纪最普通的东西来对付 4000 年前的古人而已。"

冯修指指前边道："快看，敌人似乎要出动了呢！有一辆战车离开了敌阵，向我们驰来。"

来的是扶风手下的一员大将，他驾车来到阵前，把马一勒，耀武扬威地挥动矛枪。

"夏禹！"这大将高声吼叫喊话，"我奉舜帝之命前来晓谕于你，你斗胆竟敢把帝子抢走，这是叛乱大罪。限你一个时辰内，将帝子交出，那我们就罢手；要是你敢违抗舜帝的命令，那么我们就发动进攻，立时把你们阵地踩为平地。"

夏若愚到阵前回答："你的话我听到了，商均绑架了我们两个女人，我们才将商均扣押起来的，根据商均供称，这是舜帝的主意，现在我们两

个女人仍关在蒲阪的土牢里。你说我们叛乱，这完全是由于舜帝背信弃义，怎能责怪我们？目前商均在我们手中，如果舜帝把两个女人交还给我们，我们也同意把商均交还给他。你把我这话回去报告好了。"

那大将点点头，把战车调头，他回过头来说："如果你们伤害了帝子，舜帝是不会饶了你们的。"

夏若愚笑道："要是你们不把我们的人还来，少了一根寒毛，那我们也不会放过你们！"

那员大将驾车走后，过了一个时辰，敌阵开始活动了。夏启前来请战，将士们个个都摩拳擦掌。

夏若愚道："他们想用威吓欺诈要回商均，被我们顶回去后，又想以武力来解决问题。好吧，冯兄，传命令下去，准备战斗！"

冯修立即去布置战斗。宋无忌道："若愚，还是让我先玩玩我的把戏吧！"

他把大家带进帐篷，只见帐篷里摆了不少音响机器，夏若愚问："这算什么？准备开音乐会吗？"

"哈，认出来了，这是扩音器，这是镭射唱机，让我们请敌军听听贝多芬的《第五交响乐》吧！"宋无忌向夏若愚扮了个鬼脸，"此曲只应天上有，这些古人可是从来未曾听过交响乐的呢，树声，准备吧！"

"哈，你这算是搞心理战吗？"夏若愚吃惊得扬起眉毛。

冯修用望远镜看了一下，报告道："敌军开始进攻了，前边是步兵打头阵，后边跟着战车，行进并不迅速……现在，战车从两旁冲出，在步兵前面排成一字阵，看来准备发动冲锋了！"

宋无忌向江树声打了个手势，江树声按下了几个电钮，顿时，贝多芬的交响乐像雷鸣一样，在四面八方轰响起来。

《命运》来了！头四个音符，就已震天撼地，接着排山倒海似的旋律，席卷整个战场。

宋无忌好不得意地说："我在阵前安置了几列大喇叭，声响够震得敌人耳鸣心跳。"

敌军跑在前边的战车，在这一阵轰隆的交响乐声中，都纷纷停止了冲锋。

夏若愚从望远镜中，可以看到战车上的敌人脸上露出惊惶的神色，一时之间不知所措，有一些人更急忙掉转马头，准备往回去奔逃。贝多芬的乐曲像千军万马滚动向前，使敌人胆丧。

　　宋无忌又向江树声打了个手势，江树声把乐曲的音量稍微小些，递了个麦克风过来。

　　宋无忌对着麦克风大声说："扶风听着，你帮助舜帝倒行逆施，现在要受到天谴啦！天将崩，地要裂，你们将被上天惩罚啦！"

　　他说完，按下了一个电钮。

　　江树声把音量再次放到最大，命运交响乐第一乐章正以急促的旋律推向高潮。在这时，战地上又响起了一阵阵爆炸声，埋在平原上的几十个炸药包一个接一个炸开来，一时间炸得大地震动，尘土飞扬，黄尘遮住了太阳。

　　敌军吓坏了，鬼哭狼嚎地惨叫着，向后奔逃。战车也都掉转头，拼命往回奔驰，反而冲进步兵的人群，步兵更是乱成一团，自相践踏，简直成了人间地狱。

　　等到命运交响乐的第一乐章奏完时，敌人已溃不成军，四散奔逃。

　　夏启这时指挥自己的人马，开始发动追击，士兵们呐喊着，向前冲锋，追杀溃散的敌人。很多敌人都扔掉武器，匍匐在地上，不敢反抗。他们以为真的触怒了天神，受到了惩罚。

　　这场战斗很快就结束了，敌军全面溃败。清理战场后，发现扶风逃掉了。

　　夏若愚拍拍宋无忌的肩头，高兴地说："真了不起，想不到贝多芬也来助我们一臂之力，你这老怪，尽出怪招！"

　　钱百益兴奋得像个小孩，又跳又笑，连历史学家的身份都忘了，他大声叫道："这可是历史创举，在史书中是没有记载的，扶风一定吓破了胆。你们看，那些敌军吓得浑身哆嗦，伏在地上不敢动弹呢！在世界的战争史中，从来没有过用音乐武器的，宋老怪，你用音乐和炸药，把敌人的大军打得四散奔逃啦！"

　　宋无忌道："这有什么，只是略施小技而已，全靠贝多芬的音乐，人是可以战胜命运的！"

经此一役，舜的主力精锐军队，全部溃散了，禹的军队则扩大了一倍，成了最强大的队伍。

再没有人为的阻碍，治水也就得以顺利进行，治水的队伍得到三苗各族的合作，进展的速度大大加快，把江水顺利地从宜兴引导入海，江汉一带的水患给治平了。

夏若愚以禹的身份，在涂山召开各族酋长的大会，邀请四岳十二宗伯出席，庆祝治水成功。同时也派了后稷和益回蒲阪告知舜帝，要求他履行诺言，在治水成功时给予赏赐。当然这是给舜帝面子，让他好有一个台阶下。其实以禹的名义开这次会议，已充分显示出禹势力的巨大，也给了舜帝足够的暗示，请他自动退位了。后稷和益也以此作为中间调解，以便用商均交换被绑架的女娇、江菲。

这次会议是钱百益一手策划的，他反复说："在史书中记载有这次大会，史书中称这会议为会稽，有人把这错当成是地名，其实会稽就是会计，可说是召开大会共研大计的意思。夏朝就是从这次会议诞生的，这是中国历史上一个重大的转折点。"

夏若愚心事重重，他对扮演夏禹这个角色已经感到厌倦，他只担心着舜是否肯把女娇和江菲安全送回来。

冯修安慰他道："我们已经给足了他面子，谅他也不敢不送回来，难道他不要他那宝贝儿子的命吗？若是他不识好歹，女娇和江菲有什么三长两短，我们立即进军蒲阪。"

夏若愚皱着眉头，只说了句指导性的话："困兽犹斗，还是放一条出路给他，这跟治水同样，别堵死了。"

冯修道："他对形势的估计未必准确，还以为各族酋长仍会维护他呢，这点倒不能不有所提防，免得他干出什么疯狂行径。"

钱百益道："他是不肯轻易放弃既得利益的，这老狐狸怎会心甘情愿退出历史舞台呢？你不用铁扫把扫他，他是不肯下台的。"

夏若愚叹了口气："但愿他肯把电脑钥匙还给我们，好让我们回到20世纪去，我才不在乎什么帝位什么夏朝呢，我对这些争争斗斗，实在厌恶极了。"

各族的酋长，四岳十二宗伯，甚至三苗各族酋长都已陆续来到钱百益悉心布置的会场，受到盛情招待，现在只等舜帝的队伍到来了。

舜帝的车马终于到达涂山，夏若愚率领各族酋长欢迎。舜帝由扶风陪伴走进会场，后边跟着舜的两个妻子娥皇和女英，她们身后是女娇和江菲。夏若愚见到她们平安无事，不觉松了口气。

钱百益带着商均走进来，商均见自己的父母都来了，顿时神气起来，把头昂得高高的。

交换人质的方式十分简单，由于各酋长在场作证，女英带了女娇、江菲走过来，钱百益带着商均走过去，双方在场中央交接。

夏若愚接回女娇，让她站在自己身边，他握住她的手，低声对她说："真对不起，迟迟才把你赎回来，难为你了。"

女娇向他微微一笑，答道："能回到你身边我心满意足了，以后我再也不离开你了。"

　　江菲回到方道彰身边，她虽然身陷土牢，但却没有显得憔悴，因为后期由于商均被俘，舜帝也不敢难为她们，娥皇、女英对他们招待得挺不错，只是没有自由罢了。

　　夏若愚把舜帝迎进会场。舜帝从各酋长的神态中，已看出他们目光中对他显示的不满，他知道要是不把帝位禅让出来，自己是很难对大家作出交代的。不过，要是夏若愚不存在，那么大家还会维护在他周围。他用眼尾看了看跟在后边的扶风，他还有最后的一招。

　　舜帝向各酋长环视一周，然后从胸口解下挂着的元珪，握在手中，把头一昂，扬声说道："夏禹把大水治平，这是丰功伟绩，他为大家将为患多年的洪水理好，实是造福万代，现将元珪赐给他，以表彰他的功劳。"

　　舜帝把元珪高高举起，示意夏若愚跪下来，好让他把元珪挂在他脖子上。就在夏若愚跪下，舜帝把元珪挂好，往后退开一步的一刹那，扶风突然拔出匕首，一跃而起，猛向夏若愚的背后刺来。

　　女娇叫骂一声，往前扑去，用自己的胸膛挡住刺向夏若愚的匕首。

　　这一切发生得太快了，在大家还未能弄清是什么回事之前，扶风的匕首已插进了女娇的胸膛。夏若愚仅仅来得及回转身来，接住倒下来的女娇。

　　在大家惊恐的呼叫声中，扶风见一刺不中，握着匕首想再扑过去。夏启已大喝一声，从旁边飞跃而起，他手中握着锋利的钢刀，一挥而下，把扶风砍个正着，扶风的头被砍得飞了起来，血淋淋的人头砰的一声击中舜帝的额头，血洒在他脸上。舜的脸上洒满了鲜血，像从地狱放出来的恶鬼一样。

　　在一片混乱中，舜倒在地上，他见扶风的刺杀失败，大势已去，就装起疯来，乱叫乱跳，但是在场的四岳十二宗伯以及各个酋长，谁都目睹了这场阴谋的表演，没有一个人愿意站到他一边，都以鄙视和憎恶的目光望着他拙劣的表演。

　　夏若愚悲痛欲绝地抱着垂死的女娇。他已不再理会周围发生的一切，已说不出话来，只是瞪大双眼望着女娇。他感到自己无能为力，眼看着生命一秒一秒地在女娇身上消失，却救了不她。血一股一股从她胸口涌出来，他紧紧抱着她，却不知该怎么办好。

　　女娇失去血色的脸上，露出一种满足的甜甜的微笑，她张开发抖的嘴，用微弱的声音说："禹，原谅我，我要离你而去，我是多么的爱你，只要你能活下去，我就心满意足啦。把我抱紧一点，我觉得好冷啊，再亲我一下吧，禹，我真舍不得离开你啊……"

　　夏若愚满脸泪水，俯下头，轻轻地吻她。女娇安详地闭上了双眼，停止了呼吸。

　　夏若愚抬起头来，望着苍穹，撕肝裂胆地叫道："命运，为什么这么残酷！为什么总是把我最爱的人夺走？"他晕倒在地上。

　　当他清醒过来时，他看见江菲正站在他的床前，细心地在看护着他。

　　"若愚，你醒过来了？"她高高兴兴地说，"谢天谢地，你终于苏醒过

来了。"

夏若愚欠起身来问道："我睡了多久？这是什么地方？女娇呢？快告诉我！"

江菲把他按回床上去，说道："你昏昏迷迷已一个星期了，我们已把你带回时间机器。这段时间，我们已把女娇安葬，涂山的会也已结束，四岳十二宗伯和各部族酋长已将舜从帝位上赶了下来。他起先装疯，后来真的疯了，他们决定将他流放到苍梧去，永远不准回来。"

"哦？那么，酋长联盟有没有听从我的推荐，选举皋陶当首领呢？"

江菲摇摇头，"皋陶提出他年纪太大了，不适宜担任，推举夏启。夏启认为，应遵照你的意见由皋陶出任，若皋陶推却，也应由皋陶的儿子伯益担任，益在治水时对你协助很大，功不可没。"

夏若愚点点头。

"不过，各部族酋长不赞成这样的安排，他们仍要你登帝位，但你病倒了，就由你的义子夏启继任。钱老和冯修都支持这见解，因为夏启确是合适的人选，他理应是夏朝的开国之君。"

夏若愚摆一摆手，问道："钱老和冯修呢？他们大家都到哪儿去啦？宋老怪呢？为什么有了电脑钥匙，还不返回 20 世纪去？"

江菲道："他们都在等你醒来呢，让我去告诉他们，大家都在为你担心呢！"

过了一会，历史探险队的所有队员都来到夏若愚跟前。钱百益关切地问："若愚，你没事吧？真把我愁死了！你醒来就好了，我们也该离开这时代啦！夏启已登位，我们该走了。"

夏若愚道："你们把夏启推上帝位，他担当得起吗？"

钱百益道："他是夏朝开国之君，开始以夏后氏一族为统治者的家天下，结束了原始经济体制，使中国历史进入一个新的纪元了。"

冯修说："我看他担当得起，他机智勇敢，深得各族民心。当然若以 20 世纪的知识水准来要求，他可能只是个小学毕业生的水平，但在这时代他已比所有的人都优秀了。最主要的是他已学会了你的一套思想作风，当个古代的皇帝是够格的，你放心好了。"

钱百益接着说："若愚，我们现在打算返回 20 世纪了，你还有什么事要办的吗？"

夏若愚道："什么事你们都安排好了，只是我忘不了女娇，我想去看一下她的墓。"

江菲和钱岚听了，忍不住热泪盈眶。

方道彰摇摇头，不以为然："何必呢？你刚恢复知觉……"

冯修道："若愚，我很理解你的心情，但此事万万不可行。我们在把你运回时间机器时，就宣布大禹已驾崩，人们才拥戴夏启登上帝位，若你再次出现，将会造成一番混乱。"

钱百益拍拍夏若愚的肩头："女娇的墓在会稽，离这儿很远，还是不去为宜。"

夏若愚皱紧双眉，他还想坚持。这时宋无忌走上前来，推了他一把，说道："大家都急着要返回 20 世纪去，难道你想一个人留下来吗？个人服从集体，不要再伤感了。我们的历史探险已完成，治水的历史使命已达成了。"

夏若愚见众人反对，长叹一声道："那么，我们这支历史探险队也该解散了，我这队长也当得太久了，该让我辞……"

宋无忌打断他的话："要辞职？慢着，等返回 20 世纪才能解散队伍，现在是该回到我们时代的时候了，我早已检查过时间机器，只要你身体顶得住，我们随时都可以出发。"

夏若愚从床上坐起来，伸展了一下四肢，说："我已睡了很长时间了，你们看看，我难道不适合于时间的旅行吗？"

他们一块走到时间机器的中间，各自坐到原先的座椅上。江树声把时间机器的舱门关闭，说了声："好了，告别古代，我们要返回我们的时代去啦！"

宋无忌把电脑钥匙插进电脑开关。

尾　声

　　所有红色、黄色、蓝色的小灯，全发出亮光。宋无忌按下了启动的钮。

　　一阵青蓝色的光照亮了每一个人的面孔。

　　时间机器发出嗡嗡的声响，像一个巨大风车在旋动时发出呼呼的声音，在速度加快之后，声音变得尖锐刺耳，跟着一切声音都听不见了。时间机器的墙壁笼罩着透明的淡绿色的光晕，渐渐变成了一团光雾，充塞了整个机器的内部。突然，一阵闪电在他们当中爆发，强烈的光使他们睁不开双眼。

　　时间机器在摇晃，他们觉得比来时摇晃得利害多了。钱岚尖叫的声音，听起来特别使人震惊。她紧紧地抱住丈夫，闭着眼睛喊叫，但谁也没有去制止她，因为每一个人都觉得心慌。夏若愚看见宋无忌有点手忙脚乱地在调整着机器表扳上的按钮，他心里闪过一个念头，准是出了什么毛病，否则宋无忌不会这样紧张，脸上的肌肉绷得紧紧的……

　　又一次闪电一样的亮光，耀得人睁不开眼睛，宋无忌惊叫一声，铁板上像短路似的爆出了一阵火花，把宋无忌弹得整个人飞了起来，跌到几尺外的地上。

　　一切都没入了黑暗之中，大家恐慌得叫了起来。宋无忌爬起来，跑到电脑旁，急忙在键盘上像弹琴似地按下了一系列的数码。

　　"老怪，怎么回事？"夏若愚焦急地问道。

　　宋无忌回过头来，他的脸色在昏暗的光线中显得格外阴沉："我想是 α 角造成的结果吧，我们偏离了原来的轨道了。"

"你是说，我们在 4000 年前的时代造成的了一个 α 角，改变了些许历史，使我们偏离了原来历史发展的轨道了？那我们飞到哪儿去了？不，应该是飞到什么时代了？"

"我们仍旧是返回 20 世纪，但 α 角造成的扇形弧线，会使我们回不到原来的出发点了。"

时间机器摇晃了一阵，终于停稳。宋无忌喘着气，坐到夏若愚身边，他掏出手巾抹去额头的冷汗。他吐了口气说："总算回到 20 世纪了！"

钱百益问道："我们在 4000 年前度过了这么长的一段日子，现在回到 20 世纪，距离出发的时间多久呢？是回到原来出发后的 24 小时吗？"

宋无忌摊开双手，作出一种无奈的表情，答道："我不知道时间机器到底出了什么问题，竟发生了一些变化，我也不知道现在是不是回到出发后的 24 小时或是出发后的一年了。我担心不会那么准确，因为我无法控制这机器，说不定由于 α 角的摆度大，我们已落在另一条历史的轨轴上，只有听天由命了。"

冯修道："何不把时间机器的舱门打开，走出去看看，总比坐在这儿瞎想胡猜强啊。"

方道彰道："很可能时间机器是回到未来，离我们出发的时间很远，飞过了 20 世纪，那么，我可就错过了治黄工程的很多重大事件了。"

夏若愚笑道："方兄，在 4000 年前治水还不够过瘾吗？竟念念不忘治黄工程，想不到我们 4000 年前合作得那么愉快，一回到 20 世纪，又要重新展开未了的争论了。"

江菲摇摇头道："你们先别争论，等走出了时间机器再争吧，"她转过头对江树声说，"弟弟，你快把舱门打开，让我们出去看看！"

江树声把舱门的绞轮拧动，舱门无声地打了开来。尊尼第一个冲出舱门去，但几乎是立即退了回来，张口结舌地望着大家。

夏若愚跑到他身边问："尊尼，怎么了？"

尊尼指指外边说："方先生说对了，我们飞到未来去了，外边是一个好奇怪的世界。你们看，外边围着很多人，不知道是要围攻我们还是欢迎我们，我也给弄糊涂啦！"

当他们一队人鱼贯着走出时间机器，只见四周围观的人人山人海，接

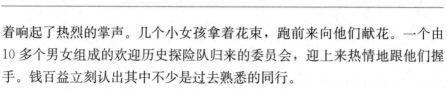

着响起了热烈的掌声。几个小女孩拿着花束，跑前来向他们献花。一个由10多个男女组成的欢迎历史探险队归来的委员会，迎上来热情地跟他们握手。钱百益立刻认出其中不少是过去熟悉的同行。

夏若愚调侃地问方道彰："方兄，你还不快去打听你那治黄工程，看还有没有手尾留给我们去收拾？"

方道彰恼怒地瞪了他一眼，转身抓住欢迎代表中的一个打听。当他再次把头转过来时，夏若愚看到他脸色变得十分古怪，于是问："怎么了？连一丁点也没留给我们吗？"

方道彰把他拉到一旁，声音有点发抖地说："奇怪极了，我刚听说，现在压根儿就没有治黄工程这回事，黄河水是早已清得见底，50年前早已彻底根治了。现在也不用大水坝蓄水发电，现在全世界都以太阳能发电，连核电也取缔了，你说多么奇怪？"

宋无忌走来对他说："太阳能是取之不尽的，也是最干净的能源。方兄，我们在4000年前治水，不是跟传说的历史不一样吗？可能我们无形中已改变了历史：4000年前一个小小的 α 角，在漫长的时间轴上，已将历史发展改变得很多，完全从 A 点改变到 A′ 上，科学也照不同的方向发展，根本不必筑高坝、淹田地、迁居民，搞那劳民伤财的傻事，用太阳能发电，为人类创造更美好的生活了。"

方道彰有点怅然若失，夏若愚拍拍他的肩头道："方兄，我们的争论又完全没有必要了。世界变得我们差点认不出来，得从头学起了。"

他向人群望去，突然眼睛一亮，他看见在向他挥手的人群中，有一个他熟悉的面孔。他揉揉眼角，简直不敢相信，那不是素娟吗？还是女娇呢？她正张开双臂向他扑过来。